아프게 해서 미안해

JOYO₂ 지음

가나북스

2018년 05월 25일 초판 발행

지은이 JOYO₂(오유미, 이상현, 조신희, 조용문)

펴낸이 배수현

디자인 유재헌

교 정 이승민

일러스트 JOYO₂ 제자들(김예림, 김은혜, 박나영, 이신영, 조채윤)

홍 보 배예영

제 작 송재호

펴낸곳 가나북스 www.gnbooks.co.kr

출판등록 제393-2009-12호

전 화 031-408-8811(代)

팩 스 031-501-8811

ISBN 979-11-86562-80-2(43800)

- 가격은 뒤 표지에 있습니다.

- 잘못된 책은 구입하신 곳에서 교환해 드립니다.

- 원고 투고 이메일: sh119man@naver.com

머리말

아이들을 교사의 입장에서 단순히 두 가지 유형으로 나누곤 한다. 학교에 적응하는 아이와 학교에 적응을 하지 못하는 아이. 그리고 적응을 잘 하는 아이는 문제가 없는 아이이고, 적응을 하지 못하는 아이는 문제아라고 쉽게 단정 짓는다.

하지만 깊이 들어가 보면 문제가 있는 아이는 문제를 만들고 있는 것이 아니라 어떤 상처로 인해 문제가 생긴 것이고, 여러 가지 형태로 자신의 상처를 치료해 달라고 호소하고 있는 것이다. 하지만 우리는 이런저런 이유로 그 상처를 낫게 해 주기보다는 그 아이들을 나누고 구분하기에 급급한 것이 현실인 것도 사실이다.

이번 작업을 통해 아이들을 구분하는 내가 얼마나 어리석었는지. 그리고 아이들을 가르친다는 것이 얼마나 힘들고 중요한 것인지를 알게 되었다.

아이들의 성장통에 관한 이야기를 세상에 공개한다는 것이 어떤 의미일까 하고 의문을 가지기도 했다. 세상에 많은 이들이 한 번쯤 상처 있는 아이들에게 눈길을 돌려주는 계기가 되었으면 한다.

건축가들이 '건물의 공간을 완성시키는 일은 사람의 몫이라고 했던가.' 졸업식이 끝난 뒤 교실을 돌아본다. 졸업한 아이들이 의자에 다시금 하나둘씩 와서 앉는다.

일 년 동안 쌓았던 아이들의 기억들이 공간 위로 퍼져나간다. 그리고 가득 차면 다시금 사라지는 아이들.

이렇게 채워지고 사라지는 시간들이 여러 해 되었다. 이것을 기록으로 남기는 것이 나에게 어떤 의미일까. 아이들을 성장시켜 졸업시킨다고 생각했는데, 실상은 내가 무엇인가를 얻게 되었다. 제자들과 함께 한 이야기를 부끄럼을 무릅쓰고 펼쳐 본다.

나의 이 글 속의 아이들, 그리고 이 글을 읽는 사람들도 함께 행복해 질 수 있는 세상을 기대해 본다.

누군가가 그랬다. 사람들의 말은 두 가지의 목적만 있다고, 하나는 감사하는 말, 또 다른 하나는 부탁하는 말.

과거에는 아이들이 부탁하는 말이나 감사하는 말을 제대로 듣지 못했다. 부탁하는 말을 나에게 화내고, 대드는 말로 들었다. 처음 교사가 되었을 때 나 역시 부탁을 하거나 감사의 표현을 제대로 전하지 못했다. 화내고, 윽박지르는 것이 소통 방법의 전부였다. 그러다 한가정의 가장이 되고, 한 아이의 아빠가 되면서 아이들의 이야기에 귀 기울이게 되고 의미를 알 수 있게 되었다. 이십 년 가까운 시간이 되어서야 아이들의 이야기를 들을 수 있게 되고, 나의 이야기를 전할 수 있게 되었다. 아이들과의 추억을 통해 아이들 덕분에 내가 얼마나 많이 성장했는지를 깨닫게 되었다. 그 시간 동안 나를 성장시켜 준 모든 아이들에게 진심으로 고맙고, 미안한 마음을 전한다.

따뜻한 오후 어느 날, 마음이 맞는 동료선생님들과 아이들 이야기를 나누다가 우리의 이야기를 책으로 내자는 의견이 나왔다. 이야기를 쓰면서 아이들과의 추억을 떠올리며 그 때의 나로 돌아가서 행복하기도 했고 그 때의 내 행동이 과연 최선이었을지 고민하는 계기가 되기도 했다.

아이들은 자신의 아픔을 어떤 형태로든 표현을 한다. 그 때, 내가 다행히 그 아픔을 알아채고 함께 할 수 있었던 아이들도 있었지만 그 표현을 알아채지 못하고 나를 떠나간 아이들도 있을 것이다. 글을 쓰면서 아이들의 아픔에 다시 한 번 울기도 했고 '내가 더 세심하게 신경을 썼다면 그 아이들의 미래가 조금은 달라질 수 있었을까?'라는 반성에 교사라는 직업이 내가 생각하는 것보다 더 어려운 직업임을 또 한 번 느끼게 되었다. 무엇보다 이 책을 쓰는 과정이 앞으로 만날 아이들에게 내가 조금은 더 성장한 교사가 되는 계기가 되었음을 믿어 의심치 않는다.

'JOYO$_2$'는 서툴고 부족할지 모르지만 우리의 이야기 나눔이 누군가에게는 공감으로, 또 다른 누군가에게는 자신의 상처가 치유되는 이야기가 되었으면 한다. 이왕이면 상처가 있다면 치유되고 행복해지기를 간절히 바라는 마음이다. 그것이 부끄럽지만 이 책을 세상에 내 보내는 이유이다. 그리고 이것은 우리의 결과가 아니라 시작임을 말하고 싶다.

아이들에게 산소 같은 교사가 되고 싶은
JOYO$_2$(오유미, 이상현, 조신희, 조용문)

목차

아프게
해서
미안해

01

첫 상담에 울기만 한 아이

　해마다 학기 초에 담임 학급의 아이들을 대상으로 상담을 한다. 하루에 네다섯 명 정도. 아이들이 30여 명이니 일주일 정도 걸린다.

　깊이 있는 상담은 하지 못한다. 대개 신상 파악과 서로 얼굴 익히기 정도이다.

학기 초라 학업에 관심이 많은 아이에게는 약간의 학습 방법에 대해 조언하거나 교우 관계로 힘들어 하는 아이에게는 현재 주변 상황을 파악하는 정도이다.

학기 초는 서로 잘 모르는 시기이다 보니 마음 속 이야기를 다 하기에는 부담스럽기 때문이다.

상담 순서는 남녀를 번갈아 가며 번호 순으로 정한다.

혜진이와 마주한 것도 그때였다. 혜진이는 성이 '한'씨라 상담까지는 며칠 정도 지켜 볼 시간이 있었다. 아이는 조용한 성격으로 학급의 아이들과도 별 문제는 없어 보였다.

활달하지는 않았지만 친한 친구들과는 간간이 대화도 나누는 아이였다.

여느 때와 마찬가지로 상담은 하교 후에 실시하였다.

상담을 위해 미리 받아 둔 가정환경 조사서를 보았다.

가족 란에는 아버지와 여동생이 둘 있었다. 모(어머니)란은 빈 칸, 그리고 가족 관계를 제외한 나머지 대부분은 비어 있었다. 원하는 상담 내용, 담임에게 부탁하고 싶은 것, 교우관계…. 모두 비어 있었다.

혜진이를 마주하기 전 다른 아이와 상담 때와 마찬가지로 과자 몇 개를 테이블에 두었다. 혜진이와는 조사서의 빈 공간부터 풀어 나가야겠다고 생각했다.

나름 아이들과 교감하는 것을 잘한다고 생각하기에 빈칸을 메우는 데별 어려움이 없을 것이라 생각했다.

혜진이 교무실로 들어 왔다.

혼자가 아니었다. 친구와 같이 들어왔다. 소영이었다. 소영이는 다른 반 아이다. 적잖이 당황하였다.

말문을 연 건 혜진이 아니라 소영이었다.

소영이는

"혜진이가 혼자 들어가기 겁난다고 해서요."

라며 조심스럽게 말한다.

기분이 좋지 않았다.

'담임과의 상담을 겁내는 아이라고?'

그간 며칠 동안 보아 온 아이의 모습과는 다르게 느껴졌다.

"그래도 샘과 첫 인사인데, 둘이 해야 하지 않을까?"

소영을 응시하며 말하자 소영이 혜진이를 한 번 쳐다보고는 잠시 머뭇거리다 교무실 밖으로 나갔다.

소영이 나가자 갑자기 혜진의 눈에서 눈물이 보이기 시작하였다.

당황스러웠다. 내심 무슨 사연이 있나 보다 생각하고 손수건을 혜진이의 손에 쥐어주었다. 하지만 혜진은 쥐어 준 손수건으로 눈물을 훔치지 않고 고개를 숙인 채 눈물을 흘리고 있었다. 눈물이 교복치마 위로 떨어질 정도로 많이 흘렀다.

별의별 생각으로 머리가 복잡했다.

'나에게 불만이 있나? 아니야, 담임 맡은 지 며칠이나 되었다고 불만이 있겠어?

소영이는 또 왜 같이 들어 왔던 거지? 그리고 소영이 없다고 울어? 덩치는 운동선수만 하면서…'

생각이 꼬리를 무는 동안에도 혜진이의 울음은 그치질 않았다.

그렇다고 자리를 일어나는 것도 아니었다.

내가 할 수 있는 건 그냥 그 아이 앞에 앉아 있는 것이 전부였다.

혜진이의 울음이 멈출 기미가 보이지 않았다. 창밖에서 이 광경을 보고 있는 소영이를 눈짓으로 불렀다. 다행히 소영이 그때까지 가지 않고 기다리고 있었다.

"오늘 상담은 어려울 것 같으니, 다음에 하자."

마치 혼잣말 하듯이 혜진에게 말하고 소영에게 혜진이를 데리고 가라고 하였다.

다음 날. 소영이를 불렀다.

소영에게 혜진이의 상담에 같이 들어 온 이유와 혜진이가 아무 말도 하지 않고 운 이유를 듣고 싶었다. 교직 생활 동안 첫 만남에 아이가 아무 말도 하지 않고 1시간 정도나 울고만 있었던 것은 나에게도 적잖은 충격이었다.

소영이도 아직 나와 친해지지 않아서인지 쉽게 말을 꺼내지 않았다. 거듭된 나의 설득에 입을 열었다.

혜진이랑은 유치원 때 부터 단짝이었단다.

봄에 유난히 힘들어 하는 것은 어머니가 돌아가신 시기가 2월 말이라서 그렇다고 했다. 초등학교 6학년이 되기 전 2월에 암으로 오랜 투병 생활을 하던 어머니가 돌아 가셨다. 그래서 지금처럼 봄이 오면 어머니에 대한 그리움이 더 커져서인지 혜진이가 힘들어 한다고….

오랜 기간 동안 어머니의 병을 치료하다보니 가계는 기울었고, 몇 년 전부터 아버지는 술에 의존하고 사신다.

어린 나이에 어머니의 죽음, 갑자기 기운 가정, 아빠의 무능력한 생활과 알코올 중독.

여러 충격을 한꺼번에 받아 어느 순간부터 거의 말을 하지 않는 단계까지 왔다고. 그나마 자기와 있을 때는 웃기도 하고 대화도 한단다. 아래로 여동생이 둘 있지만 본인이 힘들다 보니 동생들을 돌보지 못하는 것 같단다.

소영의 말은 대략 그랬다.

가끔 웃는 모습을 본 건 소영이 같이 있을 때였는데 나는 그냥 말수가 적고, 조용한 아이인 줄 안 것이다. 어떻게 풀어야 할 지 고민이 되었다. 소영에게 혜진이의 고민을 같이 해결해 보자고 했다. 우선 혜진이와 같이 밥을 먹기로 했다. 감자탕을 먹었다. 소영이 혜진이가 감자탕을 좋아한다고 말해 주었기 때문이다. 그리고 며칠 후엔 치킨을 먹었다. 아이스크림도 먹었다. 물론 소영이도 같이. 그렇게 몇 번의 개별 만남을 했지만 둘만의 대화는 쉽지 않았다.

그러던 어느 날 방과 후에 혜진을 불렀다.

"혜진아, 만약 선생님이 너에게 소원을 들어 준다고 하면 어떤 소원을 말할 거야?"

별 대답을 기대하지 않고 그냥 물었다.

"피-아-노요."

"응? 피아노?"

혜진은 작은 목소리로 피아노를 배우고 싶다고 했다.

뜻밖의 대답에 나의 머리는 하얗게 되었다.

'피아노를 배우고 싶다니….'

그렇지만 쉽게 꺼낸 말이 아니라는 것을 알기에 그냥 넘기고 싶지 않았다. 그래서 알았다고 했다. 꼭 피아노를 배우게 해 줄 테니 걱정 말라며 허세까지 떨었다.

처음에는 음악선생님께 부탁을 드려 학교 음악실에서 치게 하려고 했는데, 혜진이 싫다고 했다. 고민 끝에 피아노 학원을 운영하는 몇 년 전 제자의 어머니에게 부탁을 했다. 혜진의 상황을 말씀드리고 어렵게 부탁을 드렸다. 다행히 그 분은 흔쾌히 나의 부탁을 들어 주셨다.

며칠 후 우리는 그 피아노 학원에 같이 갔다.

혜진은 기뻐했다. 그렇게 좋아하는 모습은 나의 수고를 보람으로 바꾸어 주었다.

놀라운 사실은 혜진이 어릴 때 이 학원에 다녔다는 것이다.

게다가 학원 원장님은 혜진이를 기억했다. 무척 재능 있는 아이였다는 말까지 해 주셨다.

혜진이가 피아노를 친다. 음악을 잘 모르는 나이지만 혜진이 치는 피아노 소리는 무척 맑고 밝았다. 혜진이 행복하다는 느낌을 받았다.

원장님께 잘 부탁한다는 말을 거듭 하였다.

걱정하지 말라는 원장님께 죄송하고 감사하다는 말씀을 드리고 돌아섰다.

다음 날 만난 혜진은 먼저 말을 건네지는 않았지만 나에게 고마워하고 있다는 느낌을 받았다. 소영이를 대할 때처럼 나에게 웃어 주었다.

조금씩 나에게 마음을 연 것일까? 혜진이 내가 묻는 말에 조금씩 답을 했다.

그렇게 어려운 봄은 지나갔다. 혜진은 피아노 레슨을 오래도록 계속 받았다.

마음이 많이 안정되어 가는 혜진을 보며 기뻤다. 하지만 혜진을 위하는 나의 노력만으로는 어쩔 수 없는 어떤 벽 같은 것을 느꼈다. 무엇이었을까? 남은 기간 동안 잘 지켜보며 졸업만을 기다렸다.

다행히 혜진은 중학교를 무사히 졸업하였다.

해가 바뀌고 새 학년이 시작되었다. 혜진이는 고등학교에 진학하였다. 혜진이가 이 봄을 힘들어 하였다는 기억을 떠올릴 즈음 혜진이가 찾아 왔다. 반가움보다 걱정이 앞섰다.

쉽게 마음을 열지 못하는 아이. 또 다시 맞은 봄에 아마도 힘든 무엇이 있어서 왔으리라.

마주 앉은 혜진을 보고 깜짝 놀랐다. 손목에 칼로 그은 너무나 많은 자국들(소위 칼빵이라고 하는). 중학교 때도 가끔 칼자국이 있어 나에게 혼이 나긴 했지만 이렇게 많은 칼자국은 아니었다.

얼마나 큰 아픔을 지우려 손목에 그었을까?

마음이 아팠다.

"선생님. 죄송해요. 너무 힘들어서 찾아 왔어요."

그리고는 한참을 운다.

어린 나이에 감당하기 힘든 변화의 충격에서 아직 벗어나지 못한 아이.

아마 변해주지 못하는 주변 환경이, 그리움이 새 봄에 다시 아픔으로 왔으리라 생각되었다. 1년 전 아무 말도 못하고 울기만 하던 아이가 희망의 끈이라 여기며 나를 찾아 온 것이다.

삶이 의미가 없고 더욱 무기력해져 가는 자신이 두렵다는 아이, 누구에게 마음을 툭 털어 이야기를 다 못하는 아이.

나는 삶의 무게로 힘들어 하는 혜진에게 아르바이트를 해 보라고 했다. 일을 하면 뭔가 의욕이 생기지 않을까 하는 생각이 들었다. 용돈도 스스로 벌게 하고 싶었다. 다행히 해 보겠다고 했다.

수소문 끝에 '○○○' 아이스크림 가게에 자리가 있다는 것을 알았다. 한달음에 아이랑 같이 아이스크림 가게로 갔다.

그 곳 점장은 아이가 아직 어려 보호자 동의가 꼭 필요하다고 했다. 나는 나의 신분을 밝히고 우선 내가 신원 보증을 하겠다고 했다. 아이 부모님의 동의는 천천히 내가 받아 주기로 하고 아르바이트를 시켜 달라고 부탁을 했다.

다행히 혜진이 그 곳에서 일을 하게 되었다.

얼마 후 가게에 가보니 아이가 일을 하고 있었다. 웃으며 손님을 대하는 모습을 보았다. 아이스크림을 그릇에 담는 모습이 힘들어 보였지만 웃는 모습에 마음이 놓였다.

언젠가 아이의 가슴에도 아이스크림처럼 달콤한 행복이 가득 담기길 바라본다.

그리고 다음에 날 찾아 올 때는 꼭 행복한 모습으로 오기를….

Section
02

아프지 마라, 아이야

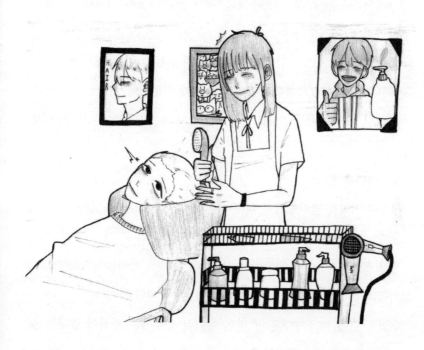

"13번 김미현."

"예!"

"미현이는 항상 씩씩하단 말이야."

2학년 수업 시간에 만난 미현이는 밝고 유쾌한 아이였다.

4월이었다. 수업을 한참 하고 있는 중에 대뜸 미현이 물었다.

"선생님은 항상 3학년 담임하시죠?"

"거의 그렇지."

"그럼, 내년에 저랑 혜민이 담임 맡아 주세요."

"왜?"

"그래서 고등학교 꼭 보내 주세요. 제가 공부를 못하거든요. 호호호"

"하하하, 그러자구나."

별 뜻 없이 웃으며 대답을 하였다. 반 편성은 석차 순으로 하는 것이고, 내년에 내가 몇 학년을 맡을지도 모르기 때문이다.

새 학년. 나는 3학년 1반을 맡았고 미현이 거짓말처럼 우리반이 되었다.

혜민이는 3반.

배치한 성적을 받아보았다. 미현이는 278명 중 278등이었다.

꼴찌.

전교 꼴찌였다. 어울림반(지적, 신체적 특수반) 아이들이 일반적으로 꼴찌를 하는데 그 아이들을 앞세우고 미현이 꼴찌인 것이다.

수업 시간에 떠들거나 잠만 자던 아이라 공부에는 관심이 없다는 것은 짐작 했지만 전교 꼴찌일 줄이야….

학기 초 며칠을 제외하고 거의 매일 지각을 하였다. 게다가 학급 아이들과 융화도 잘 되지 않았다.

한번은 남자 아이랑 싸움이 붙었는데 말로 하지 않고 주먹다짐까지 갔다. 그것도 먼저 폭력을 쓴 것이었다.

이유는 남자아이가 수업에 방해가 되니 장난을 치지 말라고 미현에게 말하자

"네가 뭔 데 나에게 충고 질이냐!"

라고 소리치며 남자아이의 얼굴을 때렸다는 것이다.

누가 보아도 미현의 잘못이 컸다.

하지만 학기 초이다 보니 조용히 마무리 하고 싶었다. 맞은 남자 아이도 그런다고 했다. 미현을 불렀다.

"미현아. 상준이랑 왜 싸웠니?"

"지가 뭔데 저에게 조용해라, 공부에 방해하지 마라, 잔소리를 하잖아요. 열 받게요."

"아이들에게 들어보니까 네가 먼저 폭력을 썼다는데, 그건 잘못된 거아니니? 선생님은 네가 상준이에게 먼저 사과를 했으면 좋겠구나."

"싫어요. 왜 선생님은 다른 애들 편만 들어요. 선생님은 작년에 볼 때랑 너무 달라요."

하고는 밖으로 나가 버렸다. 기가 막혔다. 나 역시 작년 수업시간에 만난 아이의 모습과 담임이 되어 본 아이의 모습이 많이 다르게 느껴졌다. 공부는 못해도 활달하고 긍정적일 거라 생각했는데, 그 것과는 거리가 멀었다.

아이는 분노를 잘 조절하지 못했고, 말썽도 많이 피웠다. 툭하면 반아이들과 싸웠다. 물과 기름처럼 반 아이들이랑 어울리지 못했다.

지난 해 같은 반이었던 혜민이와, 같이 어울려 다니는 무리의 아이들을 교실로 불러 시끄럽게 떠들고 놀아 학급 아이들의 원성도 샀다.

아빠를 만나 보기로 했다. 약속을 잡으려고 한 전화에 아빠는 대뜸

"학교에서 알아서 하시지 저를 왜 만납니까?"

라며 만나는 것을 거부했다. 당황스러웠다. 다른 일도 아니고 딸의 학교생활 문제로 상의하자는 데 싫다니. 상식적으로는 이해되지 않았다.

만나는 것을 극도로 싫어하는 내색을 노골적으로 표현했다.

"아버님. 미현이 큰 잘못을 해서 만나자는 게 아닙니다. 지금 학교생활을 잘 못하고 있고 무척 힘들어 하고 있습니다. 학교에서만 노력한다고 될 일이 아닙니다."

몇 번의 재촉과 약속 끝에 어렵사리 만났다. 3년 전에 졸업한 오빠도 같이 만났다. 미현이 아빠는 말투나 행동이 많이 거칠었다. 미현이 여섯 살 때 이혼을 하고 오빠랑 셋이서 산다고 했다.

오빠는 사회생활을 빨리 하려고 특성화고로 진학했다. 최근에 집을 나와 혼자 자취를 하고 있었다.

아빠는 공장 경비일을 하는데, 24시간 교대 근무로 하다 보니 이틀에 한 번씩 집으로 온다.

놀라운 건 미현이 초등학생 때 부터 여태껏 집안 살림을 하고 있다는 거다.

오빠와 아빠의 빨래부터 집안 청소에 식사 준비까지 한 마디로 엄마

의 역할을 하고 있었다. 공부에 흥미가 없는 아이이기도 하지만, 공부를 할 여건도 전혀 아니었다.

아빠와 오빠에게 미현의 현재 상황을 말씀드렸다. 아빠의 반응은 의외였다.

"아니, 중3이나 되었는데 학교에서 책임지셔야지. 아빠 말을 듣나요? 학교에서 알아서 해 주세요. 저는 제 밥 먹고 살기도 힘든 사람입니다. 앞으로는 미현의 문제로 전화하지 말았으면 합니다."

아이를 걱정하기보다는 나 살기도 바쁘다며 앞으로 아이의 문제로 전화하지 말라는 답변을 들었다. 더 이상의 대화는 무의미 했다. 그렇다고 아무 말도 하지 않기에는 마음에 걸렸다.

"미현이 아버님. 그래도 고등학교 입시가 있으니 이제라도 관심을 좀 가져주셨으면 합니다."

최소한의 부탁으로 만남의 마무리를 하였다. 마음이 무거웠다. 차라리 만나지 않은 것만 못했다.

다음 날 미현이를 만났다. 여전히 까불고 웃는 모습을 보니 왠지 슬펐다. 철없는 저 모습 뒤에 숨은 그늘을 나는 못 보았던 것이다. 미안한 마음이 들었다.

어려서부터 집 안 일을 맡아서 했단다. 엄마도 없이.

자존심이 하늘을 찌르던 아이. 자신을 보호하려는 의지가 너무나 강한 아이. 친구들의 농담에도 가슴 아파하며 싸움을 걸던 아이.

나는 이 아이 뒷편의 그림자를 발견하지 못했던 것이다.

미현과 마주 앉았다. 내가 먼저 웃어 보였다. 따라 웃는다.

돌아보니 2학년 때 가끔 내가 던지는 이야기에 웃어주고 따랐던 것이 어쩌면 가족, 그 중에서도 자신을 보살펴 주지 않는 아빠에 대한 애정의 표현일지 모른다는 생각이 들었다.

"미현아, 미안하다. 선생님이 잘 모르고 너만 야단 친 것 같구나. 사과할게."

미현의 손을 잡았다. 미현이는 아니라고 했다. 선생님의 마음을 알면서 억지 부려 죄송하다고. 아이들에게 기죽기 싫어서 그랬으리라는 생각이 들었다.

조심스럽게 엄마의 이야기를 꺼냈다. 이곳에 있기보다는 아무래도 엄마와 함께 있는 것이 좋을 것 같다는 생각이 들어서였다.

초등학교 5학년 때 첫 생리를 하고 무서웠다고 했다. 아빠와 오빠에게 말도 못하고 집에서 엉엉 울었다고. 다행히 오빠가 눈치 채고 생리대를 사다주었다고.

그 때 엄마의 빈 자리를 느끼고 무작정 엄마를 찾아 나섰단다. 주소도 없이 아주 어렸을 때의 기억만 더듬으며 엄마를 찾아 5년 만에 외갓집이 있는 평택으로 갔었다고 한다.

힘들게 외갓집을 찾았지만 그 곳엔 낯선 사람들이 살고 있었고 그냥 돌아 올 수밖에 없었다. 그렇게 엄마와의 연락은 끊어졌다. 정확히 말하면 이미 오래 전 연락이 끊어졌던 것을 그제서야 안 것이다.

어린 시절 엄마가

"엄마랑 같이 외갓집으로 갈래?"

라는 질문에

"아니, 난 여기가 좋아. 여기서 엄마 아빠랑 다 같이 살 거야."

라고 대답한 것을 마지막으로 엄마는 볼 수 없었단다.

엄마를 찾지 못한 채 집으로 왔고 그날 아빠에게 많이 맞았단다. 한 번만 더 엄마 찾아 가면 내쫓아 버린다고. 그래서 엄마의 연락처를 모른다고.

이미 상처가 굳어서일까? 담담하게 이야기하는 미현이.

차마 눈물을 보일 수는 없었지만 가슴에 눈물이 흘렀다.

"미현아. 선생님이 이제 너의 아빠 할까?"

"네? 호호호."

웃는 미현이를 보며 정말 다음 날부터 미현이를 딸처럼 생각하고 챙기기로 마음먹었다. 소풍 갈 때나 학급 활동을 할 때 미현이를 꼭 챙겼다. 다른 아이들이 눈치 채지 못하도록.

중간 중간 소소한 사고는 쳤지만 미현이 많이 밝아졌다. 학급 아이들과도 잘 지냈다. 12월에 치른 예술제는 본인이 작품을 구상하고 아이들을 지도하는 적극성을 보이기도 해 나를 기쁘게 해 주었다.

미현이 고등학교에 무사히 합격을 하였다. 정말 기뻤다. 무엇보다 고등학교에 진학시켜 주겠다고 한 미현과의 약속을 지킬 수 있어서.

졸업식을 다 끝낸 2월. 미현이 진학하기로 한 학교에서 전화가 왔다.

"미현이 담임 선생님이시죠?"

"네. 맞습니다만…."

"미현이 아버님과 연락이 되질 않아서요."

고등학교에 등록을 하지 않았다고 한다. 미현이는 잘 모르겠다고 하고 아빠는 연락이 안 되어서 할 수 없이 담임인 내게 연락을 했단다.

아빠를 찾아 갔다. 아빠는 미현이에게 화가 나 있었다. 오빠가 그랬듯이 미현이 집을 나가 지내고 싶어 하는데 본인은 허락해 줄 수가 없다고.

미현이는 집이 싫다고 한다. 아빠의 폭력도. 아무도 없는 방에 혼자 있느니 다른 친구랑 지내고 싶다고.

결국 나의 노력은 실패로 끝났다. 고등학교에 진학해 교복을 입은 모습을 꼭 보고 싶었는데….

"선생님. 미현이 봤어요."

"응?"

"어제 미용실에 갔는데 미현이가 제 머리를 감겨 주었어요. 깜짝 놀랐어요."

스승의 날이라고 찾아온 제자로부터 미현이 소식을 들었다. 그래도 마음이 놓였다. 나름 잘 지내고 있었구나.

"제 머리를 감겨 주는 데 제법 잘 하더라고요."

졸업 후 한동안 미현은 나의 연락을 받지 않았다. 많이 힘들었을 것이라 이해했다. 교복을 입은 친구들을 보며 마음도 많이 상했으리라. 친구들의 머리를 감겨주며 가슴이 많이 아팠을 미현이.

하지만 포기하지 않고 자신의 길을 가고 있다고 믿는다.

그래, 이제부터라도 아프지 마라, 아이야. 아프니까 청춘이라지만 겨울이 길수록 봄이 더욱 기다려진다지만.

그래도 아프지 마라, 아이야.

아프게
해서
미안해

Section
03

그래, 떠나라!

이른 아침. 집에서 막 학교로 출발하려는 데 전화벨이 울렸다.

"여보세요."

"선생님, 저 혜영이에요."

"무슨 혜영이?"

"민혜영이요. 저 기억나세요?"

"아, 그래. 민혜영!"

기억 저편으로부터 혜영이를 떠올리며 출근을 했다.

중 2병을 지독하게 앓은 아이. 중2 시절은 아이들이나 담임교사들이
나 다 힘들어 하는 때이다.

하지만 그해 2학년 아이들은 특히 유난스러웠다. 예닐곱 명의 몰려다
니는 여학생들이 있었는데 다른 아이들에게 큰 위협이 되었다. 소위 말
하는 일진의 무리였다.

이 아이들의 눈 밖에 난 한 아이는 전학을 가려고 고민할 정도였다.
선생님들도 이 아이들 때문에 수업시간에 많이 힘들어 할 정도였으니
까.

어느 날 3반의 민선이라는 아이가 이 무리 아이들의 괴롭힘에 힘들어
학생자치부에 신고를 했다. 민선이는 내성적인 성격에 얌전한 아이다.
조사해 본 결과 이 아이들은 SNS에서 조직적으로 한 아이를 괴롭혔다.
학교에서도 직접적인 폭력은 쓰지 않았지만 지속적으로 민선이를 괴롭
혀 온 것이다.

피해자인 민선이가 하지도 않은 사실을 마치 한 것처럼 해서 자신들
과 싸울 수밖에 없게 만든 다음, 집단으로 아이를 괴롭힌 사건이었다.
혜영이도 그 가해자 중 한 명이었다.

그 일로 아이들을 처벌해 달라고 피해자 부모님이 신고를 해 왔다. 그래서 '학교폭력자치 위원회(학폭위)'가 열렸다.

아이들이 한 줄로 앉았다. 은수, 미진, 영아, 진희, 수민, 민아 그리고 혜영이까지.

학폭위에서는 사건을 파악하고 이에 합당한 선도처분을 결정한다. 때에 따라서는 강제로 전학을 결정할 수도 있어 긴장된 자리이다.

사고를 많이 치고 겁이 없던 아이들도 이 자리에 오면 긴장하고 평소의 모습과는 달리 꼬리를 내리고 얌전해진다.

'학폭위'는 그런 자리이다. 학년부장이던 나는 죄인이 된 마음이었다. 뒷자리에 앉은 아이들의 학부모님들도 아이들이 엄한 처벌을 받을까봐 안절부절 못하고 있었다.

그런데 정작 고개 숙이고 반성하고 있어야 할 아이들이 웃으며 떠든다.

"야, 우리 친구들 다 왔네."

"역시 의리 있어."

"담임 샘들도 있고. 낄낄낄."

"히히히 ~!"

기가 막힌다. 듣고 계시던 학생부장 선생님이 아이들에게 주의를 주자 마지못해 아이들은 정숙한다. 나는 선도위원이기도 하지만 가해자 아이의 담임이기도 하다.

혜영이 부모님은 아침 일찍 장사를 시작해서 늦은 밤까지 하는 자영업을 하셨다.

학부모 상담 주간에 제일 먼저 찾아 와서 자신들의 환경을 설명하고 혜영이를 부탁하셨다. 그렇기에 혜영이에게 더 신경을 쓰려고 노력했는데, 부모님 보기에도 미안한 마음이 들었다.

아이들에게는 민선이를 괴롭힌 정도에 따라 처벌이 내려졌다. 가장 괴롭히는 정도가 심했던 은수에게는 등교 정지라고 하는 중징계가 내려졌다.

다른 아이들에게도 징계가 내려졌다. 떠들던 아이들도 징계를 내릴 때는 다소 당황하는 모습을 보였다. 혜영이도 예외 없이 처벌을 받았다.

'학교 봉사 활동 5일.'

다음 날 교실로 들어오지 못하고 복도를 쓸고 있는 혜영이.

담임으로서 잘 이끌어 주지 못한 것 같아 맘이 편치 않았다.

징계가 끝난 날 혜영을 교무실로 불렀다.

"혜영아, 선생님은 혜영이 착한 학생이라는 믿음에는 변함이 없어. 그런데 자꾸 이런 일이 일어나니까 샘은 걱정이 되는 거야."

"……."

대꾸가 없다.

"혜영아, 대답을 해야지."

대답 없는 혜영이. 그런데 혜영이 눈물을 보인다. 강한 아이 같았는데. 당황스러웠다. 이 상황을 정리해야 했다. 그래서 더 이상 대화를 이어가지 못하고 집으로 돌려보냈다. 며칠 후. 아침 조회를 마치고 교무실로 가는 나에게 혜영이 편지를 주었다.

선생님. 정말 죄송합니다. 민선이를 괴롭히는 것이 나쁘다는 것을 알고 있었지만 그럴 수밖에 없었어요. 만약 민선이를 괴롭히지 않으면 친구들이 저를 괴롭혔을 거예요. 그래서 저도 할 수 없이 괴롭혔어요. 민선에게는 미안하지만 어쩔 수 없었어요.

선생님. 저는 다른 아이를 괴롭히는 친구들이 싫습니다. 예전에는 이게 큰 잘못이라는 걸 몰랐어요. 그냥 재미로 그런 것이었습니다.

하지만 힘들어 하는 민선이를 보면서 제가 크게 잘못을 했다는 것을 알았습니다.

죄송합니다. 하지만 이제 와서 이 친구들과 어울리지 않으면 학교를 다니지 못할 것 같아요. 분명히 아이들이 저를 왕따 시킬 거예요.

하지만 솔직한 마음은 이 아이들과 떨어지고 싶어요. 공부도 하고 싶고, 이 아이들 말고 다른 친구들도 사귀고 싶어요. 그런데 학급 아이들은 저를 피하기만 합니다. 물론 제 잘못인 것도 잘 압니다. 다른 아이들처럼 그냥 평범한 학생이 되고 싶습니다. 늦은 걸까요? 선생님 저 좀 도와주세요. 부탁드립니다.

혜영 올림

혜영이는 1학년 때 부터 일진이었다. 이를 인정하고 사고를 치지 않도록 하는 것이 나의 주된 목적이었다. 관심을 보여주었지만, 실은 혜영이가 큰 사고나 치지 않았으면 하는 마음이 컸다. 그런데 이 아이는 그런 자신으로부터 벗어나고 싶어 하고 있었다. 진작 그 마음을 헤아리지 못한 나를 질책했다.

혜영이 부모님을 만났다. 혜영이의 마음을 빨리 부모님께도 알리고 해결 방법을 찾아야 할 것 같아서였다.

나에게 쓴 편지를 읽은 혜영의 부모님은 큰 한숨을 쉬었다.

"선생님, 어떻게 하면 될까요?"

어머니가 말을 꺼냈다. 나는 혜영이와 무리 아이들을 떼어 놓는 것이 가장 좋은 방법이라고 말씀드렸다. 전학을 권하였다. 하지만 전학을 간다고 해도 모든 관계를 정리하기는 쉽지 않을 것 같다며 망설인다.

그 때 혜영이 아버지가 이렇게 말했다.

"선생님. 혹시 라오스라는 나라 아세요? 거기 혜영의 작은 아버지가 살아요. 그 곳에라도 보낼까요?"

혜영이 아빠는 본인만 원한다면 그 곳으로 보내겠다고 한다.

라오스. 먼 나라이다. 거리뿐 아니라 정서적으로도 상당히 먼 나라. 사회주의국가에 국민소득이 우리나라의 10분의 1도 되지 않는 후진국.

과연 그 곳에 가는 것이 이 아이에게 도움이 될까?

혜영과 마주 앉았다. 혜영이 라오스 행을 주저하는 모습을 보였다.

"혜영아, 정말 이 상황에서 벗어나고 싶니?"

"예……. 그런데 라오스라는 나라는 두려워요."

혜영이의 고민이 충분히 이해되었다.

"하지만 가보고 싶어요. 가서 한 번 부딪혀 보고 싶긴 해요."

떠나고 싶은 마음이 크면서도 갈등하는 아이에게 용기를 주고 싶었다. 그래서 같이 갈등하면 아이가 흔들릴 것 같았다. 두 말하지 않고 말했다.

"그럼, 떠나라. 라오스로!"

그렇게 혜영이는 라오스로 갔다. 그리고 5년이 지나 전화가 온 것이다.

학교에 와보고 싶다고 해서 그러라고 했다. 혜영이 어떤 모습으로 변했을지 기대가 되어서인지 마음이 들떴다.

혜영이 라오스로 가고 나서 얼마 후 그 무리의 다른 아이들도 흩어졌다. 완전히 없어지지는 않았지만 아이들을 괴롭히던 것도 많이 줄어들었다.

몇몇 아이는 졸업을 하고 길에서 만나기도 하였는데 그 때 반항아의 모습은 거의 사라지고 열심히 살아가는 모습을 보였다. 중2 시절은 정말 아이들에게 힘든 시기라는 것을 새삼 느꼈다. 그럴 때면 혜영이를 생각하곤 했었는데….

혜영이 학교에 왔다. 처음에는 몰라볼 뻔 했다. 아이들은 정말 금방 자라는 구나. 선생님은 별로 변하지 않았다며 혜영이 환하게 웃는다.

라오스로 가고 한두 해는 가끔 소식을 듣긴 하였지만 그 후로는 새로 맡은 아이들로 해서 바쁘게 지내다보니 혜영이를 잊었다.

라오스에 도착해 몇 달 동안은 거의 매일 울었단다. 언어도 잘 통하지 않는데다가 작은 아버지는 항상 바쁘시다보니 대화할 수도 없었다고.

후회도 많이 했단다. 갈등하는 자신에게 한 마디 말로

'가라!'고 한 나를 원망하기도 했다고 한다.

하지만 시간이 지나면서 차츰 적응이 되었단다. 다니는 곳이 외국인을 대상으로 하는 국제학교이다 보니 영어는 자연스럽게 잘 하게 되었고 언어가 재미있어서 중국어와 독일어도 공부하고 있다고 한다.

혜영이는 민선이의 소식을 물었다. 잘 지낸다는 나의 말에 무척 기뻐한다.

5년이라는 시간이 지났는데도 무거운 짐으로 남아 있었나 보다.

며칠 동안 한국에 머물면서 중학교 때 친구들을 만날 예정이라고 했다.

누구보다 민선이를 만나 사과를 하고 싶다고. 이왕이면 그 때 친구들을 모두 데리고 가서 사과하고 싶다고. 철 없던 자신들의 행동으로 상처받았다면 무릎을 꿇고서라도 용서를 받고 싶단다.

혜영이의 부탁으로 다른 아이들에게 수소문하여 민선이를 만났다. 민선이는 혜영이를 보자 자기를 괴롭혔던 아이라기보다는 학교 다닐 때 친구 대하듯이 대해 주었다.

다행스러웠다. 혜영이는 진심으로 민선이에게 당시의 행동에 대하여 사과를 하였다. 민선이는 웃으며 사과를 받아 주었다. 그리고 자주 연락하는 친구가 되기로 하였다.

서로 포옹하고 헤어지는 모습을 보며 나의 마음도 한결 가벼워졌다.

돌아오는 길에 혜영이는 라오스에서 지내면서도 철 없던 자신의 행동을 많이 후회하였다고 한다. 다행히 그 곳에는 우리나라의 '왕따' 같은 문제는 없어서 좋다는 말에 씁쓸한 마음이 생겼다.

"잘 자랐구나. 그래 앞으로의 꿈은 뭐니?"

대견해 보이는 혜영이의 미래를 물었다.

혜영이는 스튜어디스가 되고 싶단다. 그래서 며칠 한국에 머문 다음 독일로 가서 스튜어디스를 양성하는 '직업학교'에 입학할 예정이라고 했다. 독일어도 그래서 열심히 공부한다고. 막연한 꿈조차 없던 아이가 인생의 목표를 뚜렷하게 세우고 노력하는 모습에 뿌듯함을 느꼈다. 한편으로 아이의 꿈을 준비해 주는 라오스보다 못한 우리나라의 교육환경이 안타깝게 느껴지기도 했다.

5년 전 우리나라에서 그냥 학교를 다녔으면 어떻게 되었을까? 물론 떠나기 전에 아이가 후회하는 마음이 있었으니 여기서도 열심히 생활하였을지도 모른다. 반반의 확률이긴 하지만 과감하게 떠났던 아이가 훌륭하게 자라 온 모습을 보면서 정말 떠나라고 하길 잘 했다는 생각이 든다.

아프게
해서
미안해

Section
04
선생님이 된 일진

새 학년 첫날. 출석을 불러 보니 한 명의 학생이 오지 않았다. 학교 오기를 싫어하는 아이들도 첫날은 온다. 첫 이미지가 중요하니까.

'이진하'

2학년 때부터 사고치기로 유명한 아이다. 아이들이 말하는 '학교 일진

짱'인 아이. 학급 배치가 끝난 다음 여러 선생님들이 이구동성으로

"진하가 선생님 반이라면서요. 걱정되시겠어요."

라고 할 만큼 문제아이다. 학급 아이들 중의 몇은 진하와 같은 반이 된 것을 알고 내심 걱정스런 얼굴들이다.

그런 진하가 학교에 오지 않았다. 많은 생각이 들었다.

'첫 날부터 결석이라…. 학교에 오기 싫은 걸까? 무슨 일이 있나? 차라리 계속 오지 않으면 전체로 봐서는 좋은 일지도 모르는데…. 오지 말았으면….'

교사로서 해서는 안 될 생각까지 했다. 다음 날도 학교를 오지 않았다. 작년 담임에게 진하와 진하 아버지의 연락처를 물었다.

먼저 진하에게 연락했다.

"여보세요?"

"누구세요?"

"너 담임이다!"

"……."

아무 말도 하지 않는다.

"왜 학교 안 와?"

"……."

여전히 말이 없다.

"진하야. 학교 와야지."

"지금 안성에 있어요."

"응? 안성에는 왜?"

"엄마한테 와 있어요."

그냥 거기에 살겠다는 진하에게 일단 학교에 와서 이야기 해 보자고 했다. 그냥 거기에서 지낼 수는 없다고. 거기서 살고 싶으면 전학을 가야한다고.

진하는 생각해 보겠다고 하고 전화를 끊었다.

진하 아버지에게 전화를 했다.

"진하가 학교에 안 왔어요?"

오히려 나에게 되물으신다.

"네. 진하가 이틀 동안 학교에 오지 않았습니다."

진하가 아빠와 심하게 다툰 후 집을 나간 건 지난 겨울 방학이라고 했다. 진하가 초등학교 때 진하 부모님은 이혼을 했다.

가끔 엄마를 만나게 해 주었는데, 지난 해부터 자신의 말을 잘 듣지 않고 반항하기 시작했다고 했다.

그럴 때면

"엄마한테 확 보내 버린다."

고 했단다.

그러면 진하는 잘못을 빌었는데, 이번에는 그냥 가버렸다고 한다. 며칠지나면 알아서 올 줄 알았는데 오지 않는단다.

전화를 해서 오라고 했더니,

"아빠랑 살기 싫어. 엄마랑 살 거야. 엄마한테로 꺼지라고 했잖아. 나

이제 안 가! 아빠는 지우랑 살아."

하고는 전화를 끊어 버렸다고 한다.

진하 아버지는 진하와 초등학교에 다니는 남동생인 지우를 데리고 셋이 사신다. 이혼한 엄마는 친정인 안성에 따로 살고 있다. 아빠는 경제적으로 힘든 상황에서 진하와 동생을 잘 키우려고 애쓰며 살고 있는데 요즘 들어 사춘기인지 부쩍 반항이 심해 졌다고 한다.

그러다 보니 서운한 마음에 자신의 마음을 모르는 진하에게 잔소리를 하게 되고…. 이것이 반복 되다 보니 이런 상황에 이르렀던 것이다.

진하 아버지에게 일단 진하가 학교를 나올 수 있도록 설득해 달라고 했다. 그러면 나머지는 내가 잘 이야기 해 보겠다고 했다.

다음 날. 조회시간에 진하가 교실로 들어 왔다. 머리가 노랗다. 샛노란 머리를 하고 왔다. 아이들이 진하를 쳐다보았다. 나도 진하를 보았다. 교실에 들어오자마자 인사도 없이 제일 뒷자리의 책상에 엎드린다.

요즘은 머리에 염색을 한 아이를 가끔 볼 수 있다. 하지만 그때는 머리에 염색을 한다는 건 상상을 못할 일이었다. 머리를 염색한 채로 학교에 온 건 진하가 처음이었던 것 같다.

방학 동안 염색을 하더라도 개학을 하면 다시 검은 색으로 염색하고 오기 마련인데, 진하는 무슨 생각이었는지 노랑머리로 학교에 왔다. 진하의 노랑머리는 나에게 거대한 벽을 느끼게 했다.

첫 대면이고 해서 일단 그냥 두었다. 종례 후 따로 불러 이야기를 해

볼 생각이었다. 그런데 종례를 하기 위해 교실에 갔더니 진하가 없다. 아이들 말로는 점심시간 이후에 보이지 않았다고 한다.

화가 났다. 나를 무시하는 것 같이 느껴졌다. 바로 전화를 했다. 좋은 말이 나오지 않았다.

"야, 너 어디야?"

"안성 가는데요."

"종례는 하고 가야지."

"그럼 늦는데요."

"지금 안성 가면, 내일 어떻게 올 거야."

"……."

전화가 끊겼다.

아버지에게 다시 전화를 했다. 아버지는 일단 오늘 학교에 가면 엄마 한테 보내 줄 테니까 오라고 했단다. 그래서 오늘 하루 온 것이라고. 그런 줄 알았으면 종례 후로 미루지 말고 아침에라도 불러서 이야기를 할 걸 하는 후회가 들었다. 다시 진하에게 전화를 걸었다. 전화를 받지 않는다.

진하 어머니와 만났다. 아버지에게 연락처를 받고 전화를 했다. 직장을 다니셔서 늦게 끝난다는 말에 안성까지 갔다. 어머니는 마트에서 일을 하고, 생활은 친정에서 한다고 했다. 진하가 학교에 오지 않는다는 말씀을 드렸다. 본인은 엄마랑 살겠다고 한다고. 어머니의 생각을 물었다.

"실은 제가 진하를 거둘 형편이 안 돼요."

진하 어머니의 친정집은 방이 세 칸이기는 해도 방이 작다고 한다. 작은 아파트에 친정 부모님과 남동생 내외, 그리고 조카 둘까지. 진하를 포함하면 여덟 사람이 산다. 자신이 따로 나와 살 형편이 안 되는데다가 진하까지 와서 살 수는 없다는 것이다. 차마 그 말을 못해 친정 부모님이 기거하는 방에 같이 눈치를 보며 지내신다고.

설득을 해서 보내고 싶은데 그것이 상처가 될 것 같아 말을 못하고 계신다고 했다. 마음이 답답했다. 진하가 커피숍으로 들어왔다. 얼핏 보면 학생이 아닌 것 같다. 짙은 화장에 노랗게 염색한 머리. 한숨부터 나왔지만 자리에 나와 준 것만 해도 고마웠다. 우선 어머니께 자리를 비켜달라고 했다. 진하의 진심을 들어 보고 싶었다.

"진하야, 내가 너 담임이야."

"……."

"샘은 너를 도와주고 싶어서 온 거야. 하지만 네가 무엇을 원하는지를 모르잖아. 너의 생각을 말해 주었으면 해."

한참을 설득한 후에야 진하의 생각을 들었다.

본인도 엄마가 많이 불편해 하실 거라는 걸 안다고 했다. 하지만 엄마랑 있는 것이 좋다고. 아버지랑은 같이 살기 싫다고. 이유를 물어보았다.

"아빠는 잔소리가 너무 심해요. 집안 일도 많이 시키고. 술 먹고 오는 날이면 폭력도 쓰고. 엄마가 염색해 준 머리를 다시 검은 색으로 하라는 것도 싫어요. 저는 이 머리가 좋아요. 학교를 그만 두더라도 그냥 여기서 엄마랑 살래요."

나는 진하와 약속을 했다. 우선 아빠를 설득해서 잔소리를 못하게 하겠다. 술도 덜 드시도록 하겠다. 그리고 머리를 노랗게 하는 것도 인정하겠다. 다만, 네 마음이 바뀌면 그 때는 검은 색으로 염색하자. 학교에서도 교장 선생님께 말씀드려 당분간은 네 머리카락 색으로 처벌하지 않도록 하겠다. 대신 아빠한테 가서 열심히 학교에 다니겠다고 약속을 하자. 그러면 선생님이 네 요구를 모두 들어 주도록 아빠랑 이야기 해보겠다.

진하는 아빠가 그걸 들어 줄 리 없을 거라 했다. 나는 그 자리에서 아버지에게 전화를 했다. 진하의 요구를 들어 주는 조건으로 진하를 데리고 간다고 했다.

진하 아버지는 내가 말한 조건을 들어 주기 위해 열심히 노력하겠다고 했다. 절대로 아이에게 폭력을 쓰지 말라는 부탁을 하고 집으로 돌아왔다.

다행히 다음 날부터 진하는 학교에 잘 나왔다. 하지만 문제가 해결된 것은 아니었다. 진하의 머리를 본 학생 부장선생님은 한 아이만 특별대우를 해 줄 수 없다며 조치를 취하지 않으면 학칙에 따라 처벌하겠다고 했다. 당연한 말이었다. 하지만 어떻게 해서 여기까지 진하를 데리고 왔는데, 포기할 수는 없었다. 시간을 달라고 했다. 여름방학 이후에는 반드시 머리카락을 검은 색으로 하도록 하겠다고 약속을 했다.

"담임이 누구기에 애 머리가 이 모양인데도 그냥 두는 거야."

어떤 선생님은 내 앞에서 대 놓고 진하와 나를 싸잡아 험담을 하기도 했다. 이해는 간다. 똑같은 규칙을 지켜야 하는 것이 당연하기에 노랑머리를 하고 학교에 온 아이를 나무라지 않는 담임이 한심해 보이는 것이 당연하다. 하지만 나는 진하와 약속을 지키기 위해서 진하의 머리 염색을 문제 삼지 않았다. 이런 나의 행동이 편애일 수도 있고 다른 아이들에게 나쁜 영향을 줄지도 모를 일이지만 왠지 진하를 믿어야 한다는 마음이 컸다. 스스로 깨닫기를 바라면서. 그렇게 힘겹게 한 학기를 마무리했다.

2학기가 되었다. 진하의 노랑머리가 검정머리가 되어 학교로 왔다.

"선생님, 저 때문에 속 많이 상하셨죠? 이젠 저 철들었어요."

하며 활짝 웃는다.

엄마에 대한 그리움을 머리카락 염색으로 대신했던 아이가 철이 들었다고 말하며 웃는다. 이제 현실을 받아들이게 되었다는 의미로 들려 마음이 아팠다.

진하는 남은 학교생활을 잘 마무리하고 고등학교로 진학을 하였다.

몇 년이 지난 후. 그해 제자들이 12월 모임에 나를 불렀다. 아이들의 얼굴을 하나씩 기억하며 약속 장소로 갔다. 진하는 보이지 않았다. 모임이 무르익을 즈음 한 아이가 전화를 건네 준다. 진하였다.

"선생님. 저 진하예요."

"그래. 진하야."

반가운 마음이 앞섰다.

"저도 가고 싶었는데, 죄송해요. 학원 수업 때문에…."

"학원 수업?"

"예. 입시학원에서 아이들 가르치고 있어요. 안성에서."

"잘 되었구나. 하는 일은 재미있니?"

"예. 행복해요. 애들 가르치면서 선생님 생각 많이 났어요."

진하의 밝은 목소리에 안도 했다. 노랑머리 아이가 바르게 자란 것도 대견스러웠다. 학교는 아니지만 나와 같이 아이들을 가르치는 일을 한다는 것에 더욱 기뻤다. 그리고 사는 곳이 안성이라는 것도.

Section
05

늦어서 미안해

"준비~!"

"땅!"

꽃피는 오월. 학교 체육대회의 꽃인 2인 3각 단체 경기의 출발을 알리
는 총성이 울렸다. 학급별 남학생 다섯, 여학생 다섯, 10명의 아이들은

발에 끈을 묶고 반대쪽 결승선을 향해 출발했다.

　다른 반 아이들의 출발한 모습을 본 우리반 아이들은 당황했다. 다른 반 아이들은 짝지어 걷는 것이 아니라 뛰어 가고 있었기 때문이다.

　며칠 전부터 학급 아이들이 체육대회 연습을 하자며 나를 졸랐다.

　다른 반 아이들이 적극적이지 않아 걱정하는 선생님들도 있었는데 우리반 아이들의 적극적인 모습에 내심 기뻤다.

　교사 첫 해. 처음 맡은 제자들이다 보니 애착이 크던 차에 아이들도 적극적인 모습을 보이니 나로서는 행복한 일이었다. 그래서 열심히 준비해서 체육 대회에 좋은 결과를 얻고 싶었다.

　하교 후에도 우리반 아이들은 남아서 체육 대회 준비를 했다. 무엇보다 단체 종목에 점수가 크기 때문에 단체 종목 연습을 많이 했다. 그래서 어느 정도 2인 3각에는 자신이 있었던 우리반이었는데….

　나 역시 당황하였지만 내색하지 않고 구령을 계속하였다.

　"하나 둘, 하나 둘."

　우리반은 나의 구령에 맞추어 걸었다.

　'아뿔싸!'

　뛰어 가는 모습을 보며 이런 방법을 귀띔해 주지 않은 선배 교사들이 야속하기까지 했다.

　나는 앞에서 구령을 하였지만 결승선에 들어오기까지 낯이 뜨거워지는 것을 감출 수가 없었다. 앞으로 뛰어 나가 점점 멀어져 가는 다른 반 아이들을 보면서 아이들의 얼굴이 일그러지고 당황하는 빛을 보였다. 특히, 반장인 보라는 눈물을 글썽이면서도 나의 구령을 따라하며 열심히 걸어 나의 마음을 아프게 했다.

결승선에 꼴찌로 들어왔다. 우리를 기다리며 응원하던 학급 아이들도 어쩔 줄 몰라 했다. 본부석 주위에 있던 학부모님들은 우리반의 모습을 보며 재미있다고 웃고 계셨지만, 나의 마음은 편치 않았다.

2인 3각을 못해서일까? 다른 종목들도 최선을 다했지만 순위에 들지 못했다.

체육대회 폐회식. 전교 꼴찌 반에 '만두 10판'이 부상으로 주어졌는데, 우리반이 그 원치 않았던 영광을 안고 말았다. 며칠을 연습하며 1등을 하겠노라고 자신했었는데 아이들 볼 낯이 없었다. 나는 연습만 많이 시켰을 뿐 정작 경기에 중요한 요령은 알려 주지 못했던 것이다. 아이들은 그런 나를 믿고 열심히 따라 주었는데….

응원 온 우리반 학부모님들의 안타까워하시는 모습도 눈에 선했다. 그 때였다. 부반장 승진이가

"얘들아! 기죽지 말자. 우리 열심히 했잖아. 1학년 6반 파이팅!"

하고 소리치는 것이었다.

순간 누구라고 말 할 것도 없이 아이들이

"1학년 6반 파이팅!"

하고 외쳤고 기죽어 있던 아이들의 얼굴에는 생기가 돌았다.

다음 날. 미안했던 나는 아이들에게 소원을 적어서 내면 그 중에서 가장 많이 나온 것을 무조건 들어 주기로 했다. 아이들에게 쪽지를 나누어 주고 친구들과 하고 싶은 활동이 있으면 써 내라고 했다.

여러 희망 사항이 있었지만 가장 많이 나온 것은 '학급 야영'이었다.

아이들에게 야유회나 단합 활동 정도를 해 줄 생각하였는데, 야영을 하자고 하니 당황스러웠다. 그렇다고 이제 와서 못한다고 할 수도 없고….

무엇보다도 아이들을 하룻밤 동안 데리고 무엇을 해야 한다는 것이 부담스러웠다.

나름 꼼수를 생각했다. 아이들에게 오늘 종례 시간 전까지 일정을 짜서 오도록 했다. 만약 알찬 계획이 되지 않으면 다른 활동으로 변경할 수도 있다고 했다. 아이들에게는 스스로 하는 힘을 길러 주고 싶다는 명목을 세웠다. 아이들이 아직 어리기 때문에 서로서로 미루다가 종례 때까지 계획을 못 세울 것이라는 계산이 있었다. 그러면 쉽게 계획을 바꿀 수 있을 것이라는.

종례시간. 탁자 위에는 '1학년 6반 야영 계획서' 라는 표지까지 만든 계획서가 있었다. 거기에는 시간대별로 활동, 모둠 편성, 각자의 역할까지 모든 것이 완벽하게 되어 있었다. 이제는 칭찬을 해 주어야 했다. 계획서를 다 읽고 나서 고개를 드니 아이들이 환하게 나를 보고 있다.

귀여운 아이들.

그렇게 해서 야영을 했다. 학창 시절 캠핑은 몇 번 가봤지만 이런 단체 야영은 한 번도 해 본적이 없는 나로서는 닥친 상황이 모두 당황스러웠다. 그렇다고 아이들에게 내색할 수는 없다. 아이들은 '선생님은 뭐든지 잘 하는 사람.'으로 알고 있기 때문이다.

그런 기대를 저버릴 수 없었다.

취사 시간. 한마디로 난장판이었다. 모둠별로 만들어 먹기로 한 음식을 장만하는 데 아이들도 처음 해보는 것이어서 그런지 통제 불가였다.

김치찌개를 만드는 조는 도마 위에 김치가 흘러내린다.

햄이 든 캔은 따지지가 않는지 칼로 두드리고 있다.

삼겹살을 굽기로 한 조는 고기는 설익고, 기름은 흘러내리고….

그나마 라면을 끓여 먹는 조의 냄비에서만 물이 팔팔 끓을 뿐.

화를 낼 수는 없었지만 시간이 지나도 진전이 없는 상황에 '과연 아이들이 저녁을 먹을 수 있을까?' 하는 걱정이 들었다.

교실 문을 열고 누군가가 들어 왔다. 학부모님들이었다. 체육대회에서 꼴찌를 한 우리반 아이들을 위해 크게 박수를 쳐 주시던 분들이다.

아이들이 음식 하는 모습과 나의 모습을 보시고는 웃으신다.

그리고는 아이들을 위해 식사 준비를 도와 주셨다. 나는 얼굴이 화끈거렸다. 분명 가정 통신문에는 아이들의 안전 뿐 아니라 모든 활동을 책임지고 잘 할 테니 믿고 야영에 참가시켜달라고 했는데…. 체면이 말이 아니었다.

나의 이런 생각과는 달리 무심한 아이들은 부모님들의 등장에 환호를 보냈다. 어머님들은 아이들의 식사 준비를 도왔다. 그 덕분에 저녁식사를 잘 마치고 게임 시간이 되었다.

아이들이 준비해 온 게임은 재미있었다.

선생님 맞추기 코너. 여러 선생님들의 흉내를 정말 똑같이 내었다.

아이들의 게임을 보며 나도 모르게 야영이 재미있어졌다. 게임을 마치고 담력 훈련을 했다. 선배교사의 조언을 들어 훈련 전에 미리 학교 곳곳에 미션 지를 숨겨 두었다. 아이들이 미션 지를 찾아오면 되는 것이었다.

4인 1조로 조를 짜서 이동 시켰는데 곳곳에서 비명 소리가 들리는 걸 보니 담력 훈련도 성공적이었다.

활동이 마무리 되어갈 즈음 복도에서 요란한 소리가 들렸다. 그 곳으로 가보려고 하는 데 모델이 꿈이라는 키 큰 현미가 교실로 들어왔다.

"선생님 큰일 났어요. 반장이랑 부반장이 싸워요. 빨리 나와 보세요!"

"뭐야!"

나는 소리를 지르고 현미를 따라 뛰어 갔다. 야영은 아이들이 함께 하룻밤을 지내야 하기에 혹여 다툼이나 사고가 나면 절대 안 된다. 사전에 이와 관련한 교육을 했건만. 적잖이 당황스럽고 화가 났다.

현장에 도착해보니, 반장인 보라와 부반장인 승진이가 얼굴이 벌겋게 달아올라 있었다. 특히, 보라는 머리카락까지 산발이 되어 있었다. 기가 찼다.

나는 전체 아이들을 교실로 불러 모았다. 밤 1시를 지나고 있다. 새벽이라고 해야 하나.

"너희들을 믿고 한 야영인데, 이게 뭐냐. 전체 손들어."

화가 난 나는 야영이라는 건 생각할 겨를도 없이 아이들을 벌준 것이다. 그런데 손을 들고 있는 아이들이 웃는다.

친구가 잘못을 해서 단체 벌을 서고 있는 데 웃고 있다니, 더욱 화가 났다.

"웃는 애들은 뭐야!"

그럴수록 아이들은 웃음을 참지 못하고 있다. 특히 싸운 승진이와 보라도 같이 웃고 있다.

그러다 한 아이의 웃음이 터지자 모두들 큰 소리로 웃는다.

"와!, 하하하!"

"깔깔깔"

"선생님. 이거 몰래 카메라에요."

"누가 여자랑 주먹으로 싸워요."

"와 하하하!"

그러고 보니 모범생인 반장이랑 부반장이 싸우다니 말이 안 되는 거였는데. 승진이는 멀쩡한데 반장인 보라만 머리카락이 엉클어진 것도 이상했는데. 싸운 사실에만 집중하고 당황하다보니 그걸 전혀 눈치를 못 챘던 것이다.

아이들의 작전에 완전히 넘어 갔다. 그런 것도 모르고 벌을 세웠으니. 나는 시치미를 뗐다.

"야, 샘이 진짜 속은 줄 알아? 속아 준거지~~."

"에이~. 속으셨잖아요."

아이들의 웃음소리는 더욱 커졌다. 선생님을 속이는 것을 성공했으니 얼마나 기뻤을까? 그리고 몰래 카메라를 준비하면서 함께 즐거워했을 제자들의 모습이 떠올라 나도 웃음이 났다.

이 일은 오래도록 나의 기억에 남아 있고 후에 다른 제자들과 야영을 할 때면 자주 이용하는 좋은 소재가 되었다.

야영은 즐겁게 마무리되었다. 아이들에게도 좋은 추억으로 남았으리라.

학교에서 무엇을 하던 항상 아이들에게 늦게 전달했던 나. 다른 담임 선생님들은 지난 해의 경험으로 미리미리 준비시켜 아이들을 편하게 해 주었는데, 우리반 아이들은 다른 반 아이들보다 무엇이든 하루 이틀 늦었다.

항상 맞닥뜨리는 식으로 아이들에게 요구하고 준비시켰다.

그것이 마음에 걸려 하루는 아이들에게 솔직한 나의 생각을 말하였다.

"애들아. 선생님이 미안해. 다른 반 보다 항상 늦어서 정말 미안해."

그리고 선생님이 담임을 처음 맡다 보니 이렇게 되었다고 이야기하였다. 나의 이런 고백을 들은 아이들은

"아니에요. 우린 선생님이 제일 좋아요."

라고 크게 말해 주었다.

운이 좋아서일까? 그 해의 아이들은 진심은 항상 통한다는 것을 나에게 알려 주었다. 그 덕분에 나는 교사가 될 수 있었던 것에 항상 감사하며 이 길을 간다.

가끔 승진이나 보라, 그리고 첫해 제자들이 SNS로 안부를 물어 올 때면 마음 속으로 늘 말한다.

"그 때 늦어서 미안해."

Section
06

삐삐의 꿈

하늘이 맑은 가을. 토요일 아침. 학교 근처에 있는 작은 교회에 우리 반 아이들이 모였다. 학부모님을 비롯해서 다른 가족들까지 해서 족히 백 명쯤 되었나 보다.

"다음 순서는 말괄량이 삐삐, 임진희 양의 플루트 연주가 있겠습니다.”

사회를 보는 현석이의 말에 진희가 얼굴이 빨갛게 달아오른 채로 걸어 나온다. 진희는 제법 연주자같은 옷을 입고 무대에 올라섰다. 한 차례 소리를 내 보더니 인사를 하고 연주를 시작했다.

“빰빠라 라라~~~~. 빰빠라 라라~~”

진희의 플루트 연주는 교회에 있는 모든 사람들을 집중 시켰다. 작은 교회라 그렇기도 했지만 진희의 플루트 소리는 교회를 가득 채웠다.

나는 진희의 연주를 들으며 침을 꼴깍 삼켰다. 나도 모르게 긴장하고 있었나 보다.

연주가 끝났다. 교회는 박수 소리로 가득 찼다.

돌아보니 뒷자리에 앉아 계신 진희 어머니도 박수를 치시며 눈물을 훔치셨다.

우리반은 매월 한 가지씩 주제를 정해서 학급 활동을 하였다. 예를 들면 학기 초에는 급우 간에 친해지기 위해 단합회를 한다던가, 5월엔 부모님께 편지 쓰기, 7월엔 봉사활동 같은 주제를 정하고 우리반만의 활동을 하였다.

9월 학급회의 시간. 10월 활동을 정하기로 하였다. 그 때 진희가

“음악회….”

아주 작은 목소리로 음악회를 열자고 엉뚱한 제안을 하였다.

잠깐 동안 침묵이 흘렀다. 아이들은 생뚱맞은 제안이라고 생각하는

듯 했다.

그도 그럴 것이 2학년 교육 과정에 '음악' 과목이 없었다. 지금은 유명무실해진 제도이지만, 당시에 중등 교육에 '과목 집중이수제' 라는 제도가 있었다. 간단히 설명하면 특정 과목을 3개 학년에 나누어 배우지 않고 집중해서 1개 학년이나 2개 학년에 걸쳐 배우는 제도이다. '국영수'라고 하는 소위 주요 과목들을 제외한 몇몇 과목에 한정되어 이루어 졌다. 우리 학교는 음악이 그랬다. 1학년에 음악을 집중해서 배우는 대신 2학년 때는 음악을 건너뛰고 3학년에 다시 배우도록 되어 있었다. 그래서 음악이 없는 교육과정으로 공부를 하고 있었던 것이다. 그런데 진희가 음악회를 하자고 하니 아이들이 엉뚱하게 받아 들인 것도 이해가 되었다.

사회를 맡은 반장 영은이는 서기인 명훈이에게

"일단 음악회도 활동 주제 후보로 써 주세요."

라고 했고, 영훈이 칠판에 '음악회'라고 썼다.

이 밖에도 '2학기를 맞아 단합 겸 체육 대회를 다시하자.', '봉사활동 갔던 곳이 보람 있었으니 다시 가자.' 등의 의견들이 나왔다.

의견이 어느 정도 모이자 반장 영은이

"주제를 발표한 학생이 친구들에게 하고자 하는 활동에 대해 설명해 주세요."

라고 했다.

음악회를 설명할 차례. 진희는 고개를 숙이고 있었다. 대신 옆에 앉아 있던 현석이 자리에서 벌떡 일어났다.

"진희 대신 제가 설명해도 되겠습니까?"

라고 말했다. 아이들이 동의를 해주자 현석이 진희 대신 말했다.

"사실 저는 음악회에서 특별히 할 수 있는 게 없습니다. 악기도 다룰 줄 모르고, 노래도 잘 못합니다. 하지만 만약 단체로 합창하는 코너가 있다면 열심히 해 보고 싶습니다. 그리고 1년 동안 음악 수업이 없으니 음악이 그리워졌어요."

음악이 그리워졌다는 현석이의 마지막 말에 아이들은 크게 소리 내어 웃었다.

참관하고 있던 나도 따라 웃었다. 음악 수업이 없는 데 음악회를 하자는 발상이 재미있기도 했다. 까불거리는 줄만 알았던 현석이의 주장은 의외로 설득력이 있었다.

회의 결과 뜻밖에도 다음 달 활동은 음악회로 결정났다. 준비는 임원들과 총무부 그리고 행사부 아이들이 앞장서서 하기로 하였다.

회의 과정을 지켜보던 진희는 결과에 기분이 좋았는지 웃고 있다.

진희는 장애우이다. 얼굴엔 주근깨가 많이 있다. 그래서 별명이 예전 TV 드라마에 나오는 '말괄량이 삐삐'의 삐삐이다. 몸도 다른 아이에 비해 약할 뿐 아니라 지적 능력도 일반 아이들에 비해 떨어지는 장애가 있다. 게다가 호흡기 질환이 있는 아이다. 체육 시간에 수업에 참여 하지 못하고 벤치에 앉아 있다. 우리반이긴 하지만 대부분 교과도 장애우들이 있는 '어울림 학급'에서 배우고 몇 과목만 일반 학급인 우리 교실에서 수업을 한다. 그러다 보니 아이들과도 서먹한 사이이다.

그런 아이가 '음악회'를 하자고 한 것도 대단했지만 그런 친구의 사정을 알고 대신 생각을 말해준 아이도 대견했다.

음악회를 하기로 하고 나니 준비를 할 생각에 마음이 급했다. 그래서 임원들에게 일단 단체로 할 합창과 중창, 그리고 개인적으로 악기 연주를 할 친구들을 조사해 오라고 하였다.

아이들이 조사한 내용을 적어 왔다.

합창곡은 유명 가수인 이승철이 부른 '네버 엔딩 스토리'였다. 어려운 곡이지만 아이들이 워낙 좋아하니 그러기로 했다. 개인별로 하려는 목록을 보았다. 피아노, 기타, 리코더, 그리고 플루트 연주 등이 있었다.

'플루트 연주-임진희'가 눈에 확 띄었다.

깜짝 놀랐다. 호흡기가 약해 병을 달고 사는 아이. 간단한 운동조차 할 수 없어 체육 수업 시간이면 의자에 앉아 있는 아이가 플루트 연주라니….

내색은 하지 않았다. 빠른 걸음으로 교무실로 돌아와 진희 어머니께 전화를 드렸다.

"진희가 음악회에 대해 기대가 크더라고요."

진희 어머니의 말씀은 진희에 대해 내가 가지고 있던 많은 생각들을 바꾸어 놓았다. 진희는 음악회를 하기로 결정한 날에 집에 와서 많이 기뻐했다고 한다.

진희가 플루트 연주를 배우는 것은 호흡기가 약해 치료 차원에서 병원에서 권해 주었기 때문이었단다. 하지만 진희는 플루트를 부는 것을 힘들어 하고 싫어했는데, 학급 활동으로 음악회를 하기로 결정된 후로는 달라졌다고 한다.

친구들 앞에서 꼭 연주를 하고 싶다며 집에 오면 스스로 플루트 연습을 한다고.

조심스럽게 진희가 악보를 볼 수 있는지 물었다.

완벽하지는 않지만 열심히 해서 기초적인 악보는 볼 수 있다고 했다.

어머니도 걱정되는 목소리였지만 진희만큼이나 학급 음악회를 기대하는 눈치였다.

개인 독창, 중창, 그리고 악기 연주….

순서가 넘어가 드디어 진희 차례가 되었다. 진희는 플루트로 '에델바이스'를 천사의 소리만큼이나 아름답게 연주하였다.

마지막 합창곡인 '네버 엔딩 스토리'를 부를 때도 진희는 플루트로 반주를 맡았다. 피아노, 기타, 리코더, 그리고 플루트의 반주에 아이들이 힘차게 합창을 했다. 전문가가 들으면 엉망이라고 했을지도 모른다. 하지만 적어도 나의 귀에는 아름답게, 정말 끝나지 않을 우리들의 이야기로 남았다.

'그리워하면 언젠가 만나게 되는 어느 영화와 같은….'

가사처럼 이 아이들도 '언젠가는 지금을 추억하며 친구들을 만나게 되는 그런 날이 있겠지.'라는 생각에 가슴이 뭉클했다. 교회 가득 마지막 합창 곡이 끝 날 즈음 학부모님들과 함께 온 가족 모두가 일어났다. 아이들에게 큰 박수를 보냈다.

그렇게 해서 음악회는 성공적으로 끝이 났다. 아이들은 자신들이 이룬 큰 결과에 만족해했다. 나 역시 행복한 하루였다.

며칠 후 진희 어머니가 학교로 찾아 왔다. 당신이 일반학급 담임을 먼저 찾아 온 것은 처음이라고 했다.

초등학교 때 부터 항상 장애우를 맡으신 교사와만 상담했기에 일반학급 담임과 만나는 것은 왠지 어색했다고 했다.

어머니는 이번 음악회가 진희에게 큰 변화를 주었다고 한다. 이젠 플루트를 연주하는 것을 싫어하지 않는단다. 그리고 무엇보다도 진희에게 꿈이 생겼다는 사실이 어머니는 너무나 기쁘다고 했다.

연주회를 마친 날 밤에 진희가,

"엄마. 플루트 연주가가 되고 싶어요."

라며 비장애인 아이들처럼 또렷하게 말해 당신을 놀라게 했다고.

그리고 매일 걱정스러울 만큼 플루트 연습을 한다고 했다.

진희가 졸업을 하고 몇 해가 지난 5월. 진희로부터 전화가 왔다. 학교에 찾아가도 되냐고 물었다. 당연히 오라고 했다. 그러지 않아도 진희가 궁금했는데 반가웠다.

학교에 오기로 한 날. 마음이 긴장되었다. 일반 아이들이 학교에 찾아온다고 할 때 느꼈던 기분과는 다른 느낌이었다. 진희가 늘 한계를 인정하고 살아가야 한다는 어려움이 있다는 것을 알기에 그런 생각을 가지게 했다. 또한 '장애우에 대한 세상의 편견과 싸우느라 많이 지쳤으면 어떡하지?' 하는 생각도 들었다.

진희는 어머니와 같이 학교에 왔다. 진희랑 마주 앉았다. 여전히 얼굴에는 주근깨가 있다. 하지만 옅게 화장을 해서인지 전에 비해 자연스러웠고 많이 예뻐진 얼굴이었다. 나는 안도했다.

'생각보다는 힘든 세상을 잘 견뎌 내며 지내고 있구나.'

하는 생각을 했다.

"선생님. 잘 지내셨죠?"

진희 어머니가 먼저 인사를 건넸다. 내가 대답을 채 하기 전에 진희가,

"선생님. 저 대학교 다녀요."

라고 한다.

진희 어머니가

"진희가 운이 좋나 봐요. 서울에 있는 'ㅂ예술 대학'에서 진희를 받아 주었어요. 거기서 플루트 공부를 하고 있어요."

"진희야! 축하해."

나는 뛸 듯이 기뻤다. 5년 전 아이들 앞에서 '에델바이스'를 연주하던

아이가 꿈을 이룬 것이다.

진희가 이렇게 되기까지는 진희 뒤에서 희생한 어머니가 있었기 때문이라는 걸 알기에 나는 마음이 찡해 눈물이 날 뻔 했다.

기뻐하는 나를 보시는 진희 어머님의 눈가에도 눈물이 반짝였다. 오래 전 교회 뒷자리에서 진희의 연주를 들으시며 보였던 눈물이 떠올랐다.

"진희야. 그러면 연주회도 하겠네."

"예."

"그럼, 선생님 꼭 부를 거지?"

"예."

한참을 음악회 때의 이야기를 하였다. 그리고 진희는 집으로 돌아갔다.

언제라고 단정 지을 수는 없지만 진희는 연주회를 할 것이다. 그리고 나는 진희의 연주를 꼭 들으러 갈 것이다. 그날을 기다리며 나는 플루트 연주가의 꿈을 갖고 있는 또 다른 삐삐를 위해 교실로 들어간다.

아프게
해서
미안해

Section
07

오빠를 보내야 하는 아이

　담임을 맡았던 아이 중에 '세상에 혼자 있는 것 같다.'고 생각하며 외로움을 많이 타는 '한송이'라는 여학생이 있었다.

　여학생들의 대부분이 그렇듯이 단짝인 몇몇 아이들과만 어울리는 것을 제외하고는 별 문제가 없어 보이는 아이. 성적도 상위권이었다.

내가 가르치는 과목은 과학이다. 대개의 아이들은 담임 과목을 열심히 한다. 싫어할 수도 있지만 내색하지는 않는 것이 일반적이다.

그런데 송이는 과학을 싫어했다. 나의 수업 시간이면 딴 짓을 하거나 졸기 일쑤였다. 학창시절 사회 과목을 싫어했던 기억이 있기에 그런 송이가 이해되지 않는 것은 아니었지만 섭섭한 마음은 있었다. 하지만 그것을 제외하면 송이의 학교생활은 모든 면에서 모범적이었다. 돌려가면서 쓰는 학급일기에 송이가 쓴 일기를 읽어 보면 글쓰기에도 꽤 소질이 있어 보였다.

송이의 단짝은 여울이다. 둘이 항상 같이 다녔다. 다른 친구들도 간혹 어울렸지만 둘은 정말 친했다. 점심시간에 급식을 먹으러 갈 때나 학급에서 활동을 할 때면 둘이 항상 함께 다녔다.

어느 날. 종례 후에 여울이 교무실로 왔다. 여울이 송이와 제일 친한 친구이기도 하지만 학급 살림을 책임지는 총무부장을 맡을 만큼 다른 아이들과도 잘 지내는 아이다.

"선생님. 상담 좀 할 수 있을까요?"

"그래. 무슨 일이야?"

"여기서는 말씀 드리기가…."

말을 흐린다. 뭔지는 모르지만 심각한 일인 것 같아 상담실로 자리를 옮겼다.

"무슨 문제가 있을까? 우리반 보배인 여울이가."

분위기를 가볍게 할 요량으로 웃으며 말을 꺼냈다. 머뭇거리던 여울이 말문을 열었다.

"실은 제가 아니고 송이 문제예요."

"송이?"

"예…."

여울이 말한 송이 문제는 뜻밖이었고 충격이었다. 여울이가 들려 준 송이의 고민은 이랬다.

송이가 매일 밤마다 전화를 해서 운다고 했다. 자신은 꿈이 없다고. 그래서 부모님에게 매일 혼난다고. 그래서 죽고 싶다고.

해병대 장교인 아버지는 엄격하시고 떨어져 지내 자주 볼 수도 없어 대화할 기회가 없다. 어머니는 공부만 하라고 하신다. 자신이 고민하고 있는 것들에 대해서는 하찮게 생각하고 들으려고 하지도 않는다. 그리고 성적이 조금만 떨어져도 혼을 많이 내신다. 진정으로 고민하는 것들에 대해서 이야기 할 사람은 아무도 없다고.

여울이 말한 송이는 공부하기를 정말 힘들어 하는 아이다. 그냥 밤하늘의 별을 보고 음악을 듣고, 읽고 싶은 책을 읽으며 그렇게 지내고 싶다고 한다. 그런데 매일 학원을 다녀야 하고 숙제에 치여, 정작 자신이 하고 싶은 것을 할 시간도 공간도 없다. 그래서 때로는 이 상황에서 벗어나는 수단으로 죽음까지도 생각한다는.

송이의 상태가 심각하다고 느꼈다. 게다가 더 큰 문제는 이런 문제를 여울이 외에는 누구에게도 말하지 못하고 있다는 것이다. 부모님한테는 말씀드려도 소용이 없고 선생님에게 말하면 다시 부모님에게 말씀드릴

테고, 그러면 결국 혼만 날 것 같았다고. 그래서 혼자 끙끙 앓는다고 한다. 그나마 여울이에게 라도 이러한 자신의 고민을 이야기하고 있었던 것이다. 송이에 대해 말해 준 여울이가 고마웠다.

학교에서 생활하는 겉모습만 봤을 때 별 문제가 없어 보이는 아이도 마음으로는 큰 문제를 안고 있을 수 있다는 것을 새삼 깨닫게 해 주었다.

좀 더 잘 관찰하고 상담 했어야 했는데 나의 불찰이었다. 학기 초에 개별 상담을 할 때,

"잘 지내지? 공부도 잘 하고 부모님도 좋으시고…. 너는 별 문제 없지?"

라는 나의 물음에,

"네. 잘 지내요."

라고 웃으며 대답한 것이 송이와 나눈 상담의 전부였다.

문제 없이 잘 지내고 있다고 하니 더 이상 물을 것도 없었다. 학업 성적이 우수하고 부모님으로부터 관심을 받으며 자란 아이. 게다가 가정도 화목하니 특별히 상담할 것이 없다고 생각했다. 대신 학교생활을 힘들어 하거나 가정 불화, 교우 관계 등의 문제로 힘들어 보이는 아이들을 상담하는 데 많은 시간을 썼다.

송이도 별 문제 없는 아이라고 생각해 간단하게 상담을 했는데 그것이 아니었다. 송이의 부모님을 먼저 만나야겠다고 생각했다. 여울이 말한 송이와 부모님이 알고 있는 송이, 그리고 내가 알고 있었던 송이의

차이가 너무 커서 그것을 부모님께 알려야 했다. 아버지는 백령도에서 근무하고 있어 어머니만 학교로 왔다.

전화를 걸어 송이 문제로 상의 할 일이 있다고 하자 어머니는 의아해 하셨다.

'송이에 대해 상의할 것이 없을 텐데.' 하고 생각하시는 것 같았다.

상담실에 어머니와 마주 앉았다.

'무슨 말을 먼저 꺼내야 할까?'

고민하다가 우선 어머니의 생각을 들어 보기로 했다.

"어머니. 송이가 집에서는 잘 지내나요?"

"네?"

"학교에서는 별 문제가 없긴 한데요. 무엇인가에 부담을 크게 가지고 생활하는 것 같아서요. 밝은 것 같지만 약간 어두운 모습이 보이기도 하구요."

아이의 상태를 둘러서 말했다. 송이 어머니는 잠시 머뭇거리다 말문을 열었다.

내가 아는 송이는 무남독녀이다. 그런데 알고 보니 나이 차이가 많이 나는 오빠가 있었다. 그 오빠는 공부도 잘하고 부모님의 기대를 한 몸에 받았었다. 그런데 그 오빠가 그만 몇 년 전에 교통사고로 죽었다고 한다. 사고 장소에 가족이 같이 있었단다. 그 때가 송이가 초등학교 때였다고. 그 사건으로 한동안 집안 분위기가 좋지 않았는데, 송이도 아직 그 상황에서 다 벗어나지 못해서 그런 것 같다고 했다. 충격적인 내용이었지만 내가 생각하고 있었던 것과는 다른 이야기였다.

오빠가 죽어 가족이 힘들었다는 송이 어머니 앞에서 차마 송이가 자살을 생각한다는 말을 할 수는 없었다. 상담 도중에 어머니는 눈물을 훔치기까지 했다. 더 이상 상담을 진행하기가 어려웠다.

다음 날 송이를 불렀다. 편하게 이야기하기에는 학교보다는 학교 밖이 좋을 것 같아 교외로 나갔다. 학교 인근 대학 캠퍼스로 갔다. 오빠 또래의 남녀 대학생들의 활기찬 모습이 보이는 카페에 앉았다.

"엄마랑 상담하셨다면서요?"

"응."

"무슨 이야기 하셨어요?"

"그냥, 이런저런 이야기 했지."

"……."

송이는 대학 구경하는 것을 즐거워 했다. 밝게 웃는 모습을 보니, 무겁게 느껴질 이야기를 꺼내기가 쉽지 않았다. 그날은 그냥 송이랑 평소처럼 장난스런 이야기만 하고 집에 데려다 주었다.

하지만 이대로 덮을 일은 더욱 아닌 것 같아 수업 후 송이를 다시 불렀다.

상담실에 마주 앉았다. 송이도 어제의 밝았던 얼굴과는 달리 긴장한 모습이다.

"송이야. 선생님에게 솔직한 네 마음을 털어 놔 줄래?"

말을 돌리지 않고 물었다.

한참을 말이 없다. 송이의 눈가에 눈물이 고인다. 그리고 침묵.

"지금 말하기 힘들면 나중에 다시 해도 된다."

송이와의 상담은 별 성과 없이 끝이 났다.

다음 날. 조회를 마치고 교실을 나오는데 송이가 불쑥 편지를 내민다.

선생님. 저 송이예요

어제는 죄송했습니다. 선생님께서 저 때문에 엄마랑 상담하신 거 알고 있었습니다. 하지만 제 마음을 털어 놓기가 무서웠습니다.

지금 저는 너무 힘듭니다. 괜찮은 척 하시지만 오빠를 잊지 못해 괴로워하시는 부모님을 보는 것도 힘들고, 오빠에 대한 기대를 저에게 하시는 것도 힘듭니다.

오빠가 살아 있을 때로 돌아갈 수만 있다면 좋겠지만····.

불가능하다는 것을 잘 압니다. 그래서 괴롭습니다.

죽으면 괴로움이 없어질 것 같아 죽고도 싶지만, 오빠가 죽었는데 저마저 죽어버리면 부모님이 더 괴로우실 것 같아 그렇게도 못하겠고····.

······

아빠가 백령도에 계실 때 엄마랑 오빠랑 같이 그 곳에 놀러간 적이 있어요.

그 곳에서 본 밤하늘의 별은 잊을 수가 없어요. 마치 하늘에서 별이 내리는 것처럼 예뻤어요. 그때는 우리 가족이 정말 행복했는데, 이제는 돌아가지 못한다는 것을 알기에 마음이 아파요.

선생님. 저는 어떻게 해야 할지 모르겠어요

······

편지를 읽고 나니 마음이 답답했다. 송이 어머니를 다시 학교로 불렀다. 이대로 그냥 있으면 후회할 일이 생길지도 모른다는 절박한 생각이 들었기 때문이다.

송이의 현재 마음과 고민을 전했다. 충격을 받으셨다. 하지만 송이가 혼자 견뎌내기에는 너무나 큰 고민이었기에 빨리 알리는 것이 좋다고 판단하였다. 나는 조심스럽게 심리 상담과 치료를 해 보실 것을 권유하였다.

처음에는 송이를 정신병이 있는 아이로 취급하는 것으로 오해를 해서 거부했다. 하지만 나의 설득 끝에 시내에 있는 '○○심리 상담센터'에 상담을 시작하였다. 학교에도 전문 상담 교사가 있지만, 송이의 성격으로 보아 본인의 고민을 쉽게 털어 놓지 않을 것 같아 외부에서 상담을 시작하였다.

나는 상담을 시작한 후 송이의 상태를 관찰하였다. 무슨 상담을 어떻게 하고 있는지 알고 싶어 상담소에 물어 봤지만, 상담소에서는 열심히 상담하고 있다고만 할 뿐 구체적으로 상담한 내용을 알려 주지는 않았다.

얼마 후 송이는 점점 밝아진 모습을 보였다. 마음속까지는 알 수 없었으나 눈에 보이는 모습만 보면 안정을 찾아가는 듯 했다.

2학년을 마친 겨울. 송이는 아빠의 근무지 이동과 함께 다른 지역으로 전학을 갔다. 전학 가기 며칠 전 만난 어머니는 상담 치료로 인한 효과가 좋았다고 한다. 다행히 오빠로 인한 마음의 고통과 부담감이 많이 줄었다고. '좀 더 일찍 상담을 했으면 좋았을 텐데.' 하는 후회도 들었다고 했다.

어머니도 상담을 같이 했다고 한다. 아이도 문제였지만 부모의 생활 태도나 행동이 송이 마음에 더 큰 영향을 끼쳤다는 것을 알게 되었다고 한다. 그래서 함께 상담하며 어머님 자신도 차츰 마음 속 아픔까지 털어 낼 수 있었다고 했다.

어머니는 심리치료를 권해 준 나에게 감사하다는 말씀을 남기고 송이의 손을 꼭 잡고 교무실을 나섰다. 송이가 오빠의 죽음으로 인한 마음의 상처를 잘 치유하고 행복하게 살아가길 기도한다.

아프게
해서
미안해

Section

08

두 장의 성적표

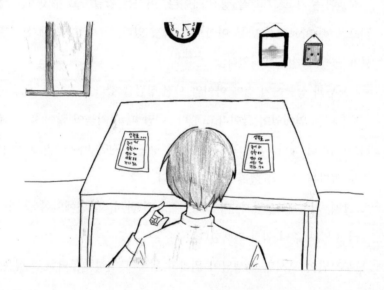

대담하게 성적표를 조작한 아이가 있었다. 중학교 2학년 때까지 2년 동안이나 감쪽같이 성적을 속였다. 아이가 성적표를 조작하였다는 사실을 안건 우연한 기회에 상담을 하면서 받은 어떤 느낌 때문이었다.

학부모 상담 주간. 직장 다니는 부모님의 편의를 위해 저녁 시간에 까지 상담을 한다.

마지막 상담은 저녁 8시 재훈이 부모님이다. 두 분이 사업을 같이 하시다 보니 직원들이 다 퇴근하고 오셔야하기 때문에 미리 양해를 구하셨다.

재훈이는 키도 크고 잘 생긴 아이다. 아이는 활달하고 무엇이든 적극적으로 해 학교에서 바른 아이로 알려져 있다. 학기 초 반장 선거에서 몰표를 받아 반장도 되었다,

부모님과 상담하기 전에 아이와 사전 상담을 했다.

재훈이는 연예인이 꿈이라고 했다. 이맘 때 아이들이 많이 갖는 꿈이라 그러려니 했다. 한편으로는 재훈이 정도면 정말 배우나 방송인이 될 수도 있다는 생각을 했기에 격려를 했다.

"그래. 너는 잘 생겼지, 키 크지, 운동 잘 하지. 꼭 연예인이 될 거야."

라고 말해 주니 엄청 기뻐한다.

"부모님이 오시면 선생님이 뭐라고 말씀 드릴까? 부탁하고 싶은 거 없어?"

재훈이는 자신에 대한 부모님의 기대가 큰 것에 부담을 느낀다는 이야기를 했다. 어렵게 본 외동아들이고, 경제적으로 풍족하니 아이에게 거는 기대가 큰 것은 당연한 것이었다.

부모님이 교무실로 왔다. 손에는 큰 꽃바구니가 들려 있었다. 오래 전이긴 하지만 그때도 학부형이 학교에 무엇인가를 들고 오면 부담스러웠다.

"늦게까지 기다리게 해서 죄송해요."

재훈이 어머니가 인사를 한다. 아버지도 같이 오셨는데 재훈이가 아버지를 많이 닮았다는 생각을 했다.

"재훈이는 학교생활을 잘 하고 있습니다. 교우 관계도 좋고요. 운동도 잘 하고. 걱정하실 일이 없으실 것 같아요. 반장 역할도 잘하고 있어 제가 늘 고맙게 생각하죠."

재훈이가 바르게 학교생활을 하고 있다고 말씀 드렸다.

"감사합니다."

두 분이 밝게 웃으신다.

"학교에서 특별히 알아야 하거나 아이를 어떻게 이끌어 주었으면 하는 바람이 있으신지요?"

"재훈이를 외고나 국제고로 보내고 싶습니다. 그래서 그쪽으로 준비를 해 주셨으면 합니다."

"네. 그런데 특목고를 보내시고 싶은 특별한 이유가 있으세요?"

"나중에 법조계 관련 일을 했으면 해서요. 돈은 저희가 많이 벌지 않습니까? 아이는 명예를 가지는 일을 하는 사람이 되었으면 해요. 다행이 재훈이도 그쪽을 희망하고 있고 성적도 어느 정도 되는 것 같으니 잘 이끌어 주세요."

아버지가 확신에 찬 목소리로 이야기 하시니 뭐라 다른 이야기를 할 수 없었다. 재훈이는 분명 연예인이 되고 싶다고 했는데….

"네…. 알겠습니다. 재훈이랑도 상담해 보고 또 연락드리겠습니다."

라고 일단 대답을 하였다.

상담을 마무리하고 재훈이 생활기록부를 보았다. 3학년 전교생 214명 중에 120등 정도의 성적이다.

특히, 특목고 입학 전형에 필요한 영어의 경우 1,2학년 내내 C와 D를 맞았다. 외고나 국제고를 준비하는 아이들은 거의 A 성적으로 원서를 쓴다. B가 한 개만 있어도 웬만해서는 특목고에 원서를 쓰지 못하는데….

'아이의 성적을 잘 알고 있는데, 외고나 국제고를 쓴다고….'

머리가 복잡해 졌다. 무턱대고 안 된다고 말할 수도 없었다.

일단 상담 기록을 하는 수첩에는 '특목고(외고, 국제고) 희망'이라고 기록해 놓았다.

5월. 첫 지필 평가 결과가 나왔다. 재훈이는 1,2학년 때처럼 학급에서 중간 정도의 성적을 받았다.

시험 결과를 가지고도 학부모님이랑 상담을 한다. 학부모 상담 전에 아이랑 먼저 상담을 하였다.

재훈이 차례.

"재훈아! 엄마 아빠는 너를 특목고에 보내고 싶어 하시던데…."

"네. 알아요."

"그래? 그런데, 네 성적으로는 어려울 것 같은데. 게다가 너는 연예인이 되고 싶다며?"

"네……."

재훈이의 목소리가 점점 작아졌다.

재훈이 뭔가 속이고 있다고 느낀 것은 재훈이 대답하는 태도 때문이었다. 평소 활달하던 모습과는 달리 목소리도 작고 긴장한 모습이 역력했다.

"너 선생님한테 속이는 거 있니? 만약 있으면 말 해. 샘이 도와 줄게."

"……."

"혹시 성적표 고쳤니?"

설마 하는 마음이지만 혹시나 하는 마음으로 넘겨짚어 물어 보았는데 대답은 충격적이었다.

재훈이가 성적을 조작한 것은 중1 때 부터였다. 초등학교 때 부터 과외며 학원이며 주변 다른 아이들이 누리지 못한 많은 사교육을 받았다고 한다.

그러다 보니 학교에서 보는 시험은 성적이 곧잘 나왔고 학교에서 항상 반장을 했다고. 그런 재훈을 부모님은 기특하게 생각하고 기대가 더 커졌단다.

하지만 중학교에 입학하여 치른 지필평가 결과는 재훈이 본인도 믿지 못할 정도로 기대에 못 미쳤다.

그래서 생각한 것이 성적표를 다시 만들어서 부모님께 보여 드리는 것이었다고 한다.

처음에는 다음 시험을 잘 보고 말씀 드리려고 했었다. 하지만 다음 시험도 그 다음 시험도 결과는 비슷했고, 결국 중3이 될 때까지 계속 속일 수밖에 없었다고 한다.

아이는 말을 하고 엉엉 운다. 덩치도 큰 아이가 우는 모습을 보니 나의 마음도 편치 않았다.

아이가 느끼는 무게는 생각보다 훨씬 무거운 것이었다. 물론 행동이 올바르지는 않았지만 그런 상황에서도 잘 생활해 준 것이 기특할 정도였다.

"재훈아. 언제까지 부모님을 속일 수는 없잖아. 선생님이 말씀드릴까?"

"안 돼요! 그럼 저 죽어요."

아이가 기겁을 하며 소리쳤다.

어린 마음이 복잡했으리라. 부모의 기대에 못 미치는 자신을 원망스러워 하는 듯 한 모습에 마음이 아팠다. 성적표를 조작한 것은 재훈이었지만 그렇게 하도록 만든 것은 재훈의 부모님이라는 생각이 들었다.

재훈에게는 일단 부모님께 말씀드리지 않는다고 안심을 시켰다. 그리고 조심스럽게 부모님을 학교로 오시라고 했다. 그냥 학급 활동으로 상의 드릴 것이 있다고 했다.

별 긴장감 없이 학교에 오신 부모님을 상담실로 모시고 갔다.

아무래도 교무실에서 이야기하기엔 내용이 무거웠기 때문이다. 말을 바로 하지 못했다. 이런 저런 이야기를 하다가 심호흡을 크게 한번 했다.

"휴~!"

그리고는 놀라실 부모님을 생각하고 단단히 마음을 먹고 말을 꺼냈다. 우선 나의 이야기를 다 듣고 궁금한 것을 물어 보실 것. 그리고 이 일로 절대 아이에게 폭력을 쓰지 않을 것을 약속 받았다.

절대로 아이에게 폭력을 쓰지 않는다는 약속을 하지 않으면 말씀드리지 않겠다는 나의 말에 당황하셨지만 나의 단호한 표정을 보고는 두 분 다 동의를 했다.

우선 아이가 잘하는 것을 말씀 드렸다. 체육 대회 때 반장으로서 아이들을 이끌고 응원을 정말 잘 했다는 이야기며, 학급 활동을 할 때에도 분위기를 잘 이끈다는 이야기며…. 그리고 본인은 법조계보다는 연예인을 하고 싶어 한다고 했다.

여기까지 이야기만으로도 부모님은 놀라워했다. 아이가 연예인이 꿈이라는 말에 충격을 받으셨다.

이어서 성적이야기를 했다. 아이가 부모님께 효도하려는 마음, 성적이 떨어졌을 때 본인이 겪었을 어려움, 주위의 기대….

그래서 아이는 성적표를 조작하는 결정을 할 수밖에 없었다고. 그리고 지난 2년 동안 받은 재훈이의 진짜 성적을 보여 드렸다.

한동안 두 분은 생활기록부를 쳐다만 볼 뿐 말이 없었다. 충격이 컸으리라.

나는 조심스럽게 말을 했다.

"재훈이 아버님, 그리고 어머님. 많이 놀라셨죠. 하지만 저는 성적이 생각하신 것과 다른 것은 큰 문제가 아니라고 생각합니다. 성적보다도 아이가 성적표를 조작할 수밖에 없었던 아이의 상황이 더 큰 문제라고 생각합니다."

"……."

재훈의 부모님은 말이 없다. 큰 기대를 하였는데, 그리고 아이가 잘 따라 오고 있다고 생각했는데 그것이 전부 거짓이었다는 것을 알았으니 실망과 충격이 클 것이라는 것은 이해가 되고도 남았다.

나는 아이를 혼내면 안 되는 이유와 성적표를 조작해야 했던 원인을 없애 주어야 한다는 것을 말씀드렸다.

다음 날 학교에 온 재훈이는 의외로 밝은 모습이었다.

어떻게 되었는지 궁금해 조회 후 아이를 교무실로 불렀다.

평소와 다름없는 밝은 모습에서 일이 잘 해결되었다는 것을 직감했다.

"선생님. 감사합니다. 그동안 성적표만 받으면 또 부모님을 속여야 한다는 생각에 마음이 답답했었는데 이제 그럴 필요가 없게 되었어요."

재훈이가 부모님과 대화가 잘 되었다니 다행이었다. 장래 희망도 말할 기회가 없었는데 탤런트가 되고 싶다고 말씀드렸단다. 다시 하는 마음으로 공부하기로 했다. 대신 고등학교 진학해서도 마음이 변치 않으면 그 때는 본격적으로 도움을 주시기로 했단다.

재훈은 학급 반장으로서 역할을 충실히 잘 했다. 성적도 점차 올라갔다.

물론 고등학교는 일반고에 진학하였다.

원서를 쓸 때 학교에 들른 부모님도 밝은 모습이었다. 그동안 아이에 대해 잘못 알고 있었던 것이 당신들의 불찰이라고도 했다.

몇 해 후. 수학능력평가 시험에 감독을 가서 우연히 재훈이를 만났다. 2교시 수학시험을 마친 점심시간. 뒤에서 누군가가 나를 부른다.

"상현 샘!"

재훈이 먼저 나를 알아 봤다. 재훈이는 키도 훨씬 더 크고, 몸도 건장해져 멋진 남자로 성장한 모습이었다.

"어, 재훈이구나. 잘 지내지?"

"네. 저 군대 일찍 갔다 왔습니다."

"잘 했네. 여긴 왜?"

"대학 가려고 시험 치러 왔어요. 연극 영화과에 갈 거예요."

"원래 너 연예인 된다고 했잖아. 잘 되었네. 준비는 하고 있고?"

"네. 서울에 있는 ○○기획사에서 연기랑 노래 연습도 하고 있어요."

아이가 말한 기획사는 나름 연예계에서 이름이 있는 회사여서 마음이 놓였다.

"중3 때가 가장 기억에 나요. 하하하. 그 때 성적표 조작한 거 샘한테 들켰잖아요."

"기억하는구나."

"네. 그 일로 해서 저는 부모님과 더 잘 지내게 되었어요. 선생님이 뭐라고 하셨는지 모르지만 화도 안내시고 오히려 그 날 저녁에 외식을 했다니까요."

너스레를 떨며 고맙단다.

성적표 사건이 아이에게도 큰일이었나 보다. 지금껏 기억하고 있으니.

아이가 자신이 희망하던 진로로 나아가고 있는 모습이 대견했다.

"시험 잘 봐! 그리고 꼭 TV에서 볼 수 있게 열심히 해라."

"예. 선생님!"

재훈은 소리치며 두 손으로 하트를 크게 그려 보이며 시험 보는 교실로 들어간다. 아이의 밝은 모습을 보며 교사로서 느낄 수 있는 큰 기쁨을 느꼈다.

아마 오래지 않아 재훈이를 TV에서 볼 수 있으리라 믿는다.

Section
09

태권소녀에서 나이팅게일로

"저는 우리나라 태권도 국가 대표 선수가 되고 싶습니다."

장래 희망을 발표하는 학급활동 시간. 씩씩한 목소리로 태권도 국가 대표가 되겠다고 당차게 포부를 밝힌 한 아이가 있었다.

어릴 때 부터 태권도하는 것을 좋아 했다고 한다. 장래 어떤 사람이 될 것인지를 발표하는 내내 아이는 태권도 선수가 되기를 간절히 희망했다. 물론 태권도 하는 것을 좋아하고 열심히 하고 있다는 느낌도 주었다.

여학생이다. 이름은 '김현하'

아이는 등교할 때 가방을 두 개 가지고 다닌다. 하나는 학교에서 수업을 하는 책가방이었고 다른 하나는 운동을 하러 갈 때 필요한 가방이었다. 운동 가방에는 태권도 도복 한 벌과 다른 운동복 한 벌, 수건 등 운동에 필요한 것들이 가득 들어 있었다. 수업을 마치면 쏜살같이 태권도 도장으로 향했다. 여느 여학생들처럼 화장이나 아이돌 가수에게 관심을 보이지 않았다. 대신 운동에 열정을 쏟았고 그런 현하가 담임으로서 기특했다.

다른 지역에서 시합이 있어 며칠씩 수업을 빠지게 되면 배우지 못한 부분을 친구들에게 물어 보며 공부도 나름 열심히 했다. 물론 수업을 많이 빠지다 보니 성적이 썩 좋지는 못했다.

그런 아이가 대견스러워 시합이 있는 날이면 격려의 문자를 보내기도 했다. 그 때면 꼭 감사하다는 답장을 보내는 예의도 바른 아이였다.

그 날도 나는 태권도 대회에 출전하기 위해 용인으로 간 현하에게,

'현하야. 이번 시합도 열심히 해. 좋은 결과 가지고 오리라 믿는다. 파이팅!'

하고 문자를 했다.

다른 때 같았으면 '선생님, 감사해요.♡♡' 하며 쫑알거리듯이 답장을 보냈을 텐데 답이 없다. 아마 피곤해서 못 읽었나보다 하고 생각했다.

이튿날. 현하가 학교에 왔다. 아직 대회 기간 중인데….

보통 대회를 나가면 예선부터 본선까지 해서 며칠이 걸렸다. 현하는 워낙 실력이 좋아 예선에서 떨어진 경우가 없었다. 혹여 떨어진다고 해도 다음 대회 준비를 위해 다른 선수의 시합을 보고 오기 때문에 바로 오는 경우가 없었다.

"어, 현하야. 왜 벌써 왔어?"

현하가 대답이 없다. 얼굴 표정이 눈물을 쏟으려는 듯 울먹인다. 씩씩하고 항상 즐겁게 생활하는 아이가 그런 표정을 짓는 것은 처음 봤다.

살펴 보니 현하가 다리에 깁스를 했다. 목발도 짚고. 하지만 아이에게는 놀라는 모습을 보이지 않았다. 그냥,

"다쳤네. 수업 마치고 이야기 하자."

라는 말을 하고 교무실로 왔다.

수업을 다 미치고 종례를 하러 교실에 가니 현하가 책상에 엎드린 채 있다.

현하를 불렀다.

"현하야. 시합을 하다보면 질 때도 있고 이길 때도 있는 거야. 지금처럼 다리를 다치기도 하지. 다음에 잘 하면 되잖아. 그치?"

대답은 없고 소리 없이 눈물을 흘린다.

"현하야. 왜 그래?"

"선생님. 저 어떻게 하면 좋아요?"

"왜 그래? 말해 봐."

"어쩌면 더 이상 태권도를 하지 못할 수도 있대요."

"그게 무슨 말이야?

"어제 시합 도중에 다리를 다쳐 병원에 갔는데 뼈도 부러졌지만 인대도 심하게 손상을 입었대요. 그래서 오늘 병원에 다시 입원해서 검사를 해봐야 된대요."

현하가 울면서 이야기를 했다.

"아니야. 괜찮을 거야. 선생님도 어릴 때 다리 부러진 적 있었는데 지금은 멀쩡해. 너무 걱정하지 말고 검사 잘 받고 와."

아이를 다독거려 데리러 온 부모님과 함께 병원으로 보냈다. 밤새 걱정이 되었다. 태권도가 전부인 아이가 만약 태권도를 더 이상 못하게 된다면….

'내가 뭐라고 위로를 해야 하지.'

라는 생각에 나 자신도 어찌 대처해야할 지 몰라 뒤척이며 밤을 보냈다.

다음 날. 현하의 상태가 궁금했지만 연락하지는 않았다. 현하는 학교에 오지 않았다. 아직 병원에 있나보다 싶어 퇴근 후 현하의 친한 아이들과 현하가 입원해 있는 병원으로 갔다.

병실에는 현하가 침대에 우두커니 앉아 있다. 멍하니 창밖을 보고 있는 모습에서 현하의 상태를 가히 짐작할 수 있었다.

나는 같이 간 아이들에게 오늘은 그냥 돌아가는 것이 좋겠다고 말했다. 아이들은 영문을 몰라 했지만 나의 말을 듣고 아쉬워하며 집으로 갔다.

"현하야."

현하가 고개를 돌려 병실로 들어오는 나를 본다. 눈이 마주치는 순간 가슴이 덜컹 내려앉을 만큼 아이는 슬픈 얼굴을 하고 있었다.

'무슨 말을 해야 하지….'

같이 있던 현하의 어머니와 병실 밖으로 나왔다. 어머니 말씀으로는 재활치료를 받으면 생활하는 데는 지장이 없지만 앞으로 오랫동안 운동은 힘들 것이라고 결과가 나왔다고 한다. 병원에서는 뼈와 인대 등의 손상이 심해 재활치료를 받는 데만 거의 1년이 걸릴 거라고 했단다. 그리고 재활이 끝나고 운동을 다시 시작한다고 해도 예전과 같은 기량을 발휘하기는 힘들 거라고…. 결국 운동을 그만 두어야 할 것 같다고 한다.

현하의 얼굴을 다시 보러가지 않고 그냥 돌아 왔다. 그 후 현하는 필요한 검사와 치료를 어느 정도 한 후 학교로 나왔다. 하지만 한동안 현하에게 별다른 말을 하지 않았다. 시간이 어느 정도 지났을 무렵 현하도 현실을 인정 했는지 학교에서 예전처럼 잘 지내는 모습을 보였다. 하지만 지켜보는 마음은 편치 않았다.

"선생님. 부탁이 있어요."

놀랍게도 현하가 나에게 먼저 상담을 요청해 왔다. 방과 후 빈 교실에 마주 앉았다. 현하가 말을 꺼냈다.

"선생님. 저 목표를 바꾸었어요."

"그래 뭔 데?"

"웃으시면 안 돼요."

"그래, 웃지 않을 테니까 말해 봐."

"저 간호사가 되고 싶어요. 제가 한 달 동안 병원에 있었잖아요."

"그래."

"저 병원에 있는 동안 간호사 언니들이 제게 큰 힘이 되었거든요. 제가 울 때면 와서 위로도 해주고 재미있는 이야기도 해주고…. 간호사를 왜 천사라고 하는지 알겠더라고요. 그래서 저도 간호사가 되기로 했어요. 저처럼 힘든 아이들이 오면 치료도 해주고 용기도 주는 간호사가 되고 싶어서요."

"좋은 생각이네. 그런데 부탁은 뭐야?"

"간호사가 되기로 마음먹고 보니 막막해서요. 공부를 어떻게 해야 할지, 무엇을 준비해야 하는지. 선생님이 좀 알아보시고 도와 주셨으면 해서요."

생각보다 빨리 마음을 추스른 것만도 대단하다 생각했는데, 태권도를 잊고 간호사의 꿈을 가지게 되었다는 이야기를 듣고 나는 왈칵 눈물을 쏟을 뻔 했다. 아이가 대견했다.

"그럼. 얼마든지 도와 줄게. 아마 넌 잘 해낼 수 있을 거야. 아니, 꼭 간호사가 될 거야."

다음 날 나는 현하에게 간호사가 될 수 있는 여러 가지 길에 대해서 알려 주었다. 현하와 함께 과목별로 공부하는 방법에서부터 대학 진학까지의 계획을 구체적으로 세웠다. 새로운 목표가 세워져서인지 현하의 눈빛은 태권도를 할 때처럼 빛이 났다. 물론 태권도 선수를 목표로 운동에 집중하던 아이라 처음부터 공부를 잘 한다는 것이 쉽지는 않았다. 뿐만 아니라 목표를 바꾸긴 했지만 어렸을 때 부터 세운 꿈이 사라진 것에 대한 미련을 이따금씩 보이기도 했다. 하지만 워낙 긍정적인 아이였기에 힘들 때마다 스스로 잘 이겨 내는 모습을 보였다.

성적도 바로 오르지는 않았지만 조금씩 향상되었다. 복도를 지나다 보면 선생님의 설명을 뚫어져라 칠판 쪽을 바라보는 모습에 마음을 놓았다.

한번은,

"현하야. 칠판 뚫어지겠다."

라고 했더니

"칠판 뚫을 거예요. 선생님."

하며 학업에 강한 의지를 보여 나를 기쁘게 하였다.

중학교를 마치고 현하는 인문계 고등학교에 진학하였다. 진학 후에도 같이 세운 로드맵을 잘 실천하고 있다고 이따끔씩 연락을 해 왔다. 그때면 현하가 한번 꿈을 잃어버리고 어렵게 다시 세운 목표가 이루어지기를 기원했다.

고3이 되어 입시를 앞두고 현하가 찾아 왔다. 자기 소개서를 한번 봐 달라는 부탁을 했다.

"그런 건 고등학교 선생님이 더 잘 보실 텐데…."

하면서 받아 읽었다.

거기에는 자신의 지난 사연이 모두 쓰여 있었다.

태권도를 좋아하여 열심히 한 이야기며, 중학교 때 다리를 다쳐 운동을 포기한 이야기, 실의에 빠져 방황한 이야기. 그리고 간호사가 되기 위해 열심히 준비한 이야기….

이것을 다 알고 있는 나로서는 자기소개서를 읽고 나니 가슴이 뭉클했다.

"현하야. 내가 입학 심사를 하는 사람이라면 너를 꼭 뽑을 거야. 잘 썼네."

그리고 표현이 어색한 것은 좀 고쳐보도록 하라는 말을 해 주었다.

얼마 후 현하는 ○○대학교 간호학과에 합격했다는 소식을 알려 왔다. 목소리가 떨리는 것을 느낄 정도로 아이는 기뻐했다. 나역시 아이가 간호학과에 입학한 것이 너무나 기뻤다.

그리고 얼마 전. 아이가 희망하던 대로 서울의 어느 종합 병원에 간호사로 취업하였다는 소식을 들었다. 태권도 국가대표의 꿈을 못 이루었지만 그 만큼 소중한 간호사의 꿈을 이룰 수 있게 된 것이다. 그리고 자신이 소망한 대로 마음이 아픈 환자에게 큰 위로를 주는 훌륭한 간호사가 되리라 믿는다.

현하가 꿈을 이룬 것을 보고 위기에 대해 생각을 하게 되었다.

누구에게나 위기는 있다. 하지만 그 위기에 어떻게 대처하는지가 정말 중요하다는 것을.

아프게
해서
미안해

Section
10

저는 선생님이 정말 미워요!

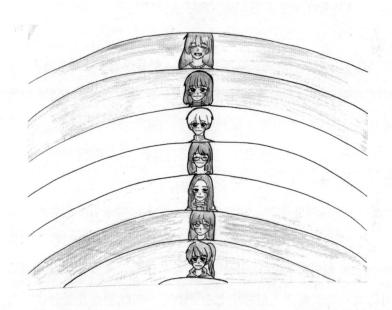

주말 오후. 마트에 갔다. 카트를 밀며 메모지에 적어 온 물건을 하나 둘씩 사며 돌고 있었다. 커피믹스를 파는 코너 앞에서,

"선생님."

하고 손짓하며 나를 부른다. '김미정'이다.

몇 해 전부터는 졸업한 제자의 이름을 잘 기억하지 못한다. 하지만 미정이는 바로 이름이 기억날 만큼 나의 머릿속에 깊이 남아 있는 이름이다.

나에게,

"저는 선생님이 정말 미워요!"

라고 소리치며 엉엉 울던 아이였으니까.

'무지개'라고 모임의 이름을 붙인 일곱 아이들이 있었다. 1학년 때 부터 친했는데, 2학년 때 같은 반이 되어 모임을 만든 것이다. 모임이라고 해서 불량 모임이 아니라 일곱 아이 모두 착하고 바른 아이들이었다. 김보영, 이서윤, 김아영, 최선아, 이승민, 박예진, 그리고 미정이까지. 일곱 여자 아이들.

아이들은 우리반의 활동이나 행사를 준비하는 데 중심의 역할을 하였다. 미정이 반장을 했고, 보영이가 부반장을 했다. 그리고 다른 아이들도 학급의 임원을 맡았다. 아이들이 앞장서서 학급의 일들을 잘 이끌고 가니 나로서도 학급 운영하기가 수월했다. 하지만 한편의 불안감은 있었다.

불안감의 첫 번째 이유는 다른 아이들이 느끼는 상대적 소외감이었다. 30여 명이 한 학급인데도 항상 일곱 아이들이 나머지 아이들의 의견보다 우위에 있었다. 어떤 상황에서도 이 아이들과 다른 의견을 낸다는 것은 상상할 수 없었다. 예를 들어 학급 단합 활동을 할 때 게임 종목을 정하는 것이라든지, 체육대회 때 반 단체복을 정하는 것 등 대부분이 이 일곱 아이들의 의견대로 결정되는 것이었다. 실제로 몇몇 아이들은 나에게 와서 조심스럽게 불만을 이야기하기도 했다.

그리고 두 번째 이유는 일곱 아이들의 관계가 무너질 경우였다. 학급의 임원을 다 맡고 있는데다가 개성도 뚜렷한 아이들이었다. 갈등이 있어도 서로 대화로써 잘 해결해 가고 있었지만 때로는 불안해 보이기도 했다. 그렇지만 이런 불안감보다는 이 아이들이 뭉쳐 활동하는 것으로 인한 긍정적인 효과가 훨씬 더 컸다.

다른 반 담임 선생님들도 이 아이들이 있는 우리반을 부러워하는 눈치였다.

그러던 어느 날. 내가 우려했던 일이 실제로 일어났다. 종례 시간이 되어 교실에 들어갔는데 학급 분위기가 좋지 않았다. 이유를 알아보니 반장과 부반장이 크게 싸웠다는 것이다. 수업을 마치고 두 아이를 남겼다.

"미정이, 보영이. 너희 둘은 우리반의 리더잖아. 그런데 너희 둘이 싸우면 어떻게 하니? 다른 아이들 보기가 그렇잖아."

두 아이가 서로 사과하고 화해하겠다고 해서 집으로 돌려보냈다. 나 역시 현명한 아이들이고 친한 친구 사이인지라 걱정하지 않고 그렇게 마무리하였다.

이튿날 부반장 보영이가 학교를 오지 않았다. 보영이에게 전화를 했다. 전화를 받지 않는다. 아이들에게 물어 봐도 아무도 모른다고 한다.

걱정이 되어 보영이 어머니에게 전화를 했다. 보영이가 학교에 오지 않았다고 하자 깜짝 놀란다. 출근길에 보영이를 학교 앞까지 태워 주셨다는 것이다. 보영이가 사라졌다. 어디 갔을까? 걱정이 앞섰다. 1교시 수업을 하는 내내 보영이 생각으로 수업이 잘 되지 않았다. 수업을 마치고 교무실로 오니 휴대폰에 전화가 와 있었다.

보영이 어머니였다. 나는 바로 전화를 걸었다. 다행히 보영이 집에 있다고 한다. 집으로 돌아 온 이유를 물어 보니 그냥 학교에 가기 싫다고 했다는 것이다. 보영이와 통화를 해보려고 바꿔 달라고 했지만 보영이가 내 전화를 받으려 하지 않는다고 한다. 어머니에게는 알았다고 하고 전화를 끊었다.

보영이와 친한 여섯 아이를 불렀다. 혹시 어제 보영이에게 무슨 일이 있었냐고 물어 보았다. 아이들은 아무 일도 없었다고 했다. 서로 눈치를 보고 있는 느낌은 있었지만 대답을 해 주지 않으니 그냥 돌려보냈다.

퇴근 후 보영이 집으로 갔다. 보영이 눈이 퉁퉁 부어 있다. 한눈에 봐도 많이 운 얼굴이다.

"무슨 일이야? 씩씩한 보영이가?"

의도적으로 밝은 목소리로 물어 보았다.

"……."

"이유를 알아야 선생님이 도와 줄 수 있지."

한참을 설득한 후에야 운 이유를 들었다. 어제 화해하기로 한 미정이와 사실은 화해를 못했다는 것이다. 자기들 모임의 리더 격인 미정과의 사이가 나빠지면 자신이 학교 생활하는 것이 불편할 것 같아 단톡방(단체로 SNS를 이용하여 대화를 나누는 방)에 먼저 사과의 글을 올렸다는 것이다.

그런데 다른 여섯 아이들이 자신의 사과 글에 일방적으로 자신만 몰아붙이고 모임에서 빠지라는 글과 욕설을 했다는 것이었다. 아이가 휴대폰을 보여준다.

아이가 보여준 대화 내용에는 보영이가 다른 여섯의 아이들로부터 많은 욕설과 신체적 비하 등 일방적으로 욕 먹은 내용이 쓰여 있었다. 얘들이 그 전에 친했던 아이들이 맞는지, 그리고 내가 알고 있는 우리반 아이들이 맞는지 의심스러울 정도였다.

일단 아이를 진정 시키고 집을 나왔다. 평소 보영이랑 가장 친한 선아에게 전화를 했다. 선아가 전화를 받았다.

"선아야. 너 오늘 보영이 왜 학교 안 왔는지 알지?"

"네."

"그런데 왜 학교에서 말 하지 않았어? 너는 보영이랑 제일 친하지?"

"네."

"그런데 왜 보영이를 왕따 시키니? 다른 친구들이 그러더라도 너는 말리고 친하게 지내야지."

"죄송합니다."

"지금이라도 다른 아이들에게 이야기해서 잘 지내면 안 되겠니?"

"……."

아이는 대답이 없다.

"선아야. 왜 대답이 없어? 선생님 부탁을 못 들어 주겠니?"

"실은 저도 그러고 싶지만 그러면 저도 다른 아이들에게 왕따를 당하게 될 것 같아서요. 죄송합니다."

"그게 무슨 말이야?"

아이의 말은 이랬다. 보영이랑 미정이가 싸웠는데 미정이가 보영이랑 더 이상은 지낼 수가 없다면서 모임에서 빼기로 했다는 것이다. 그리고 만약 보영이 편을 들면 그 사람도 같이 모임에서 뺄 테니까 알아서 하라고. 그래서 할 수 없이 보영이를 왕따 시킬 수밖에 없는 상황이라는 것이었다. 화가 났다. 마음으로 믿고 함께 학급을 운영한다고까지 생각하고 있던 반장이 그런 나쁜 생각을 하고 있다는 것이. 게다가 분명 내 앞에서는 화해하겠다고 하지 않았던가.

아이들이 모두 집으로 간 다음 반장과 마주 앉았다.

"너의 행동이 너무나 실망스럽구나. 다른 아이들이 왕따를 시키려고 하면 네가 말려야 할 텐데, 네가 주동해서 왕따를 시켜!"

"실은 그게 아니고…."

"변명은 듣기 싫고 당장 보영이에게 사과해. 그리고 내일 만약 보영이가 또 학교를 나오지 않으면 그건 전부 너희들 책임이니까 알아서 해."

나는 단호하게 해야 할 상황이라 생각하고 반장을 나무랐다. 그러면, 적어도 표면적으로는 아이들의 갈등이 봉합될 것이라 여겼다. 그런데 나의 예상은 빗나갔다.

다음 날. 이번에는 미정이가 학교에 오지 않은 것이다. 난감했다. 보영이를 뺀 나머지 다섯 아이를 불렀다. 아이들에게 사정하다시피 하여 상황을 들었다.

내가 미정이를 나무라고 선아에게 부탁해서 자기들끼리는 일단 다시 잘 지내보기로 하였는데 미정이가 싫다고 했단다. 그래서 차라리 미정이를 모임에서 빼기로 하였다는 것이었다. 전부터 미정이가 독단적으로 자기들의 모임을 이끌어 가는 것이 싫은 차였단다. 기가 막혔다. 이 일을 어떻게 수습해야할지 막막했다.

하교 후 미정이를 학교로 불렀다. 다행이 미정이가 학교로 와 주었다.

"미정아, 선생님은 너희를 갈라놓으려는 게 아니야. 다 같이 잘 지냈으면 하는 마음에서 이야기 한 것인데, 어떻게 하면 좋겠니?"

"저는 선생님이 미워요. 엉엉~엉!"

미정이 소리 내어 운다.

"저는 선생님이 정말 미워요. 흑흑흑!"

미정이는 울면서 내가 정말 밉다고 말했다. 나로서는 이해가 되지 않는 행동이었지만 일단 달랠 수밖에 없었다.

다음 날 일곱 아이들을 상담실로 불렀다.

아이들을 보고 있으니 내 마음이 쓰렸다. 좋은 기억으로 채워야 할 이 시기를 서로 미워하고 싸움의 상처가 남을 것이라는 생각을 하니 안타까웠다. 그 이유 중에 내가 중간에서 역할을 잘못한 것이 있는 것 같은 생각으로 마음도 아팠다.

아이들도 예전의 밝은 모습이 아니라 주눅이 든 표정이고 서로에게 약간씩 경계를 하는 모습이었다.

"얘들아. 먼저 선생님이 미정이랑 너희들에게 사과할게. 어쩌면 너희들끼리 잘 해결할 수도 있었는데 샘이 중간에 끼어들어 더 나쁘게 된 것 같구나. 미안하다. 하지만 나의 의도는 너희가 잘 지내 주었으면 하는 것이었거든. 예전처럼 그렇게 지내주면 안 되겠니?"

아무도 대답을 하지 않는다. 답답한 노릇이었지만 나로서도 더 이상 어찌 할 수 없었다.

"알았다. 너희들이 알아서 해결할 때까지 기다려 주마. 하지만 그 때까지 서로에게 절대 싫은 소리 하지마라. 반장 부반장은 잠깐 남고 나머지는 나가도 좋아."

다른 아이들을 내 보내고 둘을 남겼다. 그래도 아쉬움이 남아 마지막으로 한 번만 더 화해를 시켜보고 싶었다.

"미정아, 보영아. 샘은 너희 둘과 함께 학급을 이끌어 간다고 생각했는데 이게 뭐니? 정말 화해할 생각이 없는 거야?"

두 아이 모두 대답이 없다. 결국 상처를 도려내지 못하고 봉합한 채로 그렇게 1년을 보내야 했다. 중간에 이런 상황을 힘들어 하던 선아는 다른 학교로 전학을 가고 말았다.

나중에 알게 된 사실인데, 보영이가 SNS 상에서 먼저 미정이를 흉을 보았다. 그래서 싸움이 났고 이렇게 사건이 벌어진 것이었다. 그런 사실을 몰랐던 나는 미정이를 야단쳤으니 아이의 입장에서는 억울한 것이 당연했다.

몇 해가 지난 지금도 그 때 미정이가,

"저는 선생님이 정말 미워요!"

라고 했던 말을 잊지 못한다.

나는 그 일로 어떤 일을 처리할 때 결과만을 보고 절대로 아이를 나무라서는 안 된다는 교훈을 얻었지만 미정이에게는 상처를 남긴 것이다.

나를 부르는 미정이에게 카트를 밀고 다가갔다. 홍보용으로 나온 것이라면서 일회용 커피 믹스를 한 주먹 쥐어 카트에 넣어 준다.

"선생님. 커피 좋아하셨죠? 이거 드세요."

그리고 보고 싶었다며 활짝 웃어 준다. 미정이 파는 커피를 한 통 카트에 담았다.

"안 사셔도 되는데…. 감사합니다. 호호호."

그날의 기억을 지웠는지 밝게 웃으며 인사를 하는 미정을 뒤로 하고 마트를 나오는 내내 미안한 생각이 마음 가득했다.

'미정아! 그 때 정말 미안했다. 샘은 그 일로 큰 교훈을 얻었지만, 너에겐 상처로 남아있을지도 모르겠구나.'

마음으로 미정에게 사과를 했다.

아프게
해서
미안해

Section
11

막걸리 한 병에 담은 사춘기

2월 예비소집일.

민구에 대한 첫 인상은 큰 덩치에 힘이 세고 껄렁대는, 소위 좀 노는 학생의 모습이었다. 아니나 다를까 새 학년이 시작 된지 2주가 지난 즈음, 예상했던 일이 일어났다.

"선생님, 선생님~~! 민구가 허락 맡고 조퇴한 거예요?"

"왜, 무슨 일인데 그래?"

"민구가 2교시 시작 전에 나가서 아직까지 들어오지 않았어요."

'아차' 싶어서 교무실로 돌아와 핸드폰 수거함을 보니 민구의 핸드폰 자리가 비어있었다. 전화연락을 할 수 있으니 오히려 다행이라고 생각했다. 바로 민구에게 전화를 걸었지만, 전화를 받지 않았다. 급한 마음이 들어 민구에게 메시지를 남겨둔 채 핸드폰을 들고 수업을 시작했다.

'징징~, 징징~.' 수업 중에 답 메시지가 왔다.

'선생님, 집에 급한 일이 생겨서 말씀 못 드리고 나갔어요. 학교 들어가는 중이니까 걱정 마세요.'

일단 안심이 되었다. 점심식사 후 학생 급식소로 민구를 만나러 갔다. 급식소 앞에 줄 서 있는 민구를 발견했다. 차분히 자초지종을 묻자고 속으로 다짐하며 민구에게 다가간 순간, 얼굴은 벌겋고 입에서는 담배 냄새와 함께 단내가 풍겨왔다. 차분하자고 다짐한 마음은 순식간에 사라지고 우르르 몰려있는 아이들의 존재를 잊은 채 큰 소리로 다그쳐 물었다.

"장난해? 수업 땡땡이 친 것도 모자라서 술 마시고 담배 피우고 놀다 들어오고, 시간 벌려고 잔머리까지 굴려?"

"죄송합니다."

"이게 죄송한 것을 아는 놈이 할 짓이야?"

"……."

말을 쏟아 내다보니 내 감정이 생각보다 격해지고 있는 것이 느껴졌다.

"일단 밥 먹어. 먹고, 5교시 수업 들어가기 전에 교무실로 와!"

나도 흥분을 가라앉히고 이야기 해야겠다는 생각이 들어 교무실로 돌아와 커피를 마셨다. 그때 또 다시 아이가 뛰어 들어오며 말했다.

"선생님, 선생님! 큰일 났어요. 민구가 남자 화장실에서 옆 반 지훈이를 때려서 피가 엄청 나요!"

지훈이는 체구가 작고 평소에 말이 많은 아이였다.

"정말? 무슨 일이야?"

연속으로 사고치는 민구에게 화가 났다. 그런 마음 한편으로, 수업에 무단으로 빠진 뒤 술을 마신데다가 술에 취해 행패를 부린 모양새가 되면 문제가 커질 것이라는 걱정도 들었다. 서둘러 4층까지 달려가 보니 화장실 밖 복도에까지 피가 뚝뚝 떨어져 있었다. 다친 학생은 보건실로 갔고 민구는 교실에 앉아 있었다.

"윤민구, 따라와!"

말없이 날 따라오는 민구를 뒤에 두고 많은 생각이 엉켰다.

'어떻게 해야 하지? 차분히 물어봐야 하나? 격투기까지 한 녀석이 술 마시고 약한 애를 때렸으니 문제가 커지는 것은 아닐까? 얼마나 다쳤을까? 뼈라도 부러졌으면 어쩌지? 초반에 잡아야할까? 지금 바로 혼내야 하나? 술도 안 깼는데 나한테도 덤비면 어쩌지? 학생부로 바로 보낼까? 아냐, 그래도 나한테 직접 덤빈 적은 없는 녀석인데, 관계를 망치면 앞

으로 더 문제가 되지 않을까?'

생각이 꼬리를 물어 머리가 복잡해진 채로 교무실에 왔다. 의자를 끌어다 민구를 앞에 앉히고 잠시 가만히 있었다. 고개를 푹 숙인 민구에게서 반성의 기운이 느껴졌다.

"민구야, 술 많이 마셨어?"

"막걸리…, 한 병이요."

"아까 그 친구는 왜 때렸어?"

"제 앞에서 얼쩡대고 말장난 하는데, 갑자기 확 화가 치밀어 올랐어요."

"애들이 민구 앞에서 그럴 때마다 매번 화가 나니?"

"아니요. 오늘 갑자기 화났어요."

"왜 그런 것 같은데?"

"선생님께서 애들 앞에서 저한테 화 내신 것이 자존심 상하고 열 받았어요."

"……흠……. 그랬구나…, 혹시 술기운에 그런 것 같진 않아?"

"술을 마시긴 했지만, 술 때문에 그런 것 같진 않아요."

난감했다. 민구를 어떻게 대해야할지 내 자세를 선택해야 할 순간이었다.

그때 갑자기 지금은 잘 다니지도 않는 교회 예배시간의 성경구절이 떠올랐다.

'너희 자녀를 노엽게 하지 말지니 낙심할까 함이라.'

민구 마음의 물꼬를 터주고 싶다는 생각이 들었다. 이미 내 말이 상처가 되어 다른 친구에게 분풀이를 했는데, 또 나로 인해 민구가 마음을 못 지키고 낙심하게 되는 것은 아닐까 싶었다.

"민구야, 선생님이 아까는 많이 당황스러웠어. 그래서 나도 모르게 아이들 보는 데서 너를 다그쳤구나. 미안하다."

"…네……."

힘들게 말을 건넸고, 힘들게 대답하는 소리가 들려왔다.

"휴~ 그나저나…, 이제 어떻게 해야 하지? 선생님 때문에 민구가 화났던 것은 이렇게 서로 풀었는데, 민구가 지훈이를 때린 것은 어떻게 하면 좋겠니?"

"지훈이에게 사과하고, 지훈이 부모님께도 직접 찾아뵙고 사죄드릴게요. 그리고 저희 아버지께 전화해서 치료비도 부탁드릴게요."

"그래, 일단 그것부터 하는 것이 좋겠다. 그리고 학생부에서도 이 일로 민구를 불러서 진술서를 쓰게 하고, 봉사활동도 시킬 수 있으니 마음의 준비를 해야 할 거야."

"네. 죄송해요, 선생님."

"응. 선생님도 민구도 같은 실수를 반복하진 말자."

"네. 근데요, 샘~~."

격식 없는 말투로 돌아온 민구의 눈을 보니, 뭔가 더 할 말이 있어보였다.

"응, 왜?"

"엄마한테는 비밀로 해주세요. 아버지께는 제가 말씀 꼭 드릴게요."

"그래, 그렇게 하자."

뭔가 사연이 있어 보였지만 엄마를 실망시키고 싶지 않은 마음이겠거니 하고 더 이상 묻지 않았다. 그리고 민구가 술 냄새를 없앤 뒤 교실에 갈 수 있도록 보건실에 부탁했다. 다음 날 학생부에 가서 진술서를 쓰고 며칠 간의 교내 봉사를 했지만, 그렇게 그날의 일은 더 커지지 않고 마무리가 되었다.

담임한테 미안한 마음이 들었던 걸까. 그 이후로 민구는 수줍은 미소와 함께 슬며시 친근하게 다가오며 하루하루 잘 지냈다. 수업 중, 공책에 필기하고 있는 민구의 글씨가 다른 어떤 여학생들보다 단정하고 예쁜 것도 알게 되었다.

"민구야, 손도 곱고 글씨도 예쁘고…, 의외네. 글씨체로 봐서는 어렸을 때 공부도 열심히 했겠는데?"

"샘~, 저 이래봬도 초등학교 때 전국 글짓기 대회에서 상도 받고, 격투기 대회에서도 우승하고 그랬어요. 멋지죠?"

"진짜? 완전 다른 분야 같은데, 다 열심히 했나 보다. 진짜 멋지다!"

정말 그랬다. 사고를 치는 순간에도 사람의 마음을 붙잡는 끈을 가지고 있었던 것 같다. 다행히 민구 주변에 긍정적이고 유쾌한 친구들이 있어 서로 잘 어울려 가고 있다고 생각했다.

춘계현장학습을 마치고 귀가 확인까지 한 5월의 저녁. 민구 어머니에게서 전화가 왔다.

"선생님, 민구가 집 유리창을 깨서 손이 피투성이가 된 채 나갔어요. 전화도 받지 않고, 어쩌죠?"

민구 어머니의 목소리는 술에 취해 있는 것 같았다. 그리고 뒤로 아버지의 괴성이 함께 들려왔다. 상황이 만만치 않게 들렸고, 민구를 찾을 수 있을지도 걱정이었다. 담임인 나의 전화도 안 받을 것 같았다.

"민구야, 걱정된다. 뭐가 어찌되었던 전화 한 번 해 줄래?"

메시지를 남기고 핸드폰만 쳐다본지 십여 분이 흘렀을까. 민구에게 전화가 왔다.

당분간 친구네 집에서 지내겠다고 했다. 학교는 빠지지 않을 테니 걱정 말라는 말과 함께.

그 일이 있은 후 몇 가지 사실을 알게 되었다. 민구의 아버지는 젊은 시절 바람을 많이 피웠다. 때문에 민구 엄마가 우울증과 알코올 중독에 의부증까지 있었다. 민구 누나도 아빠가 밖에서 낳아 데리고 온 이복 누나였다. 그렇게 어릴 때 부터 부모님의 전쟁 같은 부부싸움을 지켜보며 자랐는데, 그 날은 분노를 참지 못하고 유리창을 깬 후 가출까지 했던 것이다. 이후로도 서너 번 비슷한 일이 있었지만 민구는 약속대로 무단결석 한번 하지 않았다.

내가 민구의 인생을 책임질 수 없었고, 가정 문제의 해결사도 될 수 없었다. 그저 민구가 학교에 와서라도 마음 놓고 숨을 쉬고, 잠시나마 웃을 수 있는 쉼터가 되어 주고 싶었다.

중학교 졸업 후, 격투기를 하고 싸움꾼이던 그 녀석이 본인도 의외라며 미용학교에 다니고 있다는 반가운 메시지를 보내왔다. 사진 속 민구는 중학교 때와는 달리 비쩍 마른 몸매를 낯설게 드러내고 있었지만, 핏줄 하나 튀어나오지 않은 고운 손은 여전히 친숙하게 느껴졌다.

요즘에도 출퇴근 길에 문득문득 떠오른다.

중2 교실에서 여느 때와 같이 아침 조회를 하고 있던 3월 14일, 수줍은 미소와 함께 그 고운 손으로 장미꽃과 사탕을 쑥 들이밀었던 중3이 된 민구의 모습이.

이제와 생각해보면, 민구 덕분에 내가 어떤 선생님으로 살아야할까 마음의 자세를 정했던 것 같다. 아이들에게 해결사는 되어 주지 못하지만, 학교에서나마 답답한 마음을 내려 놓고 잠시 웃을 수 있는 쉼터 같은 선생님이 되겠노라고.

Section
12

낭중지추가 되는 꿈

필통 속의 커터 칼을 보면 '진'이라는 아이가 떠오른다.

여자 화장실, 우르르 몰려든 아이들, 수없이 두들겨대던 칸막이 문의 울림.

칸막이를 사이에 두고 진이와 실랑이를 하는 중에, 몰려든 아이들을 먼저 수습해서 돌려보내고 나면 그제서야 피가 스며있는 손목을 가린 채 복도로 걸어 나오는 모습이 꼬리를 물고 떠오른다.

처음엔 당황했고, 두 번째는 눈물이 났고, 세 번째는 괜찮다고 안아주었다. 그렇게 반복적인 충격을 받다보니 그마저도 적응이 되었는지, 몇 번인지 세지도 않게 된 때에는 무덤덤하게 손목에 약을 발라주는 교사가 돼 있었다.

진을 만나기 2년 전에, 진의 오빠인 준홍이 담임을 했다. 해마다 학년 초에 받아보는 학생이해자료를 보고 준홍에게 정신지체 3급인 홀어머니와 연년생 여동생이 있다는 것을 알았다. 아버지에 대해서는 전혀 기억이 없었고 미술을 좋아하지만 형편이 어려워 학원은 다니지 못한다고 쓰여 있었다. 그 A4 용지 한 장을 읽은 날 저녁, 녹록하지 않은 중1 아이의 무거운 삶을 생각하며 한숨과 눈물이 뒤엉켰던 기억이 있다.

그래도 꿋꿋하게 생활하는 준홍은 친구들 사이에서 인기가 있었고 학업에도 최선을 다하는 학생이었다. 학급 회장으로 뽑힌 준홍이 때문에 3월에 있는 학부모 총회에서 어머니를 처음 만나게 되었다. 정신지체 3급이라는 정보와는 달리, 어머니는 전혀 불편함이 없어 보였고 오히려 무척 활달하고 멋을 많이 내서 화려한 인상을 받았다.

대화를 나눠보니 조울증이 심해서 약 처방을 오래 받아왔고, 그 의사를 통해 증명서를 발급받아 읍사무소에 정신지체 3급으로 등록한 뒤 생활비 지원을 받고 있다는 것을 알게 되었다.

지원을 받을 수 있게 된 것과 지능이 떨어져서 아이들을 방치하는 것이 아니라 조울증으로 치료 받고 있다는 것이 불행 중 다행이라고 생각했다. 적어도 그 당시의 난 그렇게 생각했다.

하지만 2년 후, 진의 담임이 되고 나서 생각했다.

'불행 중 다행이 아니었구나, 그저 불행의 연속일 뿐이구나.'

습관적으로 자해를 하는 진이도 오빠와 마찬가지로 삶에 대한 애착과 급우들 사이에서 리더십이 있었다. 활달할 때는 학급의 분위기 메이커였으며 수업에도 열심히 참여했다. 여학생 남학생 가리지 않고 친구들 사이에서 인지도가 높았기 때문에 학급 부회장으로 선출되었고 총무까지 같이 했다. 자해를 하지 않는 많은 시간에 친구들 뿐 아니라 나와도 매우 친했고 소외되는 친구가 있으면 특유의 유쾌함으로 먼저 손을 내밀어 돕기를 즐겼다.

"진아, 홍익인간 같아. 그 어려운 것을 네가 하는 구나."

라고 말을 걸면,

"샘~, 저만 믿으시면 되요. 알죠?"

하고 찡긋 답을 했다.

준홍이 때와 마찬가지로 학부모 총회에서 2년 전의 그 어머니를 다시 만나게 되었다. 더 짙어진 화장과 허스키해진 목소리였지만 활달한 모습은 여전했고, 반가운 마음으로 이야기를 나눴다. 남자친구가 생겨 동거를 하고 있으며 아이들은 아빠라고 부르며 잘 따른다, 호프집을 운영하는 본인 대신 준홍과 진의 저녁식사 뿐 아니라 아침 등교도 봐주고 있다고 했다. 입에서 술 냄새가 나서 죄송하다, 새벽까지 장사를 하다 보니 이럴 때가 있다는 대화가 오고갔다.

당시 36세쯤이던 그녀가 어릴 때 부터 이혼의 상처와 조울증을 겪으면서도 열심히 사는 모습이 뭉클해서 술 냄새 정도는 오히려 위안이 되었다.

진이 자해하는 것을 세 번 정도 말렸던 즈음, 5월의 연이은 행사들이 아이들을 설레게 할 때였다. 오늘 급식 메뉴보다 반티를 무엇으로 정할지가 며칠 동안 뜨거운 감자였다.

진이도 즐거워 보였다. 부회장 겸 총무로서 아이들 한명 한명에게 반티에 새길 개인별 이니셜을 명렬표에 받아 적고 그에 맞는 반티 값을 걷고 있었다. 꼼꼼하게 임무를 잘 완수한 진이 덕분에 행사 전에 반티가 무사히 도착했고 체육대회, 소풍 등 학교 행사들 뿐 아니라 학급 단합대회도 즐겁게 마쳤다. 저무는 해를 보며 운동장 바닥에 앉아 짜장면도 시켜먹고 깔깔대며 수다를 떠는 즐거웠던 시간이 기억이 난다.

그렇게 5월의 열기가 식고 6월 말이 되었을 때 낯선 번호로 전화가 왔다. 반티 값 입금이 안됐다는 것이었다. 중2의 아이에게 입금을 맡겼던 내 잘못이 컸다. 최악의 경우 내가 54만원을 메꾸겠구나 싶었다. 핸드폰으로 진에게 전화를 했더니 진의 어머니가 받았다. 너무나 밝게 안부를 묻는 그녀에게 사라진 반티 값을 말할 수 없었고, 진의 말을 먼저 들어봐야겠다고 생각했다. 밤이 되어서야 진에게 전화가 왔다. 반티 값을 몽땅 잃어버렸다는 것이었다. 당황스러웠지만 진과 내가 해결할 수밖에 없었다. 직접 어머니께 말씀드리라고 했고, 다음날 어머니와 다시 통화를 했다. 1/3은 잃어버렸고, 어차피 금액이 부족하다는 핑계로 나머지 2/3는 여기저기 써버렸다는 진의 고백을 전해주었다. 뒤통수를 얻어맞은 것 같은 배신감이 컸지만, 아이가 반성하는 모습을 보며 궁지로 몰아갈 수는 없는 노릇이었다. 진의 경제적 책임에 담임의 도의적 책임을 보태 그 사건은 우리 둘이 조용히 마무리했다.

그 이후로 가출, 흡연, 음주, 폭행 등의 사건이 이어졌다. 아침이 되어 학생부에서 문제 삼을 것을 알게 된 전날 밤이면 어김없이 진에게 전화가 왔다.

자해를 지켜보는 것과 비슷했다.

처음엔 당황했고, 두 번째엔 더 큰일이 나지 않아서 다행이라 생각했고, 세 번째엔 담임을 믿고 먼저 말해주는 것이 고마웠다.

하지만 이 또한 거듭되다보니 무덤덤하기를 넘어서 지치는 마음이 들었다. 담임의 약한 마음을 무기삼아 휘두르다가, 일이 커지면 방패막이로까지 이용하는 것 같아서였다.

2학기가 되자 무단으로 등교하지 않는 경우도 잦아졌다. 걱정 반 괘씸함 반의 마음으로 전화를 하면 어김없이 수화기 너머 진이 대답한다.

"선생님, 병원에 가서 조울증 약 처방 받아 가고 있어요. 애들한테는 비밀로 해주세요."

"처방전은 받았지? 그거 선생님 꼭 보여줘야 한다."

"아뇨, 엄마가 잘 아는 의사 선생님이라 학생 때 부터 정신과 치료 받았다는 기록 남으면 안 좋다고 약 그냥 주셨어요."

"그렇구나……."

확인 했어야 했을까? 아직도 잘 모르겠다.

진의 어머니는 진의 말이 맞다는 확인 문자를 보내왔고, 진은 나에게 약을 증거품처럼 보여주기도 했다. 사실은 더 깊이 캐내고 싶지 않았던 것이 솔직한 마음이었다. 많이 알면 알수록 배신감이 느껴질 것 같았고, 진의 가족을 측은해하기 보다는 내 이성의 잣대로 가위질을 하게 될지도 모른다는 생각이 들었다.

수많은 이유들로 늦은 저녁시간까지 진과 여러 차례 상담을 했지만, 그럴 때 마다 진의 고통과 현실에 대한 원망만 메아리가 되어 내게 돌아왔다. 내 감정도 같이 누더기가 되는 기분이었다.

그렇게 진이 다가오면 안아주고, 멀어지면 지켜보고, 사고를 치면 타이르며 1년이 지났다. 복도를 지나가다가 3학년이 된 진을 보면 애틋한 마음이 들긴 했지만 처음처럼 아프지는 않았다. 그저 대물림의 조울증과 어긋난 리더십이 안타까울 뿐이었다.

고등학교에 진학한 진은 결국 학교를 그만뒀다. 편의점에서 아르바이트를 한다는 소식을 들었고 검정고시를 치룬 뒤, 동년배 다른 친구들보다 먼저 대학생이 되었다. SNS를 통해서 짙은 화장과 노란 머리의 진이 사진을 보았다.

지금 떠올려보면, 자해행동은 중3이 되면서 없어졌던 것 같다. 그 당시 중3 진의 담임교사는 진의 자해행동으로 힘들어하는 것을 볼 수 없었다. 진이 나와 함께 지낸 시절, 정말 죽고 싶었다기보다는 관심을 받고 싶었던 것이라 생각된다. 그리고 조증과 우울증의 사이 어디쯤에서 인가 현실에 대한 분노를 표출한 것이라고도 생각된다.

진은 격투기를 하고 싶어 했다. 고등학생이 되어 미대를 지망하는 진의 오빠는 어려운 형편에도 비싼 미술 학원을 다니며 꿈을 키워가고 있었다. 그에 비해 격투기는 여자아이가 할 것이 아니라며 어머니도 오빠도 진의 꿈을 반대하는 것에 화가 나있던 즈음 나를 만났던 것이다. 어떨 때는 격투기를 안 시켜준다는 것에 대한 좌절도 핑계였던 것이 아닐까 하는 마음이 들 정도로 모든 것에 분노하고 있었다. 물론 진이 지금은 어떻게든 온전히 살아가고 있는 것을 보니 나 또한 안심된 마음으로 이런 생각도 드는 것이리라.

필통 속 커터 칼을 보면 요즘도 문득 자해행동을 하던 진이 떠오른다. 그리고 이어 마음속으로 꿈을 꾸어본다. 유전적인 조울증인지 현실에 대한 원망인지 아직도 난 잘 모르겠지만, 진의 마음 속 칼날이 자신과 사회를 향하지 않길.

오래 전 그 날

"진아, 홍익인간 같아. 그 어려운 것을 네가 하는 구나."

"샘~, 저만 믿으시면 되요. 알죠?"

라고 유쾌하게 주고받았던 대화처럼, 진의 삶에 대한 애착과 주변 사람을 이끌어가는 리더십이 자신과 사회에 이롭게 쓰이기를.

그래서 방향 없는 원망으로 주저앉지 말고, 진이의 뛰어난 재능이 저절로 드러나 사회에 유익한 사람이 되길 기도한다. 아무리 감추어도 끝이 뾰족해 밖으로 튀어나오는 주머니 속의 송곳처럼.

형이 둘 있는 맏아들

건영과 준영의 동생인 진영의 이야기다.

첫째 건영은 학생회장이었고, 둘째 준영은 소위 막나가는 일진이었
다.

두 아이를 상징하는 단어가 상반되지만, 외모 뿐 아니라 생활모습은

어딘가 모르게 비슷하다는 느낌을 여러 번 받았다. 첫째 건영이 중1 때 같은 반 친구와 크게 다투게 된 일이 있었다고 한다. 건영이가 친구들 사이의 분위기를 묘하게 조성해서 상대편 아이를 왕따 시켰다는 것이었다. 양쪽 부모님까지 개입 되어 사건이 커졌다는 소문을 들었다. 건영의 부모님은 상대편 아이의 오해라며 학교에 와서 가해자로 찍힌 건영의 입장을 설명했다고 들었다. 건영의 아버지는 불같이 화를 냈고 건영의 어머니는 눈물까지 흘렸다고 한다. 사건은 평행선을 탔고 명확히 결정이 나지 않은 채 마무리 되었다. 다툼 당시의 사실 관계를 떠나서, 어찌되었든 모범생처럼 보이는 첫째 건영과 대놓고 다양한 사고를 치는 둘째 준영은 함께 다니는 무리에 영향력이 있었다. 그리고 건영은 가끔, 준영은 늘, 그늘지고 삐딱한 느낌과 담배 냄새를 풍겼다.

형제가 닮은 건 이상하지 않았다. 중1 때 까진 포동포동하다가 중2가 되면서 살이 쏙 빠지고 키가 훌쩍 커버리는 성장단계 마저도 형제들의 닮은 모습으로 받아들여졌다.

건영이 고2, 준영이 중3이 되었을 때. 셋째인 중2 진영의 담임이 되었다. 진영을 처음 보고 생각했다.

'건영·준영 동생 맞나? 생김도 느낌도 전혀 다른데?'

그 전혀 다른 느낌은 외모 뿐 아니라 성장단계, 그리고 성격과 분위기에서도 확연하게 차이가 났다. 학생이해자료를 다시 봤다.

법적으로 건영과 준영의 동생이 맞았고 아래로 2년 차이인 초등학교 6학년 민영이라는 동생도 있었다. '아들 4명의 부모라……'

다시 한 번 부모의 인적 사항을 보게 되었다.

아버지 칸은 비어 있었고, 어머니는 나와 같은 나이로 당시 40세.

'22세에 큰 애를 낳아서 연속 4명의 아들? 힘들었겠네. 그런데 건영이 1학년 때 사건이 났을 때는 아버지와 어머니가 모두 학교 왔다고 했는데, 그새 이혼한 건가?'

구체적인 의문이 꼬리를 물었다.

진영은 큰 형과는 달랐다. 오히려 둘째 형과 비슷했다. 교내에서 좀 노는 아이들과 몰려다녔고 공부에는 전혀 관심이 없었다. 하지만 둘째 형의 불손하고 삐딱한 분위기와는 또 달리 진영은 밝고 예의바른 모습이 유쾌했다.

그 당시 우리반 아이들은 유난히 양극의 아이들이 공존했다. 화장 진하기와 담배 냄새로 전교에서 두 번째라면 서러울 학생들이 10명이 넘어 학급 구성원의 1/3 정도가 일진 무리였고, 나머지 아이들은 자리에 조용히 앉아만 있는 지나친 숙맥이었다. 가정환경이 불우한 아이도 거의 절반을 차지했다.

'올 한해 무사히 지나갈 수 있으려나?'

내 걱정에 주변 교사들의 걱정 어린 시선이 더해지며 새 학년을 시작했다.

겨울바람이 채 가시지 않은 3월의 봄, 같은 일진 무리의 친구 중 한 명이 나에게 와서 진영이 사물함에 담배가 있다고 일렀다. 점심시간에 교실에 들어가서 정리정돈을 지도하는 척 하면서 진영에게 사물함 정리를 같이 하자고 했다. 그러면서 담배를 압수하는 수순이었다. 그러자 진영이 의외의 행동을 보였다.

"선생님, 정말 잘못했습니다. 다시는 그러지 않겠습니다."

"뭘 다시는 그러지 않겠다는 건데?"

"다시는 학교에 담배를 가져오지 않겠습니다."

"가져오지는 않겠지만 끊지도 않고?"

"에이~ 선생님. 한 번에 못 끊어요. 그냥 일단 학교에서는 안 피울게요, 봐 주세요~. 진짜예요, 약속하면 지켜요~."

아이들이 다 보는데서 무릎 꿇고 내 바지를 부여잡고 사정하는 진영을 보니 어처구니가 없었지만 솔직한 모습이 귀여웠다. 망부석처럼 조용하던 아이들의 웃음소리가 들려왔다.

"알았어. 끊도록 노력하고 일단은 학교에 담배 가져오지 않는 거, 인정!"

"그럼 그거 저 주시는 거죠?"

"뭐라고? 꿈도 야무져~. 선생님 책상 서랍에 얌전히 모셔둘 테니 고등학교 졸업할 때 찾으러와."

"어, 그럼 그거 맛이 없어지는데~. 그리고 담배 값이 요즘 엄청 비싸요~."

"이 기회에 담배 줄이면 딱 되겠네~."

"어흑~, 알겠습니다 샘. 분부대로 노력해 보겠습니다."

중2의 아이와 나누는 대화, 그것도 교사와 학생이 나누는 대화라기에는 사안이 유쾌한 것이 아님에도 서로에게 진솔한 모습을 보이며 마무리 되었다고 생각한다.

그 이후, 아이들은 진영의 흡연을 공공연하게 인정하면서도 끊을 수 있도록 도와주었다. 여자 아이들은 쉬는 시간에 진영이가 육교 밑으로 숨어들어가 담배 피우지 않도록 누나가 된 듯이 협박과 잔소리를 했다. 무서운 일진이라고 생각했던 진영이 사실은 맹한 구석이 있는 철딱서니 남동생처럼 보였던 것 같다.

진영이 뺏긴 담배를 돌려달라는 이유로 교무실에 자주 찾아왔다. 그러고는 농담을 주고받으며 가벼운 상담이 자주 이어졌다.

퇴근 전, 교실 뒷정리를 확인하러 갈 때에도

"같이 가요, 샘~. 우리 샘 위험해서 제가 같이 가야해요."

하며 따라다녔다. 가볍지만 잦은 상담으로 알게 된 것들이 많았다. 진영이 지각하는 날에는 둘째 형인 준영에게 맞아서라는 사실.

같은 울타리 안의 고등학교 1학년이 된 준영은 흡연 정도의 비행을 넘어서서 경찰서를 들락날락 하는 거물급 인사가 돼 있었다. 중3 후배를 시켜서 동생을 벌주기도 하고, 집에서 만나서는 담배를 끊으라고 때린다는 것이었다. 큰형은 자기 일에만 관심이 있어서 동생들은 본 척도 안한다고.

아버지처럼 자동차 정비 쪽의 일을 하고 싶다고도 했다. 말이 나온 김에 4년 전, 건영이 중1 때 아버지께서 학교에 오셨던 얘기를 하며 요즘은 어떠시냐고 물어봤다.

어디계신지 모른다, 연락 끊긴지 오래됐다는 대답. 하지만 행방불명이 되어 연락이 없는 아버지 이야기를 하면서도 진영은 아버지에 대해 전혀 원망의 가시가 없었다. 아니, 아버지가 했던 일을 대물려 하고 싶은 만큼 존경의 마음을 가지고 있는 듯 보였다.

방 하나 마루 하나 화장실 하나. 비좁은 진영이네 집에는 어머니와 네 형제, 그리고 할머니까지 함께 생활하고 있었다. 진영이 등교하지 않아 집에 전화를 하면 항상 할머니가 받으셨다.

그런데 그렇게 몇 번을 통화하던 중, 진영이가 둘째 형 준영에게 자주 맞는 것에 대해 어머니와 상담을 해야겠다는 생각이 들었다. 할머니께 언제 전화 하면 어머니와 상담 할 수 있을지 여쭤보았다.

"지금 하시면 되지 않으세요? 왜 따로 전화하시려고요?"

'아차. 할머니가 아니고 엄마였나 보구나.'

목소리가 할머니처럼 들리던 분이 엄마였던 것이다.

"우리 엄마랑 나이가 똑같으신 거 사실이에요?"

라고 하던 진영의 말이 급하게 스쳤다. 그리고 진영이 어머니가 생활고에 지쳐있다는 말을 전해준 진영의 중1 때 담임교사의 말도 떠올랐다. 어머니와의 전화 상담을 통해서 진영이네 사정을 상세히 알게 되었다. 건영과 준영은 언니(진영의 이모) 아들인데 아이들이 어릴 때 언니가 재혼하게 되어 내가 데려다 키웠다. 시어머니를 모시면서 친정 조카들을 입적(서류상 완전히 부모 자식 관계)했다. 힘들긴 했지만, 그 당시 남편의 수입이 좋았고 어린 조카들이 갈 곳이 없었다고 한다. 그런데 문제는 3년 전 남편의 사업이 부도가 나고 신용불량자가 된 채 잠적하면서부터 불거졌다. 단칸살이에 170센티가 넘는 아들 4명을 일용직으로 키우며 시어머니까지 모시는 상황. 각자의 친가를 닮아 2명씩 다른 형제들의 외모. 언니의 아들인 건영과 준영은 중학생이 되고나서야 이런 사실을 알았고, 일 년에 한번 친엄마가 찾아와서 만난다고 한다.

가슴이 먹먹했다. 나와 동갑이라 친구가 됐을지도 모를 그녀의 고된 삶이 슬펐고, 건영과 준영이 출생의 비밀을 알게 됐을 순간도 슬펐고, 그럼에도 본인들을 거둬 준 이모이자 법적 엄마에게 효도는 커녕 매몰차게 구는 것도 슬펐다.

그리고 무엇보다 이 모든 것을 지켜보며 엄마와 동생의 바람막이가 되어줘야 하는 우리반 진영의 마음이 슬펐다.

둘째 형 준영이 교도소를 들락날락 하게 되면서, 진영 어머니는 시어머니와 떨어져 지금의 살림을 접었다. 친정조카이자 법적 둘째 아들인 준영의 새로운 시작을 위해 대학생이 된 첫째 건영을 제외한 아들 셋을 데리고 충주로 내려갔다. 우리반이었던 진영은 충주에 있는 '○○공고 컴퓨터전자과'에 진학했지만 둘째 형 준영은 아직도 큰 사고를 치며 전학 전 학교 주변인 이곳에 남아있다. 사돈어른인 진영의 할머니 집에 얹혀 지낸다고 한다.

비록 이모가 친자식처럼 잘 해주었지만 친부모로부터 버림받았다는 느낌을 받는 아이. 경제적으로 힘들기도 했지만 부모에게 사랑받았다는 느낌을 받는 아이. 키운 사람은 같지만 전혀 다른 성장통을 겪는 건 어쩔 수 없는 것일까.

그러면서 한편으로는 다른 생각도 든다. 우리 사회의 시선이 관심을 넘어 지나치게 타인을 간섭하는 것이 아닌가 하는. 정상 가정이라는 단어의 편협함이 어른이 되기 전 사춘기 아이들을 속으로 곪게 하는 것이 아닌가 하는.

진영은 두 달이 멀다하고 아직도 메시지를 전해온다.

'선생님, 보고 싶어요. 개학 했는데, 애들이 너무 무서워요. 화장실도 못가요ㅠㅠ.'

'학생이 화장실에서 담배를 펴요. 담배꽁초도 화장실에 버리고 가요. 냄새가 심해요. 무서워요. 문신한 애들도 있고요.'

'샘, 스승의 날 뵈러가지 못해 죄송해요. ♥전화라도 했어야 했는데 수련회가서 전화기를 사용하지 못하게 했어요. 그래도 샘 생각은 했어요.♥'

'아, 샘♡♡♡♡♡보고 싶어요.♡♡♡♡♡이제 시험기간인데 예술제가 먼저여서 연습하고 있어요.'

'네. '기회 되면.'이 아니라 '기회가 안되도.' 제가 꼭 샘 뵈러 갈 거예요. ♡샘, 완전 보고 싶어요.' 등….

　언젠가 어른이 된 진영과 술 한 잔 하며 이런 이야기를 할 수 있기를
기대한다.

　아빠가 집으로 돌아오셨다는 이야기. 엄마도 이제는 자주 웃으신다는
이야기. 형들도 마음잡고 엄마와 이모에게 효도한다는 이야기.

　그리고

　"저도 어린 시절이 좀 힘들었지만 그래도 나름 괜찮았어요."

　라는 이야기.

아프게
해서
미안해

Section

14

꽃으로도 때리지 말라

공부를 무척 잘하고 덩치도 컸던 진호는 학급에서 리더십은 없었지만 영향력은 있었다. 비꼬는 말투와 잘난 척 하는 태도가 아이들이 보기나 교사들이 보기에도 달갑지 않았다. 학교 성적이 전교 1,2등을 할 뿐 아니라 책을 많이 읽어 박학다식한 아이였다. 당시 대령으로 직업 군인이던 아버지의 지역사회 인맥으로 진호 어깨에는 항상 힘이 들어가 있었다. 입에서 나오는 말은 다른 사람을 상처내기 일쑤였지만 일진 아이들과는 물과 기름 같았기 때문에 서로 건드리지 않았다. 그저 착하고 순하면서 공부를 못하는 아이들이 진호의 표적이었다.

여학생 한명이 점심식사를 하고 급식소에서 나오는 나를 불러 세웠다.

"선생님, 이진호가 한용준을 발로 차고 난리도 아니었어요."

"왜? 무슨 일 있었어?"

"모르겠어요, 쉬는 시간이 되니까 갑자기 용준이한테 날라차기를 하더라고요."

용준은 초등학교 4학년 정도의 작은 키와 빼빼마른 몸매의 아이였고, 할머니와 단 둘이 살고 있으며 어려서부터 공부를 봐주는 사람이 없었던 터라 성적도 나빴다. 하지만 할머니께서 키워주시는 것이 힘든 걸 알아 집안 일을 도맡아서 하다 보니 학교에서도 청소나 궂은 일이 있으면 선뜻 나서서 담임을 도와주는 착한 아이였다.

일단 용준을 불러 자초지종을 물어봤다. 기가 죽은 용준은 자기가 왜 맞았는지 모르겠다고 했다. 진호를 불렀다. 진호는 우등생답게 자신 있는 모습으로 교무실에 성큼성큼 들어와 용준을 때린 것에 대해서 설명했다.

"그 자식이 멍청하게 한 말 또 하고 또 하고 그러잖아요. 수업 진도도

지체되고 선생님이 그런 애한테 시시콜콜 붙들려 있는 것도 답답했어요."

그 당시 교과 담당 선생님의 증언도 있었다.

"용준이 자꾸 되물어서 대답해주고 있으려니, 진호가 '선생님, 이제 진도 좀 나가시죠~.'라고 하더라고요. 어찌나 시건방지던지…… 제가 진호를 좀 혼냈어요."

진호는 '멍청하게 한 말 또 하고 또 하고 하는 용준' 때문에 진도 안 나가고 일일이 대답해 주는 '답답한 선생님'한테 학급 전체가 보는 데서 혼이 난 것에 화가 났다고 한다. 그래서 쉬는 시간이 되고 교과 선생님이 나가시는 것을 보자마자 용준을 발로 차버렸다고.

순간 뜨거운 분노가 치밀어 올랐다.

그동안도 담임으로서 진호가 못마땅하긴 했지만, 공부 잘하는 녀석이 성격이 안 좋다는 이유만으로 혼낼 수는 없는 노릇이었다. 분노가 치밀어 오르면서 이런 생각도 들었다.

'너, 오늘 잘 만났다, 그동안 참았던 말 좀 다 해보자.'

약육강식의 동물성에 대해, 그리고 비겁함에 대해 이야기했다. 폭력을 쓴 것에 대한 꾸지람으로 시작해서 동물성을 벗어나야하는 인간성의 이야기로 이어졌다. 진호가 알아들은 것 같아서 다행이라고 생각했지만, 그건 착각이었다. 내 착각은 그 후로도 두세 번 정도 더 용준에 대한 무시와 경멸의 태도를 보이는 진호에게 금세 무참히 깨졌다. 신체적 폭력 행사의 대상이 용준이었을 뿐이지 급우들 중 많은 아이들에게, 그리고 여학생들에 대해서는 노골적으로 무시하는 말투로 일관했다.

진호에 대해 상담할 필요가 있다고 생각해 어머니와 통화 했다.

예의 바르시고 말씀도 조심히 하시며 진호의 모난 성격에 대해 고민
도 많이 하고 계신다는 이야기였다. 지극히 평범한, 아니 오히려 교양
있는 집안의 분위기가 느껴졌다.

"선생님, 필요하시면 진호를 때려서라도 가르쳐 주세요. 진호가 밖에
서 그러는 거 알면, 오히려 아빠가 더 심하게 혼낼 거예요. 체벌도 괜찮
으니 반듯하게 지도해 주세요."

"진호를 체벌할 일은 없을 거예요. 그저 자기보다 좀 약한 아이들에게
더 잘했으면 하는 바람으로 전화 드려본 거예요. 집에서도 잘 지도해 주
세요, 어머님."

이런 이야기로 전화 상담을 두세 번 했던 기억이 난다. 어머니와 상담
을 한 다음 날이면 진호가 조금은 자숙하는 모습이 보이기도 했다.

6월 말, 기말고사를 앞두고 자기주도학습을 늦게까지 남아서 할 때였
다. 에어컨이 따로 없었던 때라 옆 친구의 숨마저 후덥지근하게 느껴질
무렵.

진호가 또다시 용준을 발로 걷어차고 이번에는 뺨까지 때리는 일을
직접 목격했다. 옆에서 깐죽대고 어처구니없는 질문으로 자기를 귀찮게
방해했다는 이유였다.

당시에 내가 혈기왕성한 교사였던 탓일까, 갑자기 가슴 뿐 아니라 눈

에서도 불이 나는 것 같은 열기에 휩싸였다.

"야, 이진호! 너 뭐하는 짓이야? 당장 복도로 따라 나와!"

물을 끼얹은 듯 싸늘해진 공기를 가르고 용준에 대한 무시와 경멸의 눈빛을 채 거두지 못한 진호가 입을 꾹 다물고 밖으로 나왔다.

"엎드려뻗쳐. 네가 지금 뭘 잘못했는지 그 자세로 생각하고 있어. 조금이라도 꾀부리면 죽을 만큼 괴롭게 해줄 테니 똑바로 해!"

그리고 교실로 들어가 용준의 상태를 살피고 다른 아이들을 마저 지도하고 복도로 나갔다. 용준은 괜찮다고, 많이 다치지 않았다고 했다. 그 말에 더 화가 났다. 화내고 분노해도 되는 거라고 소리쳐 주고 싶었다.

엎드려 벌 받고 있는 진호를 보니 화가 치밀어 올랐다. 자기주도학습 중이라는 상황도 잊고 큰소리로 진호를 꾸짖기 시작했다.

"너 뭐야? 그동안 알아듣고 변하려고 노력하던 중 아니었어? 너 이정도 밖에 안되는 놈이야? 너보다 약하면 함부로 해도 돼? 15세가 되도록 그 정도로 밖에 못 컸어? 부모님도 그렇게 가르치지 않으셨고, 초등학교 선생님들도 그렇게 가르치지 않았을텐데, 너는 어떻게 그 정도로 밖에 행동을 못해? 인간이길 포기했어? 너도 똑같이 당해 볼래? 어?"

돌이켜 생각해보면, 훈계가 아니라 폭언을 퍼부었다. 그리고 정말 용준과 똑같은 굴욕감을 느끼길 바라는 마음에 엎드려뻗쳐 자세를 하고 있는 진호의 옆구리를 발로 밀어 옆으로 넘어지게 했다.

그 때의 일이 나를 항상 부끄럽게 한다. 그 때의 그 장면을 또 다른 내가 지켜본 듯이 그림같이 내 머리에 선명하다.

"야, 이진호. 자세 다시 똑바로 해. 힘 자랑 하던 놈 어디 갔어? 그 정도로 넘어가? 고작 그 정도에 넘어가는 놈이 너보다 좀 약하다고 발길질을 해? 네가 당하니까 어때? 선생님한테는 개길 수 없어 어쩔 수 없이 약자가 된 기분, 괜찮아?"

지금은 당시 나보다 덩치도 크고 힘도 셌던 진호가 담임이라고 대들지 않았던 것이 고맙기도 하다. 하지만 그때에는 담임이라 일이 커질까 봐 대들지 않는 것도 비겁한 녀석이니까 그렇다고 생각했다.

진호는 땀을 뻘뻘 흘리면서 대답 한마디 안했다. 그렇다고 반성하는 것 같지도 않았다.

"너 같은 놈 혼내면서 내 에너지를 쏟는 것도 한심해. 일어나 똑바로 서!"

그렇게 복도에 격리 시켜 벌을 세운 채 야간 자기주도학습 시간이 끝났다. 몇몇 아이들을 시켜 복도에 있는 진호에게 가방을 싸서 가져다주라고 했고, 교실 정리정돈 후 아이들을 귀가 시켰다.

나중에 진호에게 직접 들은 얘기로, 진호는 그 날도 여느 날과 다름없이 학원을 갔다가 귀가했다고 한다. 부모님께 학교에서 있었던 일도 이야기 하지 않았던 것 같다.

꾀씸한 마음이 여전히 있었지만 진호와 그 사건에 대해 마무리를 해야만 했다. 진호를 교무실로 불렀다.

"반성은 좀 했어? 선생님이 왜 그렇게까지 널 심하게 혼냈는지 이유는 알아?"

"……."

침묵.

"공부를 잘하거나 좀 더 많이 가진 사람들은 반드시 똑바른 사람이 되어야 할 의무가 있어. 넌 능력도 많고 욕심도 있어서 선생님 생각엔 진호가 명문대에 진학 할 것 같아. 그렇기 때문에 생각을 더 건전하고 바르게 해야 한다면, 이해하겠니? 사회를 이끌어가는 사람들이 건전하고 바른 사람이어야 이 사회가 제대로 이어지지."

마무리를 해야 했기 때문에 성급히 부른 마음이 들킨 걸까. 아니면 그 당시의 어린 진호는 내 말을 이해할 수 없었거나 이해하고 싶지 않았을까. 내 말이 겉도는 기분이 들었고, 그래도 어쩔 수 없이 마무리는 좋게 해야 한다는 강박관념에 차분히 이야기를 끝냈다.

시험이 끝나고, 여름방학도 끝나 2학기가 되었다.

아무 일도 없었던 것처럼, 하지만 진호와는 공존 이상의 관계로 발전하지 않은 채 그 해를 마무리했다. 부모님과 학생에게 그날의 나의 행동에 대해 고소를 당하지 않은 것이 다행이었다.

그 일은 19년차 교직경력 중 6년차 쯤 됐을 때의 오래전 일이다. 그렇지만 여전히 난 그 장면이 선명하다. 그리고 그 장면을 떠올리면 아직도 가슴이 덜컹한다. 누구에게도 털어 놓지 못했던 부끄러운 과거다.

'꽃으로도 때리지 말라'고 한다. '사람이 꽃보다 아름답다'고도 한다.

폭력은 그것이 어떤 좋은 목적을 가지고 있던 폭력일 뿐이다. 나는 담임이라는 왕관을 쓰고 약자를 보호하겠다는 칼을 찬 채 또 다른 약자에게 또 다른 폭력을 휘둘렀을 뿐이다.

동료교사에게 유시민 작가의 '청춘의 독서'라는 책을 빌려 읽고 있다. '32년 세월이 흐른 후'에 '다시 『죄와 벌』을 만났다'는 작가의 해석이 가슴에 와서 맺힌다.

"아무리 선한 목적도 악한 수단을 정당화하지는 못한다."

'선한 목적'으로 당당하게 살인을 저지른 주인공이 그 후 끊임없이 정서적으로나 정신적으로 고통을 겪어야 했던 것처럼 나 또한 끊임없이 부끄러워해야 한다는 생각이 들었다. 부끄러운 과거라 그동안 아무에게도 말하지 못했지만, 부끄러운 일을 했으니 계속 부끄러워해야 하는 것이 내 몫의 벌이라 생각한다. 나태해지지 않으려고 자주 다짐한다. 더욱이 민주시민을 길러야 하는 사회교사가 아닌가.

선생님이고 싶게 해준 너희들

학창시절 단 한 번도 진로 희망에 교사를 적은 적이 없고, 생각조차 해본 적이 없었다. 중학교 때는 의사가 되고 싶었다. 고등학교 때 부터, 심지어는 사범대학에 다니는 내내 부여잡고 있던 꿈은 도시·건축·실내 디자이너였다. 과외를 해서 번 돈은 몽땅 디자인 스쿨을 다니는데 썼다. 대학교 3학년 때 부터는 복수 전공을 시작해, 장식미술과 재료비에 용돈과 과외 아르바이트로 번 돈을 몰아 쓰는 것이 내 인생의 전부였다.

늦었지만 그렇게 인생 계획을 잘 실천해간다고 나름 자부하던 대학교 4학년 11월.

우리나라에 IMF라는 불청객이 한파를 몰고 왔다. 손가락만 빨고 있을 수 없어 과사무실을 통해 시흥시에 있는 ○○고등학교 기간제 교사를 시작했다.

비평준화 지역에 새로 생긴 학교. 주변 여러 고등학교에서 떨어진 아이들이 모였고, 첫 입학생이 2학년일 때 아이들을 처음 만났다. 보건 교사가 배정되지 않은 신생교에서 학생부 여교사 두 명 중 경력도 없고 나이도 어렸던 나는 여학생 생활지도 외에 보건실 업무까지 담당하게 되었다.

고작 5살 차이밖에 나지 않는 아이들이었다.

교실에선 담배 냄새가 진동했고 수업 중에 바닥에 침 뱉는 아이도 있었다. 계속 엎드려 있어 흔들어 깨우려 다가가면 술에 취해 눈을 못 뜨고 지난 밤에 한 화장이 남아 있던 아이. 자기 마음을 몰라준다고 수업 중에 나가버려 다음날 새벽에 피투성이로 보건실 앞에서 기다리는 녀석도 있었다.

모범생으로 지내왔던, 그리고 여고와 여대를 다녔던 나로서는, 그렇게 거친 아이들은 처음이었다. 불인 줄 알면서 뛰어드는 불나방 같은 아이들.

그 위태로운 아이들이 나를 바라보는 눈빛은, 언니였고, 누나였고, 잘 보이고 싶은 누군가였다. 그 마음들을 온전히 받다보니 내가 교사가 아니면 안 될 것 같은 마음까지 들었다. 하지만 난 공립학교 기간제 교사였다. 다음해 2월이면 떠나야 하는…….

그 곳을 떠나 사립학교에 둥지를 틀었다.

그리고 몇 해 지나지 않아 재단과의 문제로 학교에 분규가 발생했다. 소용돌이에 휘말린 나는, 믿었던 동료가 등을 돌리는 모습에 슬펐고 수많은 오해들이 쌓여가는 집단의 분위기에 지쳤다.

내가 아니면 안 될 것 같았던 기간제 교사 때의 자만심은 온데간데 없이 사라졌다. 하루하루 우울하게 버티던 중 12월이 왔다. 인문계였던 고 2의 아이들에게 대학입시에 대한 긴장감이 돌기 시작했다. 그럼에도 크리스마스를 앞두고 손 카드의 낭만이 있던 시절이었다. 틈나는 대로 손 카드를 제작하느라 분주해 보였다.

1년으로 반복되는 교사 생활에 대한 허무함. 그리고 희망과 신뢰가 없는 학교 분위기에 절망하던 나에게 아이들의 손 카드는 눈에 들어오지 않았고 크리스마스 캐롤에도 들뜨지 않았다.

그러던 중 토요일 오후, 같은 내용으로 여러 아이들에게 메시지가 왔다.

'12월 21일 저녁 6시, 김포시 월곶면 ○○○으로 초대합니다. 선생님, 꼭 참석해주세요. 은지 올림.'

'12월 21일 저녁 6시, 김포시 월곶면 ○○○에 오실 거죠? 보고싶어요 샘. 홍민 올림'

'샘, 꼭 오셔야 해요. 저희 엄청 준비했어요. 봉진 올림.'

낯선 길을 돌고 돌아 어두워져서야 도착한 레스토랑에 들어서자 손수 만든 소박한 크리스마스 장식들이 보였다. 점점 젖어드는 눈시울 너머에 '2학년 9반, 오늘을 기억해. 영원하자 우리.'

라고 쓰여 있는 색도화지들이 있었다.

한쪽에는 담임에게 쓴 손 카드가 쌓여있었고, 밥을 같이 먹으며 선물 교환을 했다. 단체 게임도 하며 늦은 밤이 되어서야 부모님들의 도움을 받아 귀가했다.

그때의 그 아이들이 이듬해 2월, 내 결혼식에 반주와 축가로 끝까지 빛을 내 주었다. 아무 조건도 없이 나에게 사랑을 주는 아이들의 순수한 에너지 덕분에 말라가는 우물에 다시 샘이 솟아났다. 1년짜리 반복되는 메마른 선생님으로 남겨지지 말아야겠다고 생각했다. 갈증 날 때 찾아오면 한 바가지의 물을 퍼 줄 수 있는 마르지 않는 샘이 되고 싶었다.

학교의 분규가 막바지에 이를 즈음에 한 울타리에 있는 중학교로 발령이 났다.

중학생은 처음이었다. 그 즈음, 내 아이가 생겨 엄마로서도 처음이었다. 그냥 그렇게 처음이라는 낯설음이 점점 익숙함으로 바뀌어가던 중에 또다시 고마운 아이들이 선물처럼 나에게 왔다.

2학년 5반 영규, 성훈이, 용희, 소정이.

1년 학교 행사 중 꽃이라고 할 수 있는 체육대회를 앞두고 있었다. 아이들은 종합우승을 목표로 축구와 피구 대진표를 보며 매일매일 작전회의를 했고 2인 3각을 연습했으며 놋다리밟기에 열을 올리고 있었다. 담임이 800미터 릴레이 계주로 참가하면 가산점이 있다는 공지에 아이들은 나를 조르기 시작했다.

"샘, 같이 뛰어요, 네? 우리반 우승 해야죠~~."

"샘도 우리반 우승하길 바라는데, 그래서 샘이 뛰면 큰일 나. 샘은 초등학교 때 부터 한 번도 빠지지 않고, 달리기만 하면 꼴등이란 말이야."

"괜찮아요, 샘. 오늘부터 밤마다 아파트 단지 한 바퀴씩만 뛰세요. 저희가 멤버 잘 구성해서 샘을 일등으로 달리게 해 드릴게요."

육상이 학창시절 내내 나를 힘들게 했지만, 그때처럼 부담스럽고 괴로웠던 적은 없었던 것 같다.

'아, 정말~~. 학교 체력장을 벗어나 어른이 되고도 달리는 걱정을 해야 하다니.'

두근두근 두려운 마음으로 며칠을 보내던 중 드디어 체육대회 당일이 되었다.

속도가 매우 빠르지만 다른 아이들에 비해 상대적으로 키가 작아 항상 단거리에서 승부를 보던 용희와 소정은 100미터에서의 당연한 개인 1등 상을 포기하고 계주를 자원했다. 힘이 좋아 단거리던 장거리던 모두 자신이 있던 영규는 188센티의 큰 키와 날렵함이 무기인 성훈에게 계주를 양보하고 담임이 운동장 반 바퀴를 도는 동안 옆에서 같이 뛰어주기로 했다. 우리 학교는 축구부가 유명한 학교인 만큼 운동장도 크다. 출발에서 선두를 확보한 소정에 이어 2등과의 격차를 더 넓히며 용희가 빠르게 나에게 오고 있었다. 정말 내 생에 그렇게 두근거리며 열심히 달려본 적은 없으리라.

처음부터 끝까지 내 속도에 맞춰 옆을 지켜주던 영규가 계속 소리쳤다.

"괜찮아요 샘. 잘하고 계세요."

"샘, 넘어지지만 마세요."

"샘이 일등이에요. 걱정 말고 달리세요."

"샘, 얼마 안 남았어요. 조금만 힘내세요."

대답도 못하고 숨 가쁘게 달리다보니 다음 주자인 성훈이 출발점 전에 나를 마중 나왔다. 짧지만 함께 달리면서 바통을 받아갔다.

내 인생에서의 처음 경험이었고 아마 마지막 경험일 것이다.

그렇게 최선을 다해 뛰어본 것. 그렇게 일등으로 뛰어본 것.

누가 먼저랄 것 없이 결승점에서 서로 얼싸안고 하이파이브를 하며 승리의 기쁨을 만끽해 본 것도 처음이었다. 아쉽게도 학년우승은 놓쳤지만 말이다.

내 것이었던 적 없는 기쁨을 맛본 것. 아이들이 준 뜻밖의 선물이었다.

세월이 흘러 어느덧 19년차의 교사가 되고 여느 해와 다름없이 졸업식장의 분주한 아이들과 부모님들을 뚫고 교무실에 들어와 한 해를 정리하고 있을 때 였다.

문 밖에서

"선생님!"

"선생님!"

부르는 소리가 들려 나가보니 승윤이 밖에 서 있었다. 학생회장으로서 중3을 보낸 뒤 이번에 졸업하는 승윤이.

"어머나, 승윤아. 졸업 축하해!"

"네, 선생님. 정말 감사했습니다."

"감사하긴. 선생님이야 말로 승윤이 담임 해봐서 좋았지. 고등학교 가서도 정말 잘 할 거야. 벌써부터 보고 싶네."

"저 정말로 2학년 때가 너무 좋았어요. 제가 여태까지 학교 다니면서 제일 재밌었어요. 감사해요, 선생님."

울먹거리며 말하는 승윤을 보고 있자니, 나도 함께 눈물이 났고 떠나보내는 아쉬움이 사무치게 밀려왔다.

"선생님, 한번 안아 봐도 될까요?"

"그럼. 선생님이 영광이지. 정말 졸업 축하해 승윤아."

"네. 선생님. 꼭 다시 찾아뵐게요."

그러면서 나를 위해 준비했다며 한 다발의 꽃을 건네주었다.

김영란 법이 시행된 직후라 이걸 받아도 되나 하는 갈등이 스쳤지만 안 받을 수 없었다. 승윤을 보내고 교무실에 앉아 있으려니 함께 2학년을 보냈던 현호도 떠올랐다.

같은 학급에 무용부에서도 단짝이었던 승윤과 현호는 예술제에서 활약을 많이 했다. 객석의 환호성이 있던 커튼콜 공연 중, 현호가 갑자기 공연장 뒤까지 한달음에 달려와 내 손을 잡고 무대에 데리고 가서 같이 춤을 추게 했던 기억도 있다. 민망했지만 즐거운 추억이 됐다.

나는 올 해도 중학교 2학년 담임이다. 포장지를 풀어 보면 매번 다른 선물의 아이들이 있다. 속상할 때도 있고, 걱정 되는 아이들도 있다. 하지만 선물처럼 나에게 주어지는 아이들에게 나도 선물 같은 선생님이 되고 싶다.

선생님 같지 않았던 나를 선생님이고 싶게 해준 아이들에게 평생 사랑을 갚아가는 마음으로 살아가야겠다.

일찍 어른이 된 소녀

은주는 어머니가 일찍 돌아가셔서 아버지, 남동생, 여동생과 살아가고 있었다. 예쁘장하고 앳된 얼굴에 꾸미기도 좋아하고 공부에는 그다지 관심이 없었다.

학기 초 상담을 하면서 첫 인상과는 다른 은주의 모습을 보게 되었다.

겉모습에서 풍기는 이미지와는 다르게 15살의 나이에 이미 어른스럽게
도 다른 가정에서는 엄마들이 할 고민과 걱정을 하고 있었고, 동생들의
학교생활과 진로까지도 걱정하는 장녀로서의 포스가 느껴졌다. 아버지
는 택배 기사로 밤늦게 들어오시기 때문에 초등학교 때 부터 밥과 반찬,
그리고 빨래와 청소 등 집안 살림을 도맡아 해오고 있다고 했다.

당시 첫 아이를 낳고 키우며 교사생활을 하던 나는 은주가 정말 대견
해 보였다. 서른이 넘은 나이의 나도 살림과 사회생활을 동시에 한다는
것이 버거워서 우울해질 때가 많았던 때이기에, 15살 은주가 어린 나이
에 살림을 하며 학교생활을 유지한다는 것 자체가 대단한 일이라는 것
을 마음 깊이 느꼈다. 그러면서 늘 깨끗한 교복을 입고 외모에 관심이
많아 멋도 살짝 내는 등 자기관리까지 하는 것을 보면서 존경심마저 생
겼다. 열심히 살며 엄마 역할을 하는 은주 덕분에 남은 가족도 단란하고
행복할 것이라고 생각했다.

가끔 등교를 늦게 할 때도 있었지만 그럴 때마다 항상 문자메시지를
남기던 은주였다.

'선생님, 막내가 늦게 일어나서 등교시키고 가면 좀 늦을 것 같아요.'

'선생님, 5월이라 택배 양이 너무 많아서 아빠가 힘들어하세요. 깨어
나시는 거 보고 밥 차려드리고 가면 좀 늦을 것 같아요.'

'선생님, 동생이 준비물을 오늘 아침에 말하는 바람에 **글로리 열면
바로 사서 보내고 학교 갈게요. 자꾸 늦어서 죄송해요.'

엄마 역할을 꼼꼼하게 하느라 지각하는 은주를 나무라고 싶은 마음은 전혀 들지 않았다. 오히려 내가 가서 도울 일이 있으면 당장 달려가고 싶었다. 하지만 다른 지각생들과 다르게 대할 수도 없었고, 그렇다고 해서 다른 아이들에게 은주의 환경을 알리고 양해를 구할 필요도 없다고 생각했다.

지각생들을 학급 아이들이 다 보는 데서 공개적으로 혼내거나 지도하지 않고 따로 부르기 시작했던 것이 그때부터였던 것 같다. 물론 습관적으로 지각하는 아이들도 있지만, 등교를 하는 것 자체가 힘들어 애써 노력해서 온 아이들도 있다. 습관적으로 지각하는 아이들을 혼내느라 학급 전체 아이들을 썰렁하게 하고 싶지도 않았고, 은주처럼 누구보다 더 많은 노력을 하면서 학교에 왔으나 좀 늦었다는 이유로 격려가 아닌 꾸중을 하는 일 만큼은 하고 싶지 않았다.

학급 전체 아이들에게 은주가 등교하면 교무실로 오라는 일상적인 말을 전했고, 은주가 뒤늦게 교무실의 내 자리에 오면 지각하지 말라는 지도는 커녕 그저 손을 잡고 어깨를 두드렸을 뿐이었다.

"선생님, 저 왔어요. 핸드폰도 여기 있어요."

"응. 보고 싶어서 얼굴 확인하려고 불렀지~."

은주의 표정을 살피는 과정에서 밤새 울어 얼굴이 붓거나 우울해 보이는 날이 아니면 굳이 늦은 이유를 묻지도 않았다. 표정이 어두운 날에는 주로 동생들이 자기 마음을 몰라주고 자꾸 속상하게 행동한다는 이야기를 하곤 했다.

그러던 어느 날, 은주가 연락도 없이 학교에 오지 않았다.

1교시가 지나고 2교시가 끝나도록 연락이 없었다. 점심시간에도 연락이 되지 않았다.

'이럴 애가 아닌데, 무슨 일 생긴 건가?'

하는 걱정이 앞섰다.

퇴근 길 운전 중에 문자 메시지가 왔다.

'선생님, 연락이 늦어 죄송해요. 갑자기 아버지께서 돌아가셔서 장례 치르느라 정신이 없었어요.'

너무 놀라 바로 전화를 했다.

"갑자기 무슨 일이야? 어디 아프셨었어? 아니면 사고 나셨어?"

"아뇨, 병은 없으셨는데, 아침에 일어나 밥 차리고 아빠 깨우려고 방에 들어가 보니 이미 돌아가셨더라고요."

울먹이며 이야기하는 은주와 통화를 마치고, 다음 날 수업이 없는 시간을 빌려 장례식장 조문을 갔다. 검정색 상복에 흰색 리본 핀을 꽂고 인사하는 은주를 보고 울음을 참는 건 너무 힘든 일이었다. 택배를 하시던 아버지는 과로와 스트레스가 겹쳐서 주무시다가 갑자기 심장마비로 돌아가셨다고 했다.

모든 이별은 슬프다. 특히 죽음으로 갈라져 더 이상 만날 기회 없이 세상에 남겨진 사람들은 더욱 슬프다. 죽은 사람에 대한 애처로움과 그리움으로 슬픔을 느끼지만, 보호자를 잃은 사람들은 이제 어떻게 살아야 할지가 막막해서 슬픔이 점점 더 커진다고들 한다. 그날 은주가 육개장을 둔 테이블 건너에 마주앉아 했던 말이 떠오른다. 돌아가실 때 옆에 있지 못했지만 고통스럽게 돌아가신 것은 아닐 거라 그게 제일 위안이 된다고 했다. 동생들과 살 길이 막막하다는 말 대신 죽음을 맞을 당시의 아빠를 걱정하는 그 애틋한 말을 듣고 있자니 그저 이렇게 착한 은주에게 고통을 주는 세상이 원망스러울 뿐이었다. 하늘은 은주에게 폭우를 쏟아 붓는데, 은주는 겨우 작은 우산 하나 들고 꿋꿋하게 버티고 있는 것 같았다. 일주일이 지나 등교한 은주는 작은아빠네 집에서 동생들과 함께 살기로 했다는 말을 전해 주었다.

은주는 중3이 되었고 동생들은 아직 초등학생이었던 어느 날. 복도에서 나를 부르는 소리가 들려왔다.

"선생님~~."

"응, 은주야. 오랜만이다. 잘 지내고 있는 거지?"

"네, 그럭저럭이요."

"작은아빠랑 작은엄마가 잘 해주셔?"

"네…, 아니요. 실은 힘들어요, 선생님."

어지간해서는 힘든 티를 안내는 아이였는데, 그날은 앉을 곳을 찾을 시간도 없이 복도에 서서 그동안의 이야기를 쏟아내기 시작했다. 작은엄마의 나이는 은주보다 5살이 많았다. 고등학교를 졸업하자마자 결혼해서 은주를 비롯한 세 아이를 돌봐주게 된 것이었다. 시샘이 많은 성격인지 은주가 화장을 좀 예쁘게 하면 팔뚝을 세게 꼬집고 멍이 들 정도로 괴롭혔다고 했다. 은주의 옷을 뺏어가기도 했다. 눈에 띄지 않는 곳을 때리는 일이 점점 잦아졌지만 동생들과 막상 갈 곳이 없어 화도 제대로 내지 못하고 작은아빠에게도 말하지 못하고 살았는데, 작은엄마가 아이를 낳으면서 상황은 더 심각해 졌다. 어린 동생들에게는 말을 못되게 하는 정도에서 그치지만, 은주에게는 사사건건 폭력을 행사한다고 했다. 동생들이 밥을 깨끗이 먹지 않으면 설거지를 하는 은주의 등을 후려치는 일. 세탁물을 모아서 빨래하려고 세탁기를 좀 늦게 돌리면 게으르다고 꼬집는 일. 그래서 매일 세탁기를 돌리면 아기가 자는데 시끄럽다고 하거나, 수도세를 네가 내느냐 등의 트집을 잡아 쥐어박는 일. 머리채를 잡힌 어느 날은 참다못해 작은엄마를 밀고 옥신각신 몸싸움을 했다고 말하는 은주의 손을 잡고

"어쩌니, 이렇게 힘들어서 어쩌니……."

라는 말밖에 못했다.

은주는 특성화 고등학교에 입학을 했다. 그리고 중학교 3학년 때 부터 고등학교 졸업까지 그렇게 4년 동안 작은엄마와의 삶을 참아냈다. 젊은 나이의 작은엄마 입장에서도 세 조카와 함께 자신의 아이를 키우는 것이 힘든 상황이었으리라 짐작하지만, 그보다 더 어린 은주에게는 너무나 가혹한 시간이었을 것이라 생각이 되었다.

고등학교를 졸업하고 몇 개월 지났을 때 쯤. 5월의 황금연휴를 앞두고 은주가 교무실에 찾아왔다. 더 예뻐진 얼굴에 수줍은 미소는 여전했

다.

"어머, 은주야. 잘 지냈어? 어떻게 왔어?"

"선생님 뵈려고 왔어요. 오늘 회사 쉬는 날이거든요."

"고등학교 선생님들도 만나 뵈었고?"

"네. 고등학교 들려서 먼저 인사하고 선생님하고 이야기 하고 싶어서 제일 마지막으로 왔어요."

"그랬구나. 정말 보고 싶었어. 반갑다~, 그동안 어떻게 지냈어?"

"저는 강화에 있는 식품회사에 취직했어요. 회사에 기숙사가 있거든요. 거기서 먹고 자고 잘 지내고 있어요."

"동생들은 아직 작은아빠네 있고?"

"네. 아직 어려서 데리고 나올 수 없었어요. 제가 집을 얻을 형편도 아니고요."

"그렇구나."

"다행히, 작은엄마가 저만 때리지 동생들을 때리지는 않아요. 눈치주고 구박은 좀 하지만…."

"응. 힘들 텐데…, 그래도 잘 이겨내고 있네."

"돈을 좀 모으면, 동생들 데리고 나와서 같이 살려고요."

"이번 연휴는 작은아빠네 인사가려고 온 거야?"

"네. 기숙사도 문을 닫으니 어쩔 수 없기도 했어요."

"응…."

회사 상사가 남자친구가 된 이야기와 그래서 마음을 의지할 곳이 있어서 좋지만 결혼을 일찍 할 생각은 없다는 이야기도 했다. 회사를 다니다가 언젠가는 대학교에 진학하고 싶다는 등 많은 이야기로 수다 꽃을 피웠다. 중2 때도 어른스러웠던 은주는 더 의연한 모습의 어른이 돼 있었다.

그렇게 만남을 한 지 2년이 흘렀다. 내 20대를 돌아보면 학교 다니며 친구들과 어울리기에도 바빠 선생님을 찾아뵙는 것은 기억 저편으로 사라질 때가 대부분이었다. 돈을 빨리 모아 동생들과 한 가족으로 합치기 위해 기숙사에 살면서 일하는 데 전념한다는 은주의 20대는 나의 철 없던 20대보다 얼마나 더 마음이 분주할까 상상해 본다.

무소식이 희소식이길 기대하며, 동생들과 함께 누구의 눈치도 안보면서 오손도손 살고 있기를 기대한다.

은주가 생각날 때면 항상 상상 속 같은 장면이 떠오른다. 폭우가 쏟아져 사람들은 각자의 집에 들어가 불을 밝히고 있는데, 밖에서 그들의 창문에서 새어나오는 빛을 바라보며 오롯이 혼자 우산을 받쳐 들고 꼿꼿하게 서 있는 모습.

언젠가 은주에게 연락이 온다면, 비를 피해 뛰어 들어 갈 수 있는 처마를 찾았다는, 아니 비가 한 방울도 새어 들어올 틈이 없는 단단한 집을 구했다는 말을 듣고 싶다.

Section

17

외로운 섬

1학년 사회 수업시간이었다. 내가 진혁이를 만난 건.

세 번 중 한 번 꼴로 언제나 누군가와 싸우고 있는 진혁이였다. 상대편 아이는 주로 덩치 큰 남자아이였고, 실실 웃으며 진혁을 놀리듯 빈정대고는 했다. 진혁은 체구가 무척 왜소했다. 늘 자신보다 큰 아이랑 싸우며 흥분해서 울고 있는 경우가 많아 피해자는 진혁이라고만 생각했다. 그래서 싸움을 말리고 지도하는 과정에서 상대편의 아이들을 혼내는 것이 당연하게 되었다. 그러면서 상대편이 된 다른 많은 아이들이 불만을 갖게 되는 것을 무시했던 것 같다.

2월에 2학년 담임반이 될 아이들의 명단을 받아보니 진혁이 있었다. 다른 아이들로부터 좀 지켜주기만 하면 되겠지 생각하고 심각하게 받아들이지 않았다. 여느 해처럼 3월이 되었고 학생이해자료를 받았고 상담도 시작되었다.

학번이 38번인 진혁의 상담은 자연스럽게 4월 초에 계획이 잡혔다. 이미 한 달 동안 여섯 차례의 싸움이 있었던 터였고, 역시 그 자리에 있던 교과 선생님들은 한 해 전의 나와 같이 진혁이 아닌 상대편의 아이를 혼내고 지도하는 것으로 마무리를 해오던 터였다.

진혁과 마주앉아 이야기를 시작했다. 학교생활에 대한 전반적인 이야기를 시작으로 점점 깊이 있는 이야기를 하고자 시도했다.

"어머니는 어떻게 되신 거야?"

"몰라요."

"몰라? 어디계신지 모른다는 거야?"

"돌아가셨어요."

"언제?"

"몰라요."

이상했다. 생활기록부와 가족관계증명서에는 어머니의 이름이 버젓이 있기 때문이었다.

"아버지랑 사는 거지?"

"아니요."

"그러면?"

"할머니요."

"아버지는?"

"아빠는 다른 곳에요."

사람과 대화하는 것이 익숙하지 않아 보였다. 힘들게 대화를 이어가며 파악을 해보니 엄마가 돌아가신 줄 알고 얼굴도 전혀 모르지만 실제로는 살아있는 것 같았다. 아빠는 같은 동네의 다른 집에 살면서 출근길에 할머니께 들려 식사만 했고, 그 때 아빠 얼굴을 보는 게 전부라고 했다.

아이들을 이해하려면 가정형편과 가족관계를 잘 알아야 할 필요가 있다. 하지만 진혁 본인이 가족관계에 대해 정확하게 알고 있지 못하고 있어 더 이상 파악할 수 있는 상황이 아니었다. 가족관계에 대한 얘기는 뒤로 미루고 친구들과의 잦은 싸움에 대해 이야기했다. 긴 시간 이야기를 나눴지만 역시 기본적으로 말이 짧은 진혁과 대화가 이어지는 데 어려움이 있었다.

어려서부터 사람들이 자기만 놀린다는 생각, 말없이 혼자 있는 시간,

친구들이 쑥덕대며 쳐다보는 느낌. 하루의 많은 시간을 주로 이런 느낌으로 채워가는 것처럼 느껴졌다. 그리고 본인이 왜소해서 무시당하니 참아야 한다고 생각하고, 그러다가 쌓이면 소리 지르고 욕하는 모습으로 폭발하는 것이 패턴이 되어 있었다.

이후 진혁의 아버지와 여러 차례 통화를 시도했으나 연결되지 않았고, 할머니와 이야기를 나누게 되었다. 며느리(진혁의 엄마)는 출산 직후 아이를 남겨 놓고 나가버렸다고 한다. 그래서인지 며느리에 대해서는 더 말할 가치도 없다며 노골적으로 증오를 드러내셨다. 젊은 나이에 짐만 떠안은 아들(진혁의 아빠)이 너무 불쌍해서 할머니께서 손자를 맡아 키우시며 아들의 끼니와 빨래를 해결해 주고 혼자 살게 집을 얻어 주었다는 이야기를 해 주셨다.

진혁의 학원비나 핸드폰 비, 옷이나 먹는 것 등은 다 할머니가 해결해 주고 있었다. 아빠는 성적이 올랐을 때나 명절 때 몇 만원씩 용돈을 주신다고 했던 진혁의 말도 떠올랐다. 하지만 진혁은 기초학력이 미달되는 아이로 학원을 다니는 것이 필요한 아이가 아니었다. 어쩌다 시험 볼 때 잘 찍어서 한두 문제 더 답을 맞힌 과목이 있으면 용돈을 받는 것처럼 보였다.

진혁과는 반대로 할머니는 지나치게 활달해 보였다. 평일 낮에는 종종 동네 사람과 고스톱 치는 것을 즐거하셨고, 주말에는 등산으로 집을 자주 비운다고 하셨다. 진혁이가 소심한 아이라 걱정이니 학교에서 잘 지도해 주시면 감사하겠다는 말로 전화 상담을 마쳤다.

마음이 착잡했다. 눈에 띄게 나쁜 사람은 없었다. 떠난 엄마도 이유가 있었을 것이고, 손자를 맡아 키워주는 할머니는 오히려 고마운 분이었다. 그리고 아버지도 젊은 나이에 자신의 인생을 실패하고 싶지 않아 발버둥치는 것일지도 모른다는 생각이 들었다.

진혁을 둘러싼 어른들은 이렇게 각자 자신의 삶이 있었다. 그 안에 진혁이만 없었다. 처치 곤란인 짐짝이 아니라 오히려 매 순간 쓰다듬어 주어야 하는, 예민한 갓난아이 같은 진혁은 한 구석에 방치된 채 덩그러니 15년을 외롭게 있어온 것이었다.

다른 반 아이들이 툭 건들고, 축구부 아이들이 괜히 불러대고, 심지어는 후배 1학년 아이들까지 구경하는 일들이 이어졌다. 또 다시 진혁이 화를 못 참고 폭발한 어느 날, 의자를 박차고 일어나 같은 반 축구부 아이의 멱살을 잡았고 구경하는 아이들이 몰려들었다가 수업 종이 울려 흩어진 일이 있었다. 관련된 아이들을 모두 불러 경위서를 작성하게 했고 서로 사과하고 화해하는 수순이 이어졌다. 여느 때와 다를 것 없는 다툼이었고, 다행히 같은 학급의 친구들은 진혁의 독특한 성격을 잘 알고 다독거리는 분위기가 조성되어 가고 있었다. 문제는 다음에 벌어졌다. 지나가다 복도에서 구경했던 아이들 중 말 퍼뜨리기 좋아하는 아이기 재미있는 무용담을 얘기하듯이 부모에게 이야기를 전했고, 그것이 학부모들 사이에서 화제거리가 되어 학교운영위원회에서 학부모 위원을 통해 교장선생님께 전달되었다.

그 내용은 화가 난 진혁이가 의자를 들어 바닥에 던지며 난동을 부린 후 엎드려 있던 아이의 목을 졸랐다, 진혁은 평소 분노조절장애가 있다는 등이었다. 그 후 몇몇 학부모들 사이에서 진혁은 기피대상 1호가 되었다.

진혁이가 문제의 원인이자 결과가 되어버린 것이다.

진혁과의 상담은 평소에도 계속 되었다. 싸움이 있었을 때나 그렇지 않을 때도 언제나 주의 깊게 살펴야 할 필요가 있다는 생각이 들었기 때문이다.

가장 행복했던 기억은 4년 전에 고종사촌 누나와 남동생이 할머니 집에 명절맞이 인사를 왔던 때라고 했다. 15년의 기억을 통틀어 예쁜 그림처럼 남아있는 처음이자 마지막 추억. 서울 어딘가에 살고 있다는 고모와 사촌을 그 전에도 그 후에도 본 적은 없다고 했다. 학교에서나 학원에서는 엎드려 있기가 일쑤이고 메신저 프로필에는 알 수 없는 사진이 올라오고 인사말은 늘 시비조였다. 사람들한테 당하며 살지 않으려고 학원이 끝난 후 9시에 권투를 하러 가고, 저녁 식사는 중간에 편의점에서 해결한다고 했다.

이쪽에서 덤덤히 건네는 말에 저쪽에서는 시비조로 대답을 하니 아이들도 처음에 진혁에게 적응을 못했던 것 같다. 그러다가 그런 반응이 재미있어서 건드는 아이들이 생겨난 것으로 보인다.

그리고 계속되는 악순환.

진혁의 가장 큰 바람은 동생이라도 있었으면 좋겠다는 것이었다. 누군가 한 명이라도 이야기 할 사람이 있었으면 좋겠다고 했다. 아버지가 재혼 하게 되면 이런 상태의 진혁을 가족으로 받아들여 평범하게 살 수 있는 날이 올까? 엄마가 다를지라도, 진혁이 그렇게도 바라는 동생이 생긴다면, 진혁이가 꿈꾸는 것처럼 동생과 함께 TV를 보고 게임도 하는 날이 올까? 언젠가는 친엄마가 살아있다는 것을 진혁이 알게 될 날이 오겠지. 그때의 진혁이 받을 배신감을 나 혼자 생각해보는 것만으로도 가슴이 턱 막혀 포기해버렸다.

상처 받기 싫어 스스로를 방어하는 태도가 점점 공격적으로 바뀌어갔다. 어떤 때에는 여자아이들에게도 폭언을 하는 바람에 선한 의도로 말을 건넸던 여자아이가 깜짝 놀라서 한동안 진혁이 가까이 가지 못한 때도 있었다. 위클래스 상담 선생님, 학생부장 선생님이 시간과 마음을 들여 진혁과 함께 해주기도 했지만, 진혁은 살얼음처럼 언제나 불안한 모습으로 지냈다.

담임으로서 한계가 느껴질 때가 이럴 때라는 생각이 든다. 제발 아무 일 없이 진급하기를 바라기만 해야 하는 때. 선배 교사들에게 조언을 구해보기도 했지만 뾰족한 수가 없었다. 긴 시간 같이 고민을 한 끝에는 진혁에게 혹시 사고가 났을 때를 대비하여 그동안 상담을 지속적으로 해왔다는 증거를 남기라는 말만 남았다.

무사히 2학년을 마치고 3학년으로 진급했다. 그리고 무사히 3학년을 마치고 고등학교에 진급하게 되길 바란다. 그렇게 또 무사히 고등학교를 마치고 어른이 되어 자신의 삶을 찾아가길 바란다.

하지만 정말 바라는 것은, 담임이 보기에도 돌파구가 없어 보이는 진혁이 환경이지만 본인이 돌파구가 되어 조금씩 성장해갔으면 좋겠다는 것이다.

매일이 버티는 생활이 아니라, 무사히 넘어가는 시간이 아니라, 사소한 기쁨이 조금씩이라도 찾아오는 생활이 되기를 기도한다. 4학년 때 처음 본 사촌이 놀러왔던 하루의 기억처럼, 예쁜 추억을 차곡차곡 쌓아가며 힘들 때는 그 추억을 꺼내볼 수 있어 이겨낼 힘도 있는 어른 진혁이로 성장하길 바란다.

Section

18

나를 잊고 살기 바래

5월의 어느 날, 하얗고 수줍은 얼굴의 주연이가 전학을 왔다. 연약한 외모에 키는 약간 큰 주연은 성격이 차분하고 말도 조용하게 하는 아이였다. 부모님이 이혼을 하면서 각자 새로운 출발을 하느라 누구도 주연을 데려가겠다고 하지 않아 고모가 있는 이곳으로 전학을 오게 되었다고 했다. 대구에서 태어나 대구에서 쭉 살아왔기 때문에 처음 오게 된 김포는 주연에게 매우 낯선 곳이었다. 사는 곳도 낯설었겠지만 부모의 이혼으로 시작된 고모네 식구와의 생활 또한 외로웠을 것이라 짐작할 수 있었다. 마음이 그래서였는지 학교에서도 항상 그림처럼 조용하게 앉아 있었다.

　고모네 집에서 함께 살면서 고종사촌 정훈이가 같은 반 친구로 생활하게 되었다. 정훈인 주연이보다 체구가 작고 동생 같이 까불대며 천방지축처럼 뛰어놀기 좋아하는 아이였다. 겉으로 보기에는 누나와 남동생처럼 잘 지낼 수 있을 것 같아 보여 담임으로서는 안심이 됐었다.

　주연이 전학 온 지 한 달 정도 지났을까, 경찰서에 다녀와야 한다며 조퇴를 하겠다고 찾아왔다. 당시 유행하던 채팅 그룹에서 허위사실을 유포하고 다녔다는 혐의로 조사를 받아야 한다고 했다. 15세의 아이가 그런 일로 신고를 당했다는 것이 믿기지 않았다. 차분하고 조용한 겉모습과 달리 온라인에서는 말도 험하게 하고 이상한 모임에도 가는 것은 아닌지 걱정이 되기도 했다. 경찰서에 다녀온 주연과 상담을 하는 과정에서 채팅해서 알게 된 고등학생 언니가 있다는 것, 그리고 불량 모임은 아니라는 것, 헤어디자이너에 대해 관심이 있는 사람들이 모인 것인데 그 안에서 소문이 이상하게 났다는 것을 알게 되었다. 주연은 그 사건에 대해 자세히 이야기 할 것도 없다며 죄의식도 가지고 있지 않아 더 이상 캐물을 수 없었다. 그저 운이 좋지 않아 자기만 걸렸다고 생각하는 것 같았다. 그 이후 경찰서에서는 미성년인데다가 처음이었기 때문에 경고로 끝내겠다고 했다는 소식만 들었다. 하지만 나도 모르게 그 때 부터 주연을 조금 다르게 보기 시작했던 것 같다.

7월 기말고사가 시작되는 월요일이었다. 주연이 등교를 하지 않았다. 정훈에게 물어보니 모르겠다고만 했다. 일요일 저녁부터 들어오지 않았다고 했다.

시험이 끝나고 아이들이 돌아간 뒤, 보호자로 되어있는 고모에게 전화를 걸어봤다. 고모로부터 전해들은 이야기로는 얼마 전부터 주연이 채팅으로 알게 된 언니를 만나러 서울에 자주 다녀오고는 했는데, 이번에는 외박을 하는 바람에 결석을 하게 됐다고 했다.

다음날 주연을 불러 자초지종을 물어봤다.

"주연아, 어떻게 된 일이야? 시험까지 무단으로 결시하고?"

"아는 언니 만나서 찜질방 갔었는데, 새벽에 잠들어서 아침에 학교에 못 왔어요."

"그 언니를 자주 만나니?"

"네. 집에 일찍 들어가기도 좀 그래서요."

"왜? 고모네 집에서 지내는 게 힘들어?"

"어떻게 말씀드려야 할지 모르겠는데요…, 정훈이가…, 자꾸 건드려서요…."

"정훈이가 자꾸 건드린다고? 괴롭힌다는 얘기니?"

"아뇨. 자꾸 만져요."

당황스러운 이야기를 들어 처음에는 내 귀를 의심했다. 고모 집에 함께 살게 되면서, 주연은 따로 방이 없었다고 한다. 그래서 마루에 상을 펴 놓고 공부를 했고, 마루에 이불을 펴고 잠을 잤다고 했다. 그러던 어느 날, 정훈이 뒤에서 몸을 밀착 시키는 느낌이 들어 잠을 깼는데 민망해서 아는 척을 할 수가 없었다고 했다. 그 뒤로도 몇 번 비슷한 일이 있어서 정훈이 얼굴을 볼 수가 없고 집에 들어가기 싫다고 했다.

고모에게 말씀드리는 것이 좋겠다고 타일러봤지만, 주연은 그럴 수 없다고 했다. 그러고 나면 정말로 갈 곳이 없어질 것만 같아 두려운 것 같았다. 주연은 소문이 나지 않기를 바랐고 어떻게든 조용히 해결되기만을 바랐다. 나 혼자 할 수 있는 일이 아니라는 생각이 들어 상담 선생님을 찾아가 상의를 드렸다.

주연을 위해서도, 그리고 정훈을 위해서도, 고모에게 알리는 게 좋겠다는 결론이 났다. 다시 주연과 마주 앉아 설득했지만, 주연은 계속 완강하게 거부했다. 눈물까지 흘려가며 고모한테 절대로 전화하면 안된다고 말하는 주연을 구석으로 몰아갈 수는 없는 노릇이었다.

"선생님, 저한테 시간을 좀 주세요. 제가 정훈이한테 직접 얘기할게요."

"그럴 수 있겠어? 얼굴 보기도 민망하고 힘들다며?"

"그래도 제가 정훈이랑 둘이 해결 하는 게 좋을 것 같아요."

"주연이 생각이 정 그렇다면 그렇게 해봐. 그래도 안되면 다시 이야기

해줘야 한다.”

“네.”

약속을 하고 돌아가는 주연의 뒷모습을 보면서, 주연의 난처한 상황이 이해가 되는 한편 의심도 들었다. 혹시 지난번에 경찰서에 다녀왔던 사건처럼 주연이가 거짓말로 상황을 꾸며 낸 것은 아닐까 싶었다.

그 후로 며칠이 지났고 방학이 얼마 남지 않은 때였다. 또 주연이가 등교를 하지 않았다. 전화를 해도 받지 않아 정훈을 따로 불렀다.

“정훈아, 주연이 집에 없니? 학교에 왜 오지 않았어?”

“모르겠는데요.”

“몰라? 한 집에서 사는 사촌인데 네가 모르면 어떻게 해.”

“몰라요. 전 어제 학원에서 늦게 집에 와서 바로 잤어요.”

정훈이 새벽마다 자꾸 건드린다는 주연이의 말에 대해 물어볼까 망설여졌다. 이미 해결됐을 수 있는 일인데, 뒤늦게 담임이 아는 척을 하는 순간 다시 어색한 관계가 되는 것은 아닌지 걱정이 되었다. 더군다나 혹시 주연이 거짓으로 꾸며 낸 상황이라면 앞으로 계속 한 집에서 살아야 할 두 아이의 관계에 악영향이 될 것이 뻔하다는 생각이 들었기 때문이었다.

“요즘 주연이 좀 이상한 점 없었어?”

“잘 모르겠어요. 전 걔랑 얘기 잘 안해요.”

“그래? 한 집에서 살면서?”

“걔랑은 별루 할 말도 없어요.”

더 붙잡아 두고 이야기 하는 것도 궁색해서 정훈을 돌려보낸 뒤 고모에게 전화를 했다. 고모도 주연과 연락이 되지 않아 걱정 중이라고 했지만, 보호자로서 한발 물러서 있는 느낌이 들었다. 고모에게 전달받은 번호로 주연이 아버지에게 전화를 걸었다. 여러 차례 전화를 시도해서 결국 다음 날 전화가 연결 되었다. 하지만 아버지도 주연의 행적을 모르는 것은 마찬가지였다. 어떻게 만난 지 두 달도 되지 않은 담임보다 아버지도, 고모도 이렇게 태연할 수 있는 것인지 정말 답답했다.

주연이 아버지를 독촉해서 경찰서에 신고하도록 했다. 가출신고가 됐던 실종신고가 됐던 하시라고 하고, 신고를 했다는 확인 전화를 받기까지는 또 하루가 지난 후였다.

경찰서에서 주연을 찾기 시작한지 하루도 되지 않았는데, 낯선 곳에서 주연이의 담임을 찾는 전화가 왔다는 메모가 적혀있었다. 전화를 해보니, 어떤 여자 분이 전화를 받았다. 경찰서가 아닌 신림동에 소재한 미혼모들의 쉼터라고 했다.

"선생님. 만나서 이야기 하고 싶은데, 와주실 수 있으세요?"

"네. 가야죠. 그런데 지금 주연의 실질적인 보호자는 고모이고, 아버지와도 연락이 되거든요. 가출신고를 한 상태구요. 보호자분과 동행해야하지 않을까요?"

"아뇨. 주연이가 선생님하고만 만나고 싶다고 하네요. 경찰서에는 제가 절차를 밟아 따로 연락을 하도록 하겠습니다. 언제 오실 수 있으세요?"

"내일 당장 가겠습니다. 출장 신청해서 가면, 4시에는 도착 가능합니다."

교감 선생님과 의논한 뒤, 상담 선생님과 동행하기로 결정했고 쉼터 원장 선생님을 통해 주연이의 동의를 얻었다.

다음 날, 신림동의 주택들이 밀집해 있는 동네의 2층 집에서 주연을 만났다. 지금처럼 네비게이션이 발달되어있지 않았던 때이고, 쉼터라는 곳은 간판이 있는 곳이 아니어서 주소만 들고 찾아가는데 어려움이 있었다. 겉보기에는 그저 평범한 가정집처럼 보였고 1층에는 원장님의 사무실처럼 보이는 방과 손님용 거실, 거주자들의 식당이 있었다. 원장님의 안내를 받아 2층에 올라가니 앳된 얼굴의 여자들 몇 명이 수다 꽃을 피우고 있었다. 배가 볼록하게 올라온 두세 명의 여자들 사이에 주연의 얼굴이 보였다. 2층의 공간은 주로 그녀들의 거주 공간인 것 같았다. 책상과 침대가 보였다. 그리고 주연이 다가왔다.

"선생님!! 많이 놀라셨죠?"

"너야말로, 괜찮아?"

첫 마디를 떼는 순간, 주연이 거짓으로 꾸며낸 상황이었을지도 모른다고 잠시라도 생각했던 것이 너무 미안했다. 얼마나 도움 청할 곳이 없었으면 이 먼 곳까지 찾아와 몸을 의지했을까 생각하니 주연이 앞에 서 있는 그 순간, 내 존재가 허수아비 같아서 어디라도 숨고 싶은 기분이었다.

주연과 간단하게 인사를 나누고, 쉼터에서 살면서 그 동네에 있는 중학교로 전학을 가고 싶다는 의사를 직접 들었다. 쉼터 원장님과 내가 있는 자리에서 주연이 아버지와 전화를 해서 바로 결정을 했다. 그리고 이튿날, 전출 서류를 준비하였고 주연은 그렇게 떠났다.

원장님을 통해 주연의 그간 사정을 자세히 들었다. 정훈이 주연에게 접근하여 과감한 행동까지 시도했다고 한다. 밀쳐내면 밀쳐낼수록 심해지는 정훈의 행동 때문에 도저히 집에 들어갈 수 없어 가출을 했고, 이틀을 찜질방에서 지내다가 결국 쉼터에 왔다고 했다.

주연이의 가출과 전학처리를 하는 내내, 아버지는 무책임했고 고모는 공격적이었으며 정훈은 방관적이었다. 아버지는 화가 난다고 하면서도 결국 사건 처리를 고모에게 맡겼고, 고모는 주연을 거짓말쟁이로 만들었으며 정훈은 전혀 아무 일도 없었던 것처럼 나와 마주하며 매일을 지냈다.

가해자와 그 부모는 모르는 척 잡아떼고 있고, 피해자 본인은 자신의 인생을 찾기 위해 돌파구를 마련하는 것이 시급했으며, 피해자 부모는 관여하지 않았다. 결국 주연의 급한 전학으로 마치 이전에 우리반에는 주연이 존재하지 않았던 것처럼 조용하게 지워져갔다.

아주 오래 전 일이고, 잠깐 머물렀던 주연이. 하지만, 미안함과 답답함이 진하게 남아있는 아이다. 주연은 날 기억할까? 아니면 떠올리고 싶지 않은 기억이라 나도 함께 묻어버리고, 지워버리고 살고 있을까?

이곳에서의 일도, 그때 만났던 잠시의 담임도 싹 잊고 행복하고 씩씩하

게 살고 있다면 좋겠다.

그리고 제 2의 주연이 다시는 없기를 바라는 마음을 가져본다.

아프게
해서
미안해

Section
19

남겨진 아이들

이른 아침 출근길에 전화가 왔다.

"여보세요. 재민이 담임 선생님이시죠? 전 재민이 큰 누나인데요"

"재민이 큰 누나라면, 연희?"

"아, 저 기억하세요? 전 모르실 줄 알았어요."

5년 전에 재민이 큰 누나인 연희를, 그리고 3년 전에 작은 누나인 희정을 가르쳤다. 사실 연희와 희정이는 일주일에 한 시간씩 사회 수업을 같이 했었기에 얼굴만 알고 있는 정도였다. 두 아이는 말 수도 적었고 외모나 학업 성적 등 모든 면에서 튀지 않았다. 재민의 담임이 되어 학기 초 상담을 하면서 가족관계를 파악하는 중에 연희와 희정이 어렴풋하게 떠올랐을 뿐이었다.

　재민을 통해서 부모님이 이혼을 하셨고, 세 남매는 엄마와 함께 살고 있다는 것을 알게 되었다. 재민이가 하교 후 어떤 생활을 하는지, 가정 환경이 어떤지에 대해 파악했던 3월 상담 이후, 1학기를 지나 10월이 되기까지 재민은 별 탈 없이 잘 지내고 있었다. 누나들처럼 모든 면에서 튀지 않는 성향이 비슷했다. 사고 칠 아이가 아니었고 걱정할 일이 없다고 믿고 있었다. 그런데 갑자기 이른 아침에 재민의 어머니도 아니고 누나가 전화를 해 온 것이다.

　"응. 무슨 일이야?"
　"재민이가 당분간 등교 못 할 것 같아서 전화 드렸어요."
　"왜, 무슨 일인데? 재민이 아프니?"
　"엄마가 오늘 새벽에 돌아가셨어요. 재민이가 상주거든요. 그래서……."
　"이런…. 갑자기? 아니면 그동안 아프셨어?"
　"심장마비로 돌아가셨어요. 얼마 전부터 병원에 입원해 계셨고요. 그래서 지금 재민이랑 희정이 데리고 병원으로 가는 길이예요."

"너희들 셋만 가? 누구 다른 어른 없으시고?"

"외할아버지께서 장례식장으로 오신다고 했어요."

"장례식장이 어디야?"

"인천에 있는 ○○○ 장례식장이요."

"그래, 일단 알았다. 장례 잘 치르고 있어. 선생님도 곧 가볼게."

학교 수업이 끝난 후, 몇 명의 아이들과 함께 장례식장에 조문을 갔다. 도착한 시간이 5시 40분 쯤 되었던 것 같은데, 그때까지 조문객이 아무도 없었다. 방명록에 처음 적힌 이름도 내 이름이었다. 한 구석에는 딸의 죽음을 애도하는 늙은 아버지가 소주잔을 기울이고 있었고, 상복을 입은 세 남매가 우리를 어떻게 맞이해야하는지 몰라 주춤주춤 서 있었다. 이혼해서 지방에 따로 산다던 재민의 아버지도 있었다. 아버지는 나머지 식구들과 물과 기름처럼 겉돌았지만 그나마 재민과는 가끔 대화를 하는 것 같았다.

조문을 하고 돌아가려고 하는데 연희가 우리를 불러 세웠다.

"선생님!! 식사 하시고 가세요. 얘들아, 너희들도 밥 먹고 가."

식사를 권하는 연희 뒤로 앳된 얼굴의 상주 재민과 텅 빈 빈소가 겹쳐졌다. 그냥 가겠다는 말을 차마 할 수 없어 같이 온 아이들을 바라본 순간, 아이들도 재민이만 두고 그렇게 나오기에는 발걸음이 떨어지지 않앉는지 아쉬움의 눈빛을 보내는 것 같았다.

　장례식장이 낯설었던 중2의 남자아이들은 그렇게 재민이 어머님께서 돌아가신지 열 시간이 지나고 처음으로 육개장을 받은 조문객이 되었다. 우리가 장례식장에 남은 그 이후로도 한 시간이 넘도록 다른 조문객을 볼 수 없었다. 해는 이미 저물어서 어두워졌기에 아이들을 데리고 무거운 발걸음으로 떠나왔다.

　다음날, 오래 전에 연희가 상담실을 자주 찾았었다는 사실이 떠올라 상담 선생님을 찾아갔다. 재민에게 들은 이야기와 상담 선생님께 들은 지난 이야기를 통해 퍼즐 조각을 맞춰 알게 된 사실들이 있었다.

　부모님의 이혼 전, 큰 누나 연희가 중학생이었을 때 였다. 아버지가 연희를 많이 때려서 힘들어 했다고 한다. 가정불화가 그 즈음 시작되어 분노가 맏딸에게만 표출된 것인지, 연희에 대한 폭력으로 가정불화가 시작된 것인지 자세한 내막은 알 수 없었다.

　결국 부모님은 이혼을 했고, 어머니는 세 아이를 맡아 키우던 중 심장병을 얻었다. 결별한 아버지는 지방으로 내려가 남남처럼 살았고, 양육비도 보내지 않았다. 어머니는 생활비와 병원비가 필요했지만 투병 생활로 일을 할 수 없는 상태가 지속됐다. 건강이 조금 호전되었을 때는 생계를 위해 지역 도서관에서 공공근로를 잠시 한 적도 있었으나 돌아가시기 전 얼마 동안은 계속 병원에 입원해 있었다고 한다. 네 식구의 생활비와 엄마의 병원비를 벌기 위해 큰 누나 연희가 고등학교 때 부터 패스트푸드점에서 아르바이트를 하고 있다는 이야기를 들었다.

일주일이 지나 등교한 재민의 얼굴은 집안 사정을 아는지 모르는지 여전히 해맑았다. 아침 등교 후 언제나처럼 친구들과 모여 스마트폰 게임을 했고 급식소에 줄을 서기 위해 친구들과 우르르 몰려가고는 했다.

하지만 집에서 밥과 빨래는 어떻게 해결하며 지내는지, 학원은 계속 다니는지, 생활비는 부족하지 않은지, 선생님이 가정방문을 가도 괜찮은지 등, 진지한 대화라도 하려고 시도하면 맑던 표정은 사라지고,

"몰라요.""괜찮아요."

라고만 반복하는 모습이 나를 안타깝게 했다.

우리 학교는 읍면 지역이면서 저소득층 가정의 분포가 많은 곳이다. 지원대상자가 많기 때문에 같은 교육지원청 내에서도 교육복지사업이 우선적으로 실시되는 학교이다. 그래서 다양한 프로그램이 있었고, 복지사 선생님도 상주해 아이들뿐 아니라 그들의 가정에 실질적인 도움을 많이 주고 있었다.

재민의 상황이 내내 마음에 걸렸던 나는 교육복지실을 찾아갔다. 복지사 선생님과 의논해서 도움이 될 만한 것을 찾아보기 위해서였다. 그러면서 한편으로는 재민이네 세 남매가 이제는 아버지와 함께 살게 되지 않을까 기대하는 마음을 가지고 재민의 아버지와 전화 상담을 했다. 직장과 생활 근거지가 지방이라 그것을 정리하고 아이들과 합치려면 시

간이 좀 걸릴 것 같다고 했다. 적극적이지 않아 보였다.

오히려 큰 누나 연희 입장에서는 자신에게 폭력적이었던 아버지와 함께 생활하는 것이 더 큰 불행일지도 몰랐다. 장례식장에서도 재민의 아버지는 단지 아들과 몇 마디 나누는 것이 전부였던 것으로 보아, 해결되지 않은 부녀간의 감정이 남은 채 무작정 딸들과 함께 생활하는 것이 서로에게 과연 좋을까 하는 생각도 들었다.

법적으로 '아버지'라는 보호자가 있는 상태, 그리고 큰 누나 연희가 성년이라 것 때문에 읍사무소에 신청을 했음에도 불구하고 기초생활수급자로 지원 받기 어려워 보였다. 지역사회나 학교 차원에서 도울 수 있는 일이 없었다.

경제적 지원이 어렵다고 판단되어 정서적 지원에 중점을 두기로 했다. 일단은 학급에 제한을 두지 않고 친한 친구로 또래 모임을 만들어 마음 둘 곳이 있도록 해 주는 위로부터 시작했다. 영화를 보고 만화책을 읽고 밥을 먹으며 시간을 보내는 것이 다였지만, '함께' 하는 친구들이 있다는 것이 중요했다. 더욱이 재민이가 유난히 의지하는 동현이 같은 반에 있어 학교에 있는 낮 시간 동안은 우울함이 줄어들 수 있을 것이라 생각했다. 동현 역시 순탄치 않은 가정환경을 가지고 있지만 열심히 공부하며 바르게 커가는 아이였기에 믿음직했다.

그렇게 슬픔의 시간들이 평범한 듯이 3주 쯤 지났을 때, 학교 밖 지원단체에서 두 학생에게 50만원씩 지원을 하겠다는 소식이 전해졌다. 나의 업무 중 하나가 교육복지 심사 담당업무여서 심의에 참석했다. 재민이도 대상자 중 한 명이었다. 복지사 선생님과 담임 선생님들이 추천한 아이들을 추려보니 5명 정도 되었고, 그 중에서도 경중을 가려 3명으로 범위가 좁혀졌다.

한 아이는 1학년의 다문화 가정 아이로 아버지가 암 투병 중이었다. 가장인 아버지가 투병 중이니 직장이 없어 생활비와 비싼 병원비가 시급한 상황이었다. 더 문제는 중국인 엄마와 이혼한 상태여서 다문화 가정에 대한 지원조차 받지 못하고 있다는 것이었다.

또 한 아이는 2학년 축구부 아이로 부모의 이혼 후 엄마와 함께 살고 있었다. 엄마가 신장병이 있어 자주 신장 투석을 해야 하는 상황이었고 축구를 하고 있으니 그에 대한 비용이 더 필요한 아이였다. 하지만 1학년 추천 대상 아이와 마찬가지로 경제적으로 수입이 없는 상황이라 생활비와 병원비가 시급한 상황이었다.

한 아이는 아빠와, 한 아이는 엄마와 산다는 것만 다를 뿐, 두 아이의 상황이 너무나 흡사했다. 마지막으로 우리반 재민은 이혼한 엄마와 살다가 3주 전에 엄마까지 돌아가시고 경제적으로 어렵다는 상황이 안타까워서 지원 대상으로 올라와 있었다.

추천 대상 아이들의 추천 사유를 보는 순간, 재민이 알게 되면 담임에게 섭섭하겠지만 니도 모르게 현실적인 생각이 들었다.

'재민이네는 아르바이트를 하는 큰 누나라도 있네. 이 아이들 집에선

아무도 못 벌고 있구나.'

'재민이네는 엄마가 돌아가셔서 더 이상 병원비가 들어가진 않으니 그나마 다행인건가?'

'내가 왜 이렇게 못된 생각을 하고 있는 거지? 천벌 받겠네.'

아픈 어머니라도, 아픈 아버지라도 옆에 있는 것이 좋다는 것을 왜 모를까마는…. 회의실 테이블에 앉아 서류로 만난 아이들의 상황을 보고 있자니 남겨진 아이들의 몫이 너무 가혹하다는 생각이 들었기 때문이었다.

사랑받기 위해 세상에 태어난다는 노래도 있던데, 왜 이렇게 무거운 짐을 지고 살아가야 하는 아이들이 많은지 마음이 아팠다. 매달 주는 장학금도 아닌, 단지 1회 50만원으로 끝나는 장학금 심의를 마치고나서 퇴근하는 내내 생각했다.

아이들이 스스로 선택한 삶이 아니라는 것. 엄마였을 사람이, 아빠였을 사람이 매 순간 했던 선택들이 모여 이 세상에 나온 아이들이다. 세상에 나온 것이 아이들의 선택이 아니었다면, 떠날 수 있는 날개가 준비 될 때까지 둥지에 홀로 남겨지게 해서는 절대 안 된다는 생각만 맴돌았다. 천재지변이 아니라면, 불가항력의, 뜻밖의 사고가 아니라면, 적어도 어른들의 선택으로 아이들을 홀로 남겨지게 해서는 안 된다는 생각만….

그날, 그 퇴근 길 내내, 아직 너무 어린 아이들 몫의 인생이 슬퍼서 머리가 아팠다.

Section
20
압록강을 건넌 아이

어느 방학 중 이른 아침부터 전화벨이 울린다. 눈 비비며 전화를 보니
학교번호가 찍혀있다. 잠깐 망설이다 통화버튼을 눌렀다. 교장선생님이
다.

"허명철이란 학생 기억나?"

"네~ 저희 반 학생이었습니다. 탈북한 학생이었는데, 지금은 어찌 사는지 모르겠습니다."

"어제 경찰서에서 전화가 왔는데, 모범상을 받았다는 기록이 있다며, 사실관계를 확인해 보더군요."

"개인적인 사유로 무단결석은 많았지만, 학교 생활하는 기간에는 정말 열심인 학생이었습니다."

"네. 그래요. 방학 잘 보내세요."

명철이~. 10여년 만에 들어본 이름이지만 뚜렷이 기억나는 친구다. 그런데 경찰서에서의 전화라니, 명철이는 지금 어떤 삶을 살고 있는 걸까?

2학기가 시작되었다. 진학문제로 아이들과의 상담이 한창일 때 교장 선생님이 불러 교장실로 갔다.

"조 선생. 부탁 좀 하나 하자."

"네. 말씀하세요."

"전학생이 한 명 왔는데, 맡아 줄 수 있겠어?"

"그럼요, 그걸 뭘 부탁이라고 하셔요?"

"북에서 온 아이라…. 괜찮겠어?"

"네, 걱정하지 마셔요."

말은 걱정하지 말라고 큰소리 쳤지만, 북에서 왔다는 소리를 듣자마자 걱정이 앞선 건 사실이었다. 하지만 직접 만나보니 똘망한 눈망울에 강단 있어 보이는 외모를 가진 왠지 믿음이 가는 학생이었다.

명철이에게 궁금한 게 많았다.

"대답하기 힘들면 안 해도 괜찮아. 명철이는 남쪽으로 어떻게 왔어? 무섭지 않았어?"

"강냉이 술(옥수수 술)이 있어요. 꽤 독한 술이라 그것을 마시면 알딸딸해져요. 춥기도 하고, 무섭기도 해서 그거 한 병 먹고, 압록강을 건넜어요."

대학교 1학년 때 농촌봉사활동에서 옥수수 술을 접해본 적이 있어 명철이 말을 쉽게 이해할 수 있었다.

"알딸딸하지. 그래도 많이 무서웠겠다."

독한 술 한 병을 마시고 깡으로 강을 건너 남쪽으로 온 아이. 명철이.

명철이의 학교생활 적응에 도움을 주고자 평소 학급일에 열심이었던 성헌이를 짝으로 정해 주었고, 명철이는 성헌이의 도움으로 학교생활에 빠르게 적응해 가는 모습을 보여주었다.

수업시간에는 반짝이는 눈으로 선생님의 말씀에 귀 기울였고, 매사에 적극적인 학생이었다.

명철이는 공부에 욕심이 많았다. 누구에게 들었는지 민족사관고등학교의 존재를 듣고 와서는 입학하는 방법을 물어보며, 많은 관심을 보이기도 했다.

명철이의 '플래너'속 일과를 살펴보면 거의 쉬는 시간이 없었다. 하루에 평균 4시간정도 잠을 자고 있었다. 평일에는 늦은 시간까지 영어공부를 하고, 주말에는 공장에서 일을 하고 있었다. 공장에서 일하는 이유를 물어보니 북에 어머님이 계시기 때문이라고 대답했다. 더 이상 자세히 물어볼 수 없었다. 명철이가 살아온 세상은 내가 알지 못하는 세계였다. 중국을 통해 북한으로 입금이 가능하다는 것도 명철이와의 대화를 통해 처음으로 알게 된 사실이었다.

혼자 어찌 사는지 궁금해 가정방문을 했다. 휴지와 약간의 과일을 가지고 명철이의 집을 찾았다. 명철이가 아닌 여성 한분이 나를 반겨주었다. 누나라고 했다. 큰방은 누나가 사용하고 명철이는 작은방을 쓰고 있었다. 작은 밥상이 하나 펼쳐 있었고, 그 위로 펼쳐진 영어책이 보였다. 밥솥을 비롯한 살림살이가 작지만 알차게 갖춰져 있었다. 이 작은 공간에서 외롭지만 열심히 살아가는 명철이가 대단하게 느껴졌다. 풍족한 삶은 아니었지만 자신의 삶에 대한 자신감 넘치는, 당당한 눈빛을 느낄 수 있었다.

어느 날 아침 일찍 교실에 갔다. 매일 아침 가장 먼저 학교에 등교해서 공부를 하던 명철이가 보이지 않았다. 무슨 일이 생긴 건 아닌지 걱정이 되었다. 1교시 수업이 시작되기 직전에 병원에서 전화가 왔다. 한 학생이 교통사고를 당해 들어왔는데, 의식이 없어서 가방 안에 있는 노트를 보고 학교로 전화를 했다고 한다. 정신없이 병원으로 향했다. 별의

별 안 좋은 상상을 하며 도착한 병원 응급실에 명철이가 보였다.

명철이는 응급실 침실 위에 말없이 누워 있었다.

경찰아저씨도 걱정스런 눈빛으로 바라보고 있다.

아침 일찍 등교하다가 주차장에서 나오던 아주머니의 차와 사고가 일어난 것이라 한다. 아주머님도 걱정스런 얼굴로 함께 있었다. 경찰과 아주머님께 명철이의 상황을 말씀 드렸다.

다행히 깨어났지만, 명철이가 자전거를 타고 가던 방향이 역주행에 해당 하는 것이라 상당 부분에 책임을 져야 했다. 외상은 크지 않았지만 정신적 충격을 많이 받은 명철이는 일주일 넘도록 병원에 입원을 해야만 했다. 병원비는 평소 명철이를 후원해 주시는 분의 도움을 받았다. 후원자 분은 김포에서 사업을 하시는 분인데 새터민 중에서 명철이처럼 혼자 넘어온 사람들을 도와주신다고 했다. 교통사고와 관련된 일들은 다행히도 후원자를 비롯한 많은 분들의 도움으로 잘 마무리 될 수 있었다.

퇴원 후 평소처럼 학교에 다니던 명철이가 어느 날 갑자기 등교를 하지 않았다. 연락처를 수소문한 끝에 통화를 할 수 있었는데 김포에 없다고 했다. 앞으로 학교에도 다니기 힘들 것 같다고 했다.

우선 만나서 이야기를 들어보기로 했다.

명철이의 얼굴은 많이 어두웠고, 억울함이 말 속에 녹아 있었다.

자신을 후원해 주던 분이 자신을 오해하고 있다고 했다. 함께 사는 누나와 연애를 하고 있다고, 집에서 나가라고 했단다. 자신의 말은 듣지도 않고, 다른 사람의 말만 듣는다고 했다.

명철이와 같은 아파트에 있던 사람은 명철이의 친 누나가 아니었다. 중학교 3학년으로 배정을 받았지만 명철이는 또래 아이들보다 세 살이 많은 아이였다. 그게 오해가 되어 사단이 난 모양이었다. 후원하던 분이 후원을 끊어서 김포에 더 이상 있을 수가 없다고 했다. 우선 생활비를 벌어야 해서 꾸준하게 일을 하며 머무를 공간을 찾아야 했고, 그래서 찾게 된 직장이 인천에 있다고 했다. 지금 자신은 졸업식과 상급학교 진학을 꿈꿀 여유가 없다고 했다.

학교에 나오지는 않아도 꾸준하게 전화 연락을 했다. 매일 안부를 묻고, 진학에 대해 이야기를 나눴다. 탈북학생 특별전형을 이야기 했고, 학교를 알아보았다. 다행히 명철이가 사는 곳 가까이에 고등학교가 있어 인천 교육청의 협조를 받아 일반계 고등학교에 진학 할 수 있었다. 졸업식에 올 수 있냐는 질문에는 노력해 보겠지만 쉽지 않을 것 같다고 했다.

졸업식날 명철이가 왔다.

"명철이 왔구나. 쉽지 않다더니…."

"공장 형님께 말씀드리고 왔어요. 아이들과 사진도 찍고 인사도 하려고요."

"그래 잘 왔다. 선생님하고도 한 장 찍자. 명철이, 졸업 축하한다."

그렇게 명철이는 졸업을 했다.

궁금했다. 잘 살고 있는지….

내가 알고 있는 전화번호로는 연락이 되질 않았다. 명철이는 전화번호를 자주 바꿨다. 싸이월드(예전 SNS의 하나이다.)를 헤매고 다닌 끝에 명철이를 볼 수 있었다. 명철이의 사진첩에는 명철이 얼굴은 보이지 않고, 값비싼 외제차 사진이 가득했다. 가끔씩 보이는 글에는 돈, 고생, 성공 이런 단어들이 주로 적혀 있었다. 탈북 이후 함께 교육을 받은 동기로 보이는 사람들의 댓글을 통해 대략 명철이가 어찌 사는지 미루어 짐작할 뿐이었다. 학교는 다니지 않는 듯 했다. 걱정이 되기도 하고, 어떤 삶을 사는지 궁금하기도 했다.

혹시나 하는 마음으로 메시지를 남기고 나의 연락처를 남겨두었다.

한참이 지나서야 문자가 왔다. 며칠 뒤 김포에 갈 일이 있어서, 시간을 낼 수 있을 것 같다고 했다.

시내의 식당에서 명철이를 만났다.

"뭐 먹을래?"

"전 김밥하고 라면이요."

"맛난 거 먹지."

"전 이게 제일 좋아요."

"그래. 요즘은 어떻게 지내고 있어?"

"그냥, 그럭저럭 잘 지내고 있어요."

"학교는 다니고 있어?"

"……."

대답이 없었다.

대화가 잘 이어지지 않았다. 내가 던진 많은 질문에 명철이는 웃음으로 대답을 대신했고, 식사 중에도 두 개의 핸드폰을 번갈아 사용하며 통화를 하느라 대화에 집중할 수가 없었다.

무엇을 하며 어찌 사는지 자세한 이야기를 들려주지 않았다. 다만 아는 형들과 사업을 하고 있으며, 경제적으로도 괜찮다고 했고, 인천 논현동에서 살고 있다고 했다. 헤어질 때 명철이가 한 마디했다.

"어머님도 왔어요. 지금은 어머님과 함께 있습니다. 선생님, 고맙습니다."

그게 명철이와의 마지막이었다.

처음 명철이가 우리 학교에 왔을 때만 해도 난 새터민을 접할 기회가 거의 없었다. 지금은 TV 속에서도 만나고, 우리 학교에도 새터민 아이들이 있다. 지금 새터민 출신의 아이들을 만나면서 명철이가 얼마나 힘들었을지 짐작이 간다. 영화 '청년경찰'이 흥행에 성공하면서 불거진 중국동포들에 대한 선입견의 문제들. 중국동포 뿐만 아니라 탈북인들에 대한 편견과 차별의 문제도 매우 심각한 수준이다. 학교에서는 간첩이라는 놀림을 받기도 하고, 북한 생활에 대한 조롱과 멸시도 견뎌야 한다고 한다. 이런 어려운 상황 속에서도 명철이가 잘 지내고 있기를 진심으로 바란다.

'명철아~. 잘 살고 있는 거지?'

Section
21

1717 번

2013년 2월의 졸업식.

몇 년 전부터 중3 담임 선생님들이 졸업식에서 아이들을 위한 공연을
해 왔다. 공연이라고는 하지만 사실 '015B'의 '이젠 안녕'이란 노래를 3
학년 담임들이 돌아가며 부르는 것이 전부이다. 다양한 형태의 졸업식

을 고민하는 과정에서 시작된 행사였지만 언제부터인가 졸업식의 한 꼭 지로 자리 잡게 되었다.

"우리 처음 만났던 어색했던 그 표정 속에 서로 말 놓기가 어려워 망 설였지만……"

아이들이나 학부모로부터 '얼굴이 잘 생겼다.' '미남이다.' 이런 말은 별로 들어본 적이 없지만, '선생님 목소리가 너무 좋아요.' '노래도 잘 하 시겠어요.'라는 소리는 종종 들었다. 하지만 나는 노래를 잘하지 못한 다. 박자 감각도 별로 없고, 고음으로 올라갈라 치면 찢어지는 쇳소리가 나오기도 한다. 그래서 '이젠 안녕'이란 노래의 파트를 정할 때 고음으로 올라가기 전인 맨 앞의 파트를 맡았다. 대학시절부터 즐겨 부르던 노래 라 특별한 연습 없이 노래에 임했다. 하지만 난 첫 구절을 미처 다 부르 지 못했다. 가사를 잊은 것도, 박자를 놓친 것도 아니었다.

무심코 눈을 돌려 바라본 우리반 아이들의 모습 때문이었다.

아이들이 울고 있었다. 아니 그녀석이 울고 있었다. 멀리서도 확연히 눈에 띌 만큼 어깨를 들썩이며 울고 있었다. 갑자기 나도 눈물이 났다. 눈물이 난 이유를 아직도 잘 모르겠다. 우느라 노래를 제대로 할 수 없 었다.

왜 그리 울었을까? 녀석이 나와 아주 각별한 사이였던가?

녀석은 손에 문신을 하고 있었다. 예쁜 문양이나 멋진 글귀가 아닌 자 신의 이름 중의 한 글자를 새겨 넣었다. 중2 때 호기심으로 해 본거라 했다. 1, 2학년 때 사고를 좀 쳤는지 선생님들이 한 마디씩 하신다.

"철진이만 사고 안치면 선생님 반은 일 년 동안 조용할 것 같아요."

하지만 그 해 우리반은 그리 조용하진 않았다.

한 녀석은 학적유예 이후 복학을 했지만 여전히 학교생활에 적응하지 못해서 결국 2학기를 앞두고 또다시 유예를 하고 말았다.

상인이는 아버지와 사이가 좋지 않아 3학년 가을부터 물을 제외한 모든 음식을 거부했다. 70kg이 넘던 녀석이 30kg 중반까지 살이 빠졌다. 정말 목숨이 위태로울 정도였다.

3학년이 시작되자 검단에서 전학을 온 의찬이는 전학 첫날부터 친구들과 힘겨루기를 했다. 그리고 계속되는 사춘기 소년의 방황으로 부모님과의 갈등으로 지각과 조퇴가 잦았다.

오히려 철진이는 별다른 일이 없었다.

녀석이 우리반이던 그해는 개인적으로 학교생활에 대한 피로감으로 교직에 대한 회의가 아주 강했던 시절이었다. 그래서 예년보다 학급활동도 많이 부족하고, 아이들과 교류가 많지도 않았다. 심지어 말썽 한번 피우지 않았던 아이들과는 학기 초에 이루어진 상담이 전부이기도 했다. 부끄럽게도 철진이와의 상담 역시 학기 초 이뤄진 상담이 전부였다.

2014년 연구년을 마치고 학교에 돌아왔다.

점심시간 운동장에서 만나는 아이들마다 반갑게 인사를 한다. 그런데 철진이 얼굴을 보기가 너무 힘들었다. 아이들에게 철진이를 수소문해 보았다. 작년에 유예를 당하고 학교를 그만두었는데, 다시 학교에 다닐 생각은 있지만 아직 결심을 하지 못한 것 같다는 이야기를 듣게 되었다. 철진이와 친하게 지내던 다른 녀석들을 통해 철진이를 불렀다. 철진이와 상인이, 그리고 우영이 녀석도 함께 만났다. 녀석들의 얼굴을 보니 반갑기도 했지만, 담배 냄새를 진하게 풍겨 걱정스런 마음이 들기도 했다.

철진이는 고등학교 2학년 때 수업 일수 부족으로 학적유예를 당했다. 상인이는 요리사를 꿈꾸며 진학한 학교에서 잘 적응을 하지 못했다. 다시 인근 고등학교로 전학을 갔으나 적응이 쉽지 않아 학교를 그만두었다가, 작년에 1학년으로 재입학을 했다. 우영이는 중3 때 복학을 했다가 수업일수 미달로 학적유예를 당했고, 이후 잘못을 저질러 교도소 복역 중에 검정고시를 치뤘다.

아이들과 식사를 하면서 조금만 버텨보자고 부탁했고, 아이들 역시 올해를 잘 넘겨서 내년에 꼭 졸업하겠다 다짐을 했다.

어느 날 상인이로부터 전화를 받았다. 한 번 만나보고 싶다기에, 무슨 고민이 있나 싶어 따로 시간을 내어 만나기로 약속을 잡았다. 상인이와 철진이가 내게 꺼낸 이야기는 아르바이트에 관한 이야기였다. 자신들이 실제로 일한 시간보다 훨씬 적은 돈을 아르바이트 비용으로 받았다는 것이었다. 자세한 이야기를 들어보니, 초과근무, 야간수당, 주휴수당을 비롯해서 휴게 시간도 보장해 주지 않고 있었다. 심지어 업무상 필요해서 마련한 핸드폰임에도 불구하고 아이들에게 통신비 및 기계 값을 제외한 채 월급을 지급하고 있었다. 아버님에게 이야기해 보라는 나의 말에 상인이와 철진이가 단호하게 거부했다.

"아빠가 알면 사고 나요."

무슨 의미인지 물어보려 하다가 그냥 고개만 끄덕이고 말았다. 철진이의 아버지는 해병대 출신이다. 지역에서 해병 모임을 이끌기도 하였다. 하지만 이 '해병대 정신'이 가정에서는 이상하게 표현되기도 했나 보다. 어머님과는 이혼하고 아이들을 돌보고 있었는데, 그리 많은 관심을 가지고 있지 않은 듯 했다. 가끔은 동네 사람들과 시비가 일기도 하고 때론 주먹다툼으로 번진 경우도 많은 듯 했다.

상인이도 철진이와 마찬가지로 아버님과 심한 갈등을 겪는 녀석이라 아버님에게 이야기 하는 것은 생각도 못해본 일이라 했다. 동네에서 하는 아르바이트라 더욱 고민이 많아 보였다.

아이들에게 법의 지원을 받는 방법을 알려 주었다. 고용 노동부 홈페이지에 들어가서 사연을 쓰고 상담을 받으라고 권유했고, 두 녀석은 그리 했다.

얼마 후 상인이에게 연락이 왔다. 자신은 밀린 급여 모두를 받았으나 철진이는 모두 받지 못했다고 했다. 상인이도 자세한 이야기를 건네지 않는 것을 보니, 내게 말하지 않은 사연이 조금 더 있는 듯 했다.

중3 때 전학을 온 의찬이는 급성백혈병으로 고등학교 1년을 채 마치지 못하고 병원생활을 해야 했다. 다행히 어머님으로부터 골수 이식을 받아 건강을 되찾아 가고 있었다. 의찬에게 전화가 왔다.

"선생님 이제 저 퇴원해서 집에 왔어요. 친구들이랑 선생님이 보고 싶어요."

발병했다는 소식에 친구들과 병원에 다녀온 뒤 오랫동안 연락이 없었는데, 오랜만에 녀석의 전화를 받아 많이 반갑고 고마웠다. 녀석의 전화를 받고 중3 때 같은 반이던 아이들을 불러 모았다. 고3이라 시간 내는 것이 쉽지가 않았다.

철진이와 상인이를 불러 녀석의 집으로 향했다. 같은 반 반장이었던 준엽이를 비롯한 다른 몇몇 친구들은 따로 합류하기로 했다. 의찬이의 퇴원을 축하하는 케이크를 사러 제과점에 들렀다. 케이크를 살펴보던 철진이가 아이언맨 케이크를 고른다.

"선생님, 이것으로 해요! 전 아이언맨이 너무 좋아요!"

"그래. 아이언맨 케이크로 하자. 넌 아이언맨이 왜 좋아?"

"그냥 좋아요. 멋있잖아요"

초등학생 아이처럼 신나하는 철진이의 얼굴을 보니 기분이 좋았다. 철진이의 바람대로 아이언맨 케이크를 샀다.

그날 난 의찬이의 부모님과 술잔을 기울였고, 아이들은 아이들대로 떠들며 회포를 나누었다. 부모님과의 술이 과했던 나는 술에 취한 채로 귀가했다. 술을 많이 마시면 언제부터인가 기억이 잘 나질 않는다. 다음 날 혹시 실수한 건 없는지 걱정되는 마음으로 핸드폰을 뒤져보니 아이들과 함께 찍은 사진이 많이 남아 있었다. 의찬이를 비롯한 다른 친구들과 함께한 사진 속의 철진이는 환한 얼굴로 아이언맨 인형을 들고 있었다.

2016년 가을, 페이스북에서 철진이를 만났다. 특성화고등학교 3학년이라 현장실습을 나갔고 사장님이 너무 좋으시다고 했다. 일을 열심히 하기 위해서 공장 근처에 원룸도 잡았으니 시간되면 한번 들리시라며 인사를 하기도 했다. 조금 있으면 졸업이라 자기는 일찍 취업해서 열심히 돈을 벌고 싶다고 인생계획도 세웠다. 페이스북을 통해 바라보는 철진이는 열심히 살고 있는 듯해서 기분이 참 좋았다.

그해 겨울 상인이를 통해 철진이 소식을 다시 듣게 되었다. 철진이가 졸업을 하지 못할 것 같다고 했다. 철진이에게 무슨 일이 생긴 것인지는 나에게 얘기해 주지 않는다. 들리는 소문으로는 구속이 되어 교도소에 갈지 모른다고 하는데, 자세한 것을 아무도 이야기해 주질 않았다. 물어봐도 잘 모르겠다는 대답뿐이었다.

의찬에게 카톡이 왔다. 철진에 대해 무언가 알고 있는 듯하다.

짐작대로 철진이는 교도소에 갔다고 했다.

믿고 싶지 않았다. 아니 믿어지지 않았다. 취업 나가서 열심히 산다고 얼마 전까지 나에게 자랑도 했는데….

올 여름 의찬이와 면회를 다녀왔다. 그 곳에선 이름이 아니라 번호로 불리고 있었다. 면회신청서에도, 영치금 접수하는 곳에서도 철진이가 아닌, 번호 '1717번'

면회접수를 마치고 기다리길 30여 분, 점심시간이라 만나지 못하는 건 아닌지 걱정도 되었다. 기다리는 동안 면회실에서 험상궂은 얼굴과 전신에 문신을 한 사람들을 보니 더욱 긴장이 되기도 하였다. 드디어 전광판에 철진이의 번호가 보인다.

'1717-5번 면회실' 핸드폰을 보관하고 신분 확인 후 면회실에 들어갔다. 갈색 옷을 입고 있는 철진이가 유리창 건너편으로 보인다. 허리를 90도로 꺾어 인사하며 반가움을 표현한다.

10분 간의 면회시간에 오롯이 자신의 이야기를 하고 있었다.

"선생님. 저 정말 잘못한 건 맞는데요, 억울한 것도 많아요."

"지금 제가 여기에 있는 이유는 2년 전의 일 때문인데요, 하나의 사건이 아니라 여러 사건이 마치 하나의 일처럼 이야기 되고있어요."

"제가 나이가 많아서 구속 수사를 받다보니, 같이 잘못한 아이들 몇 명이 제가 모든 것을 시켰다고 이야기를 해요. 제가 잘못한 건 맞지만, 억울해요."

"변호사는 구했어?"

"1차에는 사장님이 구해주셨는데, 이번에는 국선변호사예요."

"아버지는? 동생은?"

"온다곤 했었는데 아직이에요."

"무얼 좋아할지 몰라서 영치금 넣었어. 맛있는 것 사먹고, 건강관리도 잘하고…."

마이크가 꺼졌다. 10분간의 만남을 위해 3시간을 달려 왔는데, 허탈했다. 하지만 철진이의 얼굴을 보길 잘했다는 생각이 들었다. 자신의 이야기를 얼마나 하고 싶었을까? 잘못했지만 억울하다는 이야기를 누군가에게 절실히 하고 싶었을 녀석을 생각하며 돌아오는 발걸음이 무거웠다.

"철진아! 선생님은 네 편이야. 선생님이 널 믿는단다. 모두 잘 될 거야." 이런 말을 해주고 싶었지만 한 마디도 하지 못했다. 하지만 철진이는 내 맘 알고 있으리라 믿으며 무거운 발걸음으로 돌아왔다.

아프게
해서
미안해

선생님, 제가 칭찬을 들었어요

내가 근무하는 학교에는 축구부가 있다. 나름 축구로 이름을 날리기도 하였고, 고(故) 이광종 감독이나 김두현 선수 등 유명한 국가대표 축구지도자와 선수들을 배출하기도 하였다.

20년 가까이 학교에서 아이들과 생활을 하다 보니 정말 다양한 축구부 아이들을 만나게 된다. 몇몇 아이들은 축구 국가대표로 선발되기도 하고 프로리그에 진출해서 멋진 모습을 보여주기도 한다. 하지만 운동선수로 성공한다는 것이 정말 쉽지 않다. 많은 친구들이 고등학교에 진학해서, 또는 대학교에 진학한 이후 부상을 비롯한 여러 이유로 운동선수로서의 삶을 포기하게 된다. 얼마 전 우리반이었던 인성이가 친구와 함께 교무실 문을 열고 나를 찾았다.

반갑게 인사하며 자리를 권하는데, 우물쭈물 대더니 나를 교무실 밖으로 부른다. '무언가 비밀 얘기를 하려나? 고민이 있나?' 하는 마음으로 밖으로 나갔다.

"무슨 일이 있어? 교무실에서 하기에 부담스러운 얘기니?"

"네. 선생님. 여쭤보고 싶은 게 있어요."

"뭔데? 무슨 일이야?"

"선생님. 제가 지금 운동을 접고 공부를 시작해도 잘 할 수 있을까요?"

인성이의 이야기를 들어보니 초등학교부터 운동을 시작해서 중학교 생활에서는 나름 에이스로 미래가 괜찮았다고 한다. 그런데 지난 가을 왕중왕 전에서 부상을 당한 이후 스스로 느끼기에도 기량이 예전만 못한 것 같다는 것이다. 계속 시합에도 나가야 어느 정도 성적을 낼 수 있고, 그렇게 여러 지도자의 눈에 띄어야 대학 진학을 하거나 프로팀에 갈 수 있는데, 도무지 자신이 없다는 이야기였다. 부상으로 병원에 입원해 있으면서 여러 생각을 해 보았는데, 건축가가 되고 싶다는 생각이 들었다고 했다. 1학년을 마무리해가는 지금 운동을 접고 공부를 새로 시작한다고 하면 너무 늦은 것은 아닌지 걱정이 된다고 했다.

내가 만난 축구부 아이들은 대부분 초등학교 4~5학년에 운동을 시작해서 어린 나이부터 합숙생활을 시작했다. 힘든 합숙소 생활뿐만 아니라 주말에는 주말리그 경기가 있어서 매주 집에 갈 수 있는 상황도 아니다. 자신의 꿈을 위해라고는 하지만 쉬운 일은 아니다. 방과 후 힘든 저녁 운동을 하고, 이 후에는 따로 개인 운동을 한다. 매일 매일의 새벽 운동까지 한 후에 수업에 참여하다 보니, 대부분의 아이들이 학습활동에 어려움을 겪고 있기도 하다. 인성이는 수업시간에도 열심히 참여하고자 노력하는 모습을 보여준 친구였다. 인성이에게 지금도 늦지 않았다고, 넌 충분히 잘 할 수 있을 거라고 격려해 주었다. 지금 당장은 남들보다 일 년정도 늦을 수도 있지만 인생 전체를 본다면 일 년은 아무것도 아니라고, 열심히 해보라고 이야기해 주었다.

가끔씩 방송을 통해 부상으로 선수생활을 접은 뒤 가수나 배우, 그리고 변호사가 되어 새로운 삶을 살아가는 축구 선수들을 만나기도 한다. 자신의 꿈을 이루기 위해 일찍부터 힘든 생활을 견뎌내는 힘을 가진 친구들은 언제든 자신의 힘으로 새로운 삶을 설계해 나갈 수 있다는 믿음을 가지고 있다. 인성이와 이야기를 마치고 나니 예전에 인성이와 비슷했던 철희가 떠올랐다.

"철희야! 요즘 지각이 너무 많은 거 같은데, 일찍 오는 게 어떨까?"

"……."

녀석은 말이 없었다. 그러더니 갑자기 눈물을 뚝뚝 흘린다. 너무 당황스러웠다. 혼을 낸 것도 아닌데, 다 큰 녀석이 눈물을 흘리다니.

"선생님, 제가 요즘 얼마나 힘들게 학교에 다니는지 아세요? 너무 섭섭해요."

철희는 내가 대학을 졸업하고 학교에 부임해서 처음으로 만난 제자이다. 나의 첫해 제자인 철희. 철희는 고등학교 1학년까지 축구부 활동을 했었다. 시합 중에 무릎을 크게 다치면서 더 이상의 선수생활을 할 수 없게 되어 학업에 열심인 녀석이었다. 녀석은 쉬는 시간마다 옆반 친구에게 영어를 배우는 모습을 보여주기도 했고, 수업시간에도 열심히 노력하는 모습을 많이 보여 주었다. 그런 녀석이 내게 섭섭하다며 눈물을 보였다.

오후에 철희를 불러 다시금 이야기를 나누었다. 철희는 새벽 5시 30분에 일어나 학교등교를 준비한다고 했다. 버스를 두 번 갈아타고 학교에 와야 하는데, 김포 시내에서 학교로 오는 버스 시간이 일정치 않아 조금씩 지각을 하는 것이라 했다. 지금은 9시 등교를 시행하고 있지만, 당시 우리학교는 8시까지 등교를 해야 했다.

오랫동안 운동 선수생활을 했지만 매일 새벽 일찍 일어나 학교에 오는 일은 여간 힘든 일이 아니었을 것이다. 방과 후 자기 주도학습을 하고, 아이들이 집으로 돌아간 뒤에도 옆반 친구의 도움을 받아 부족한 실력을 키우기 위해 열심히 노력하는 아이에게 더욱 일찍 오기를 종용하는 담임이 얼마나 미웠을까? 아무리 초임교사라고 하지만 그리도 아이들의 마음을 모를까? 내가 참 미웠고, 철희에게 많이 미안했다. 철희와 상담을 하면서 철희의 장래 희망을 물었다.

"철희야. 넌 이제 무엇을 하고 싶어?"

"아직은 잘 모르겠지만, 그림을 그려보고 싶어요."

"너 그림에 재주가 있어? 한번 보여줄 수 있어?"

"아뇨. 그림 못그려요. 그래서 한 번 배워보고 싶어요. 그렇지 않아도 선생님과 상담을 하고 싶었어요. 선생님 저 직업반으로 옮길 수 있을까요?"

"직업반으로? 왜?"

"직업반으로 옮겨서 방과 후에는 학원을 다니고 싶어요. 그림도 그리고, 영어 공부도 제대로 하고 싶어요. 지금 우리반에선 제가 모르는 것들이 너무 많아서 질문을 많이 하는 것도, 야자에 빠지는 것도 아이들에게 피해를 주는 것 같아서 조심스러워요."

"…미안하다. 철희야! 네가 어떤 생각을 하는지. 어떤 고민을 하는지 전혀 알지 못했다. 네 말대로 직업반으로 옮겨서 미술공부를 본격적으로 시작해 볼 수 있도록 선생님이 한번 알아볼게."

철희와 상담을 마친 후 바로 2학년 부장선생님과 교감선생님을 찾아가 이과반에서 직업반으로 학급을 옮기는 것이 가능한지 알아보고 조치를 취하였다. 그래서 철희는 우리 학급에서 1학기를 마치고 2학기부터는 직업반에서 학교생활을 하게 되었다.

여름방학을 하는 날, 조촐하게 환송식을 겸한 학급파티를 가졌다. 학급 회장인 정수와 몇몇 친구들이 미리 준비한 롤링페이퍼를 건네주며 작별의 인사를 나누었다. 직업반은 같은 층이지만 별관 건물에 위치해 있었다. 하지만 이과반과 직업반이 갖는 심리적인 거리는 상당히 멀었다. 직업반에 대해 갖는 편견 아닌 편견이 있었던 탓이었다.

철희는 3학년이 되었다. 인천에서 통학하는 것에 어려움을 많이 겪어 미술학원 근처에 고시원을 얻어서 생활한다고 했다. 학기 초에 나를 보더니 멀리서 달려오며 인사를 건넨다.

"선생님. 저 오늘 코피가 났어요."

"야 임마! 코피 나는 게 뭐가 좋은 일이라고. 많이 피곤해?"

"저 운동하던 때도 코피 난 적이 없어요. 미술학원에 갔다가 영어공부를 아주 열심히 하고 있어요."

"아침에 세수하다가 코피가 났는데, 무언가 열심히 하고 있는 것 같아서, 기분이 정말 좋았어요."

"철희 너 정말 열심히 하고 있구나. 분명 좋은 결과가 있을거야! 힘내렴."

하지만 그 해, 철희는 대학에 진학하지 못했다. 철희의 말로는 그림 실력이 많이 부족한 것 같다고 했다. 철희는 재수를 선택했고, 아예 미술학원 근처에서 자취를 하며 대입을 준비하고 있었다.

체육대회 날이 되었다. 작년 우리반은 모든 학생들이 열심히 해서 좋은 성적을 냈지만, 남학생으로만 이루어진 1학년 5반에게 종합우승을 빼앗기고 학년우승에 만족해야 해서 아쉬움이 컸었다. 하지만 올해는 남학생으로만 이루어진 반도 없었고, 우리반 녀석들은 축구, 줄다리기, 풍선 터뜨리기에서 좋은 결과를 만들어 내고 있어서 오후의 결과에 기대감이 컸다. 그때 철희가 왔다. 검은색 통을 등에 매달고 왔는데, 나를 보자마자 통을 꺼내 종이를 펼쳐 보여 준다. 그림이다. 미술실에서 많이 보던 조각상의 얼굴이다.

"선생님. 이거 제가 그린 그림이에요."

"이게 누구지? 미술실에서 많이 본 것 같은데."

"아그립바에요. 소묘에서 가장 기본이 되는 그림인데, 오늘 학원에서 처음으로 칭찬을 들었어요."

"벌써 3년째 그림을 그리고 있는데, 칭찬을 들은 건 오늘이 처음이에요. 너무 기분이 좋아서 선생님 보여드리려고 왔어요."

"자식, 정말 잘 그렸네. 그림을 잘 모르는 내가 봐도 너무 멋지게 그렸네."

이후 체육대회 오후 일정이 시작 되는 바람에 철희와 더 이상의 이야기를 나누지는 못했다.

그날 우리반은 체육대회 종합우승을 차지했다. 많이 기뻤다. 하지만 철희를 만나고, 철희의 환한 얼굴을 보게 된 것이 더욱 기뻤다. 드디어 자신이 선택한 일에서 인정을 받게 되었다며, 나에게 자신의 이야기를 들려주기 위해 먼 길을 달려와준 철희가 고마웠다. 그림을 배우며 대학 진학을 준비하느라 바쁜 시간을 보내는 철희와 다시 만나는 일은 쉽지 않았다. 그해 겨울, 수능이 끝나고 다른 친구를 통해 철희 소식을 들을 수 있었다. ○○대학교 디자인과에 합격을 했다는 소식이었다.

고2가 되어서야 공부를 시작했던 아이가 1년간의 재수생활을 거쳐 전혀 다른 분야의 대학에 입학했다는 사실이 참 대견했다. 그리고 고마웠다.

오랫동안 철희의 소식을 듣지 못했다. 다른 녀석들에게 철희의 소식을 물어도 아는 친구들이 별로 없었다. 대학교에 진학하고 나서 많은 친구들과 연락이 끊겼다고 했다. 다시 연락이 닿게 된 건 당시에 유행하던 SNS인 '싸이월드' 덕분이었다. 싸이월드를 통해 한 친구가 철희와 연락이 닿았고, 그것을 핑계 삼아 학급 회장이었던 정수가 반창회를 열었다.

내가 철희를 비롯한 첫해 제자들을 만났던 나이가 27세였다. 우리의 첫 반창회는 녀석들이 27세가 되던 해였다. 27세의 녀석은 많이 성장해 있었다. 대학 입학 후 디자인 공부를 위해 같은 과 동기와 유학을 다녀왔다고 했다. 그래서 다른 친구들과 연락이 잘 닿지 않았던 것이었다.

지금 철희는 디자인 회사에 취업을 해서 디자이너로 활동하고 있다. 무엇을 하던 모든 것이 늦지 않았다는 것을 직접 깨우쳐 준 철희. 철희와의 만남은 내가 학교에서 만나는 모든 아이들의 현재와 미래를 바라볼 수 있도록 이끌어준 소중한 만남이었다.

Section
23

졸업 후 함께 한 잔 하자꾸나~

　오늘은 우리반 아이들과 야영을 하는 날이다. 동아리 활동으로 연극을 보러 서울에 다녀오느라 늦은 시간이 되어서야 야영을 시작했다. 대부분의 아이들이 중학교에 입학하고 처음으로 야영을 하는 거라고 했다. 내심 걱정이 많이 된다. '야영이 재미없으면 어떡하지?' 하는 생각에 야영계획서를 다시금 확인해 본다.

'저녁을 먹고 모둠별 게임을 진행한 뒤 간식을 먹자. 그리고 영화를 한편 보고나서 다시 모둠별 게임을 진행하고 보물찾기 후 잠자리에 들면 되겠지?' 혼자 다짐을 했다. 미리 준비한 간식과 영화, 보물찾기 상품 등 잊은 건 없는지 다시 한 번 확인해 보았다.

저녁을 먹고 교실로 올라가니 나의 생각이 기우였다는 것을 깨달았다. 아이들 스스로가 준비한 게임으로 벌써 신나게 활동을 하고 있다. 학급회장에게 간식과 상품을 전해 주고 준비한 게임을 진행하도록 했다. 교무실에 들어와 작년과 재작년 야영 사진을 뒤적거려 본다. 아이들 표정이 참 밝다. 학교에서 아이들과 생활하면서 이렇게 행복해 하는 얼굴을 볼 때마다 아이들에게 미안하다. 학교에서도 아이들이 항상 즐겁고 행복한 웃음을 지을 수 있었으면 좋겠다.

아이들 스스로 즐거운 시간을 보내고 있어 간만에 책상 정리를 했다. 고입원서와 자기소개서 출력물 등 어지럽혀진 책상을 치우다 문득 책상 한편에 놓인 술병을 보았다.

이 술은 재작년 우리반 마스코트였던 시홍이가 선물로 준 것이다.

난 학교에서 가장 행복한 시간을 꼽으라면 점심시간을 꼽는다. 아이들과 점심을 같이 먹고 운동장에서 농구를 하거나 산책을 하며 이야기 나누는 시간이 그리 행복할 수 없다. 아이들의 운동하는 모습이나 친구들과 이야기 나누는 모습들을 담고 싶어서 중고로 꽤 비싼 카메라를 사기도 했다. 시홍이는 중1 때 우연히 나의 카메라에 담겼던 친구이다. 시홍이가 나의 카메라에 담기게 된 사연은 이렇다.

화창한 봄날 카메라를 들고 벚꽃과 노란 산수유를 배경으로 우리반 아이들의 단체사진을 찍었다. 사진을 찍고 운동장을 돌아보는데, 멀리서 커다란 동그라미 두 개가 굴러 오는 듯 한 모습이 보였다. 자세히 살펴보니 1학년으로 보이는 두 녀석이 작은 공을 쫓아 뛰어 오는 모습이었다. 그 모습이 너무 귀여워 이름도 모르는 친구들이지만 카메라에 담았다. 생각보다 표정이 예쁘게 나와 1학년 담임 선생님들께 사진을 보냈더니 한 선생님께서 당신 반 아이라며 고맙다는 인사를 건네셨다. 조용하고 학교생활에 잘 적응하지 못하는 것 같아 걱정이었는데, 표정이 밝아서 좋다고 하셨다.

그랬던 녀석이 중3이 되어 우리반에 배정이 된것이다. 커다란 덩치에 머리는 짧게 깎고 눈이 작아, 웃지 않고 있으면 인상 쓰고 있는 것처럼 보이는 외모였다. 1학년 때 사진 속에서 본 귀엽고 앳된 이미지는 간 곳이 없다. 학기 초라 개인별 상담을 시작했다. 시홍이와 상담을 하며 가정환경에 관한 이야기를 물어보는데, 자세하게 대답을 하지 않았다. 대부분의 질문에 모른다는 답변을 늘어놓을 뿐이다. 그러더니 대뜸,

"전학을 오는 게 아니었어요." 한다.

"전학? 시홍이가 전학을 왔어? 1학년 때 시홍이를 본 것 같았는데."

"중학교 말고, 초등학생 때 강화에서 전학을 왔어요. 강화에 살 땐 친구들과 산에도 가고 놀 것들이 많아 재미있었는데, 여기에 전학을 오고

나선 할 게 없어요."

이야기를 들어보니, 아버지는 인근 지역에서 중국집 요리사로 일을 하고 계시고, 어머니도 취업으로 인해 멀리 나가 계시다고 했다. 누나와 함께 살고 있는데, 누나가 대학에 다니고 있어서 그나마 가까운 김포로 이사를 온 거라고 한다.

"엄마는? 멀리 계셔?"

"엄마는 잘 몰라요."

엄마에 대한 질문에는 거의 답을 하지 않을 뿐 아니라, 거부감까지 내 비친다. 더 이상 자신의 이야기를 하고 싶어 하지 않는 것 같아 상담을 마무리 지었다. 2학년 때 담임 선생님을 찾아 시홍이에 대해 물어봤지 만, 선생님도 어머니에 대해선 잘 모르신다 했다.

4월이 시작되고 반 아이들과 주말을 이용해서 간단한 나들이를 다녀 오기로 했다. 가까운 근교에 벚꽃 축제를 한다며 아이들과 도시락을 준 비해서 만나기로 했다. 나들이의 꽃은 도시락이 아니던가. 혹 도시락을 준비하지 못하는 아이들이 있을까 해서 김밥을 준비했다. 가끔 내 여동 생이 오빠가 만들어준 김밥을 먹고 싶다고 할 정도로 나름 김밥에 대해 서는 자신이 있었다. 김밥을 준비해서 아이들과 꽃놀이를 즐기기로 한 장소로 나섰다. 아이들을 만나 사진도 찍고, 축제현장을 즐겼다. 점심식 사 때가 되어 돗자리를 펴고 아이들을 불러 모았다. 아이들이 나의 도시 락을 보며 놀라워하는 반응을 기대하며 도시락을 열었다. 아이들의 감탄사가 퍼진다.

"와우, 맛나겠다. 정말 맛있어 보인다.", "정말 이거 장난이 아닌 걸!" 나의 김밥이 아이들에게 이정도 평가를 받으리라 생각도 안했는데, 아이들의 반응이 놀랍다. 그런데 그 반응은 내가 싸 온 김밥 때문이 아니라 시홍이가 싸온 도시락을 보고 보이는 반응들이다. 시홍이가 준비한 도시락에는 김밥, 유부초밥, 베이컨말이, 볶음밥, 샌드위치, 과일들이 도시락 칸칸이 담겨 있다. 시홍이가 엄마와 멀리 떨어져 지내는 것을 알기에 누나가 싸준 도시락이라 생각했다.

"시홍아. 이 도시락 네가 만든 거야?"

내가 물어보려 했는데, 다른 녀석이 궁금했는지 선수를 쳤다.

"응. 내가 만들었어."

"네가? 이 모든 걸 네가 만들었어?"

"응. 김밥은 시간이 좀 걸릴 것 같아서 사서 넣었고, 나머지 초밥이랑 베이컨말이, 볶음밥, 샌드위치 이런 건 내가 만들었어."

시홍이는 음식에 대해 많은 지식을 가지고 있었다. 아버지가 요리사이기도 하지만 일찍부터 혼자서 해먹어서 잘 한다고 이야기 한다. 아무렇지 않게 이야기 하는 그 말이 더 마음이 아팠다.

요리를 좋아하거나 요리사를 꿈꾸는 것은 아니지만 자신이 만든 음식을 맛나게 먹는 모습을 보면 기분이 좋다고 했다. 시홍이는 도시락뿐만 아니라 매일 학교에 올 때마다 먹을거리를 가지고 왔다. 커다란 뻥튀기 과자를 가져오기도 하고, 사탕을 가져와서 나눠주기도 했다. 자신의 것을 나눌 줄 아는 따뜻한 아이였다. 하지만 난 시홍이가 걱정스러웠다. 먹는 것을 지나치게 즐기는 듯 했다. 나 보다도 키가 작은 녀석이 몸무게는 나 보다도 30kg 이상 나갔다. 시홍이와 친한 규민이를 불러 시홍이 살빼기 작전을 제안했다. 평소 운동을 즐기는 규민이에게 아침 일찍 학교에 와서 나와 시홍이에게 운동을 가르쳐 줄 것을 부탁했다. 그날 이후 아침 7시30분에 학교에 와서 빈 교실에서 요가매트를 깔고, 맨손체조를 시작했다. 처음에는 시홍이도 곧잘 하는 듯 했지만 얼마 지나지 않아 '무릎이 아프다. 어깨가 아프다.'며 핑계를 대기 시작했다. 한 달 정도 뒤에는 나와 규민이 그리고 다른 반 녀석은 운동을 하고 시홍이는 우리가 운동하는 것을 지켜보기만 했다. 가끔씩 운동에 참여했지만 큰 성과는 없어 보였다. 하지만 규민이 말로는 시홍이가 권투를 시작했다는 것이었다. 아침에 하는 운동들이 맨손체조라 재미도 없고, 힘이 많이 들어서 규민이와 함께 권투를 해 보기로 했다고 한다. 이후 점심시간에도 함께 철봉을 하거나 운동장을 돌면서 많은 이야기들을 함께 나누었다.

시홍이는 우리 학교 곳곳에 대해서 많이 알고 있었다.

"선생님. 우리 학교에 앵두랑 보리수, 오디가 있는 거 알고 있었어요?"

"앵두는 본적이 있는데, 보리수랑 오디는 본적이 없어. 매실이 있다는 이야기는 들은 적이 있고."

"선생님 따라와 보세요. 제가 알려 드릴게요."

시홍이를 따라 학교주변을 돌아보니 정말로 많은 유실수들이 있었다.

시홍이 말로는 얼마 전까지는 오디가 아주 싱싱했었는데 지금은 거의 말라버렸다고 한다. 진짜 나무 주변에 말라비틀어진 오디들이 많이 있었다. 보리수는 이제 한창이었다. 내가 어릴 때 먹던 보리수는 열매가 매우 작았는데, 학교의 보리수는 그 열매가 제법 실하다. 몇 개를 따서 입에 넣었다. 살짝 달콤하고 새콤한 맛도 있지만 떫은 맛도 강했다.

"에구. 떫다."

"선생님. 보리수는 술을 담그거나 효소로 만들어 먹으면 좋대요."

"너 술이나 효소도 만들어?"

"네. 술을 만들어 놓으면 아빠가 오실 때 마다 한 잔씩 하시고, 효소는 누나랑 엄마가 좋아해요."

"기특한 녀석일세. 술이랑 효소도 담글 줄 알고. 난 효소는 만들어 봤는데, 아직 술은 만들어 보질 못했어."

"제가 기회가 되면 한번 만들어 드릴게요."

"말로만 들어도 고맙다. 고마워."

어느 날 아침 학교 책상 위에 놓인 담금주를 보고 깜짝 놀랐다. 편지도 없이 술병만 덩그러니 놓여 있어 한동안 고민을 했었다. 그러다 술병 뚜껑에 그려진 산딸기 그림을 보고서야 얼마 전 시홍이와 주고받은 대화가 떠올랐다. 시홍이가 그린 산딸기는 삐뚤빼뚤 하지만 제법 산딸기를 닮았다. 술병을 들어보니 밑에 작은 쪽지가 있다.

선생님. 이거 어제 제가 담근 거예요. 원래는 한참 있다가 열매를 걸러내고 드리려다가 지금 드려요. 6개월 정도 후에 열매는 걸러 버리고 드셔요. 시홍 올림.

많이 고마웠다. 주위 선생님들에게 난 이런 것도 받는 사람이라고 자랑도 많이 했다. 그리고 녀석에게 답장을 띄웠다.

"고맙다. 시홍아, 그냥 하는 말인 줄 알았는데, 진심이었구나. 선생님이 잘 보관해 두었다가 시홍이 고등학교 졸업하고 성인이 되면 선생님이랑 같이 나눠 마시자구나. 고마워. 잘 보관해 둘 게."

다음 날 핸드폰에 낯선 번호의 부재중 전화가 두 통이나 와 있었다. 전화를 걸어보니 시홍이 어머님이시다. 어머님 말씀으로는 며칠 전부터 시홍이가 산딸기를 가져다가 술을 담갔는데 보이지 않는다고, 술 담그면서 선생님 드릴 거라고 해서 그러지 말라고 했는데, 보이지 않는다며 혹시 선생님에게 가져다 드린 게 아니냐고 하신다. 맞다고 하니 시홍이가 많이 어리기도 하고, 정이 부족해서인지 자신에게 조금이라도 잘해주면 부담이 될 정도로 매달려서 걱정스럽다고 하신다. 그렇다며 따끔하게 시홍이를 혼내주셨으면 좋겠다고 한다. 살짝 당황스러웠다.

그래서 시홍이는 다른 사람을 부담스럽게 하는 아이가 아니라고 말씀드렸다. 지난 봄의 도시락 이야기와 시홍이가 아이들과 이것저것 나누는 것까지 모두 말씀 드리고 나니 어머님께서도 수긍을 하신다. 당신이 오랫동안 집에 오질 못해 시홍이가 학교에서 어떻게 지내는지 잘 몰랐다고 하신다. 오랜만에 당신을 만나도 별 이야기를 하지 않는다며, 잘 챙겨주셔서 고맙다는 말씀으로 전화통화를 마치셨다.

시홍이 어머님과 통화를 하고 나서 시홍이에게 이야기를 건넸다.

"어머님에게 전화가 왔었는데 시홍이 걱정이 많으시더구나."

"어휴. 가끔씩 집에 오시는데 오시면 제게 잔소리만 하셔요."

"가끔씩 오시니까 더욱 걱정되는 것들이 많으셔서 그러는 게 아닐까?"

"모르겠어요. 요즘은 아빠도 식당에서 주무시는 날이 더 많아요. 누나도 대학 다닌다고 집에 잘 안 들어오고, 엄마도 아주 가끔씩 들어오시는데, 오시면 잔소리를 하시니까. 좀 그래요."

"많이 못 보시니까 더 걱정하시는 걸 거야. 자주 전화도 드리고, 집에 오시면 학교에서 있었던 일들도 말씀 드리고 그래."

"네. 알겠습니다."

시홍이는 지금도 점심시간이면 규민이와 철봉대에 나와 있다. 물론 직접 철봉을 하는 것은 아니고, 규민이가 운동하는 걸 바라보고 있다. 시홍이를 만나면서 내 주위의 것들을 조금 더 자세하게 보려고 노력한다. 한 학교에서 20년 가까이 근무하면서 학교에 있는 나무하나 제대로 살피지 못했던 나를 보며, 학생들 하나하나 세심하게 살피지 못했던 건 아닌지 반성을 하게 된다.

아프게
해서
미안해

Section
24

나를 교사로 끌어준 '3학년 2반'

　고등학교에서 상업계열 아이들의 담임을 맡았을 때이다. 교실에 들어가자마자 나를 격하게 반기는 것은 진하게 풍겨오는 담배냄새였다. 새 학기가 시작된 첫 주말. 강화 경찰서의 전화를 시작으로 나의 주말은 정신없이 흘러갔다.

교사가 되기 위한 준비가 매우 부족했기에 특성화계 담임교사로서 나의 삶은 만족스럽지 못했다. 학교에서 맡은 역할은 학생 생활지도계. 아이들의 두발과 복장을 단속하고 지도하는 것이 주된 업무였고, 방과 후에는 교외 생활지도를 하는 것이 나의 임무였다.

언제부턴가 학교에서나 교외에서 아이들을 만나면 나는 아이들의 신발을 먼저 바라보고 있었다. 실내외화 구분이 되어있지 않으면 바로 아이들에게 잔소리를 퍼부어 대는 교사였다. 이런 교사로 살고 싶지 않았다.

무언가 변화가 필요했다. 그래서 중학교 근무를 자원했다. 그렇게 만나게 된 아이들이 3학년 2반 아이들이었다. 말썽쟁이 고등학생들을 보다가 오랜만에 중3 아이들을 만나면서 새로운 기대감에 부풀었다.

아이들을 꼼꼼하게 잘 챙겨주고 싶었다. 더 이상 아이들의 발만 바라보는 교사가 되고 싶지 않았다.

과거에는 학기 초 교실의 환경미화가 학교의 중요한 행사 중의 하나였다. 사물함, 책상 위 낙서를 지우는 작업과 더불어 아주 중요한 것 중 하나가 교실 벽의 낙서 제거였다. 지워도 안 되는 것들이 있어서 페인트 작업을 했다. 마침 체육과 음악, 미술 수업이 연이어 있어 그 시간을 활용해 교실벽면에 페인트칠을 했다. 야외수업을 마치고 돌아온 아이들이 나에게 건넸던 첫 한마디가 나를 선생님으로 이끌었다고 생각한다.

"와우! 선생님, 저희랑 함께 하시지. 힘들지 않으셨어요? 고맙습니다."

함께하자는 말과 고맙다는 말이 가진 힘이 매우 크다는 것을 그 순간 격하게 알게 되었다. 고맙다는 이야기를 들은 이후 내가 학급아이들에게 쏟는 애정과 관심은 하나도 아깝지가 않았다. 아이들은 내가 애정을 쏟는 것 이상의 피드백을 보여주었다.

얼마 뒤 학급회장 선거가 있었다. 모두 세 명의 아이가 입후보를 했다. 선거 전날 아이들의 기호를 정하고, 학급 구성원들에게 전하는 편지를 적어오도록 했다.

선거 당일 아이들은 각자의 언어로 자신의 소신을 밝혔다. 내가 준비한 것은 투표용지와 기표용구였다. 자신의 대표를 뽑는 자리의 중요성을 알려주고 싶었다. 자신의 한 표가 갖고 있는 힘을 알게 하고 싶었다. 선거 후 회장으로 뽑힌 소담이가 내게 한마디 했다.

"선생님은 참 세심하신 것 같아요"

'세심하다'는 말에 대해 갖는 느낌은 저마다 다를 것이다. 얼마 전까지만 해도 세심하다는 말이 부정적인 의미로 많이 사용되었지만, 이 당시 소담이가 내게 해준 말은 나에게 칭찬으로 들렸고, 고맙다는 의미로 들렸다. 세심한 선생님. 내가 되고 싶었던 선생님의 상이 그려졌다.

부임 첫해는 아이들에게 친구 같은 선생님이 되고 싶었다. 하지만 9살 차이나는 아이들과의 만남이 생각보다는 그리 만만하지가 않았다. 때로는 아이들과 복도에서 언성을 높이며 언쟁을 벌이기도 했고, 그런 모습을 본 몇몇 선배 선생님들은 아이들을 잘 다루지 못한다며 눈치를 주기도 했다. 그래서 두 번째 해에는 아주 무서운 선생님이 되었다. 하지만 내게 남는 것은 끝없는 공허함이었다. '어떤 선생님이 되어야 할까?' 하는 고민이 많았던 초임시절이었다. 그런 내게 던진 소담이의 '세심하다'는 한 마디는 내가 나아가야 할 방향을 일러주는 말이었다.

그렇게 3학년 2반 아이들은 나의 마음을 잘 받아 주고, 잘 따라 주었다.

체육시간 빈 교실에 들어가 칠판 한가득 아이들에게 전하는 메시지를 적어두고, 책상 위에 음료수를 올려놓으면, 아이들은 종례시간에 옹달샘 종이로 고맙다는 마음을 전해주기도 했다.

우리반의 종례 인사는 "우리는 3학년 2반이다"였다. 조례 종례에 만나서 하는 의례적인 인사말 말고, 우리만의 특별한 인사를 하고 싶었다. 처음에는 모두 쑥스러워 했지만, 얼마 지나지 않아 우리반의 인사는 우리만의 것으로 자리를 잡게 되었다. 이후 내가 맡은 모든 학급의 학급인사는 "우리는 ○학년 ○반이다."로 정해졌다.

5월에 진행된 교내 체육대회는 우리반을 위한 행사 같았다. 남학생들은 축구경기, 여학생들은 피구경기 결승에 진출했고, 2인 3각과 놋다리 밟기 모두 동영상 판독 끝에 이웃의 1반을 간발의 차이로 앞서 우승을 차지했다. 줄다리기 우승은 하지 못했지만, 우리반의 저력을 알리기에는 충분했다. 구기 종목의 결승전에는 담임교사도 함께 할 수 있었는데,

원체 축구를 못했기에 참여하기를 망설였다. 전반전에는 아이들만으로 팀을 꾸려 경기를 치렀고, 후반전에는 아이들의 성화에 나도 함께 경기에 참여하였다.

아이들은 의도적으로 나에게 찬스를 만들어주기 위해 노력했다. 몇 번의 헛발질 끝에 아이들의 도움을 받아 득점에 성공할 수 있었고, 축구 경기 우승을 차지했었다. 마지막 반대항 릴레이 경기에서는 몸이 불편했던 은혜의 손을 잡고 함께 운동장을 돌아주는 아름다운 광경을 보여주기도 하였다. 5월의 나루제에서 아이들과 함께 처음으로 종합우승의 영광을 이뤄내기도 했다.

방과 후에는 고입선발시험에 대비한 자기주도 학습이 진행되었다. 특별한 사유가 없으면 모든 학생들이 남아서 방과 후 2시간의 자기주도 학습을 하던 시기였다. 한 번은 몇 명의 아이들이 무단으로 자기주도 학습을 빠진 일이 있었다. 일명 '땡땡이'였다. 하필이면 내가 학교에 남지 않았던 날이라서 서운한 감정이 더욱 컸었다. 그냥 솔직하게 나의 감정을 이야기했다. 한 무리의 아이들 중 두 녀석이 자신이 잘못한 만큼 오늘 하루는 교실 뒤에 서서 수업을 듣겠다고 했다. 굳이 그럴 필요까지 없다고 했음에도 아이들은 자신이 한 말에 끝까지 책임을 지는 모습을 보여주었다.

여름방학이었다. 호균이와 재승이에게 전화가 왔다. 친구들과 장기동에 놀러왔는데 우리집과 가까워서 놀러오겠다는 이야기였다. 무심결에 오라고 답했는데, 막상 도착한 녀석들은 열 명 남짓 되는 대규모였다.

아이들이 집에 놀러와도 놀만한 마땅한 것들이 없었다. 집에 에어컨도 없어서 매우 더운 날씨임에도 불구하고 녀석들은 네 살배기 딸아이와 그림을 그리기도 하고, 유아용 종이 집을 이용해서 재미나게 시간들을 보냈다.

물론 몇 번의 갈등도 있었다.

중학교에서도 처음 내가 맡았던 역할은 생활지도계였다. 지금은 없어졌지만 그 당시만 해도 두발 단속이 있었다. 우리반 녀석들 중에 머리가 길다고 생각되는 녀석에게 장난삼아 고무줄로 머리를 묶어주고, 하루 종일 풀지 못하도록 했다. 별일 아니라 생각했는데, 사춘기의 녀석들은 많이 부끄러웠나 보다.

"선생님! 큰일 났어요." 다급하게 은정이가 나를 부른다.

"호균이랑 재승이가 땡땡이를 쳤어요."

"왜?"

"모르겠어요. 1교시 끝나고 바로 나갔어요."

"그래. 알았어. 은정이는 수업에 들어가고, 선생님이 찾아볼게."

바로 아이들을 찾으러 시내로 나갔다. 녀석들은 너무나도 쉽게 찾을 수 있었다. 마땅히 갈 곳이 없었던 녀석들은 가게에서 빵을 사서 나눠먹고 재승이 녀석의 할머니 집으로 가고 있던 중 나를 만나게 된 것이었다.

"너희들 왜 나왔어?"

"머리 묶은걸 아이들이 놀리니까, 너무 창피하고 속상했어요."

"그게 많이 창피했어? 선생님이 장난삼아 그런 건데, 미안하다!"

"아닙니다. 저희가 생각이 짧았습니다. 죄송해요."

녀석들과 함께 학교로 돌아와서 많은 생각을 했다. 나의 장난이 아이들에겐 상처가 될 수 도 있다는 것을 다시금 깨달았다.

중3의 2학기는 정말 빠르게 지나간다. 고등학교 입시문제로 상담을 몇 번 하고 나서 바로 고입시험을 치렀다. 학교에서는 아이들의 고입결과가 발표되기 전에 강원도로 졸업여행을 갔다. 숙소배정을 앞두고 흡연과 음주를 예방하기 위한 의례적인 소지품 검사가 실시되었다. 그런데 소지품 검사를 앞두고 우리반 아이들의 움직임이 심상치 않았다. 우리반 아이들 중에는 흡연을 하거나 음주를 하는 학생이 없는 것으로 파악하고 있어서 내심 당황스럽기도 했다.

서로 학급을 바꾸어 소지품 검사를 실시했다. 우리반을 맡았던 선생님께 무언가 나온 것이 있냐고 물었더니, 아무것도 아니라는 표정으로 씩 웃고 지나가신다.

워낙에 잘 믿고 따라 주었던 녀석들이라 별일 아니라고 생각을 했다.

그날 저녁 갑자기 숙소 앞이 시끌벅적하다. 다급하게 부르는 소리에 나가보니 우리반 아이들이 케이크에 불을 붙이고 '스승의 은혜' 노래를 부르는 이벤트를 하고 있다. 부끄럽기도 하고 고맙기도 했는데, 울컥 눈물이 났다. 녀석들이 나 몰래 이벤트를 준비하기 위해 김포에서 강원도 까지 얼마나 힘들었을까? 녀석들의 마음 씀씀이에 많은 고마움을 느꼈 다.

시간이 흘러 졸업식이 다가왔다. 체육관에서 졸업식을 마치고, 우리 반 아이들과 교실로 향했다. 한 명 한 명 졸업장을 나눠 주고, 아이들과 의 추억을 이야기하며 포옹으로 작별인사를 했다. 졸업장을 나눠줄수록 눈물이 났다. 많은 부모님들이 보고 계셨지만 어쩔 수 없었다. 일 년 동 안 나름 '세심'하게 아이들과 소통하려 노력했고, 그래서인지 아이들 하 나하나에 쌓인 추억들과 기억들이 너무나 많았다. 아이들과의 졸업이 너무나도 아쉬웠다.

교직생활에 대한 근본적인 회의 속에서 힘들어 하던 나에게 정말 커 다란 힘이 되어준 3학년 2반 친구들이다. 지금도 이 친구들이 많이 그 립다. 이 친구들이 보여준 반응 하나 하나가 이후 10여 년간 나를 교사 로 이끌어 주었다. 2반 친구들아. 고맙고, 그립구나.

Section
25

난 선생님들 믿지 않아요

따뜻한 봄이다. 점심을 먹고 운동장을 돌며 봄기운을 만끽하고 있다.
멀리 지호가 달려온다. 중학교 교복을 벗고 고등학교 교복을 갈아입은
모습이 제법 늠름하다.

"선생님!"

"지호. 오랜만이네. 잘 지내지? 고등학교 생활 즐겁지? 고등학교에선 사고치지 말고, 학교생활 잘해야 한다."

"네. 선생님. 전 잘하고 있죠. 그런데 서호한테 연락 한 번 해보셔요. 제가 이런 저런 얘기 했다고 얘기하면 안 되고요."

"왜? 무슨 일이 있어?"

"네. 요즘 서호 아르바이트 해서 번 돈으로 문신하고 다녀요. 그리고 조금 있으면 학교도 그만 둔다고 그래요."

"서호가? 그럴 리가 없는데. 얼마 전에 우리집에도 친구들과 다녀갔어. 나에겐 전혀 그런 이야기 없었는데."

졸업도 하고, 친구들과는 다른 학교로 진학을 했지만 서호의 소식을 전하는 친구들이 주변에 참 많다. 녀석들 좋은 소식들을 전해주면 좋으련만, 이래저래 신경이 쓰이는 소식들이다.

"하~ 그 놈 참. 눈빛에 반항기가 가득하네."

우리반 수업을 마친 수학 선생님이 교무실에 들어오며 한 말씀하신다.

"선생님. 서호한테 무슨 일이 있어요?"

"네? 수업 시간에 무슨 안 좋은 일이라도 있었나요?"

"수업을 시작하자마자 엎드려 잠을 자기에 깨웠더니, 대뜸 인상을 쓰면서 짜증을 내더라고요. 교실에서 서호한테 뭐라고 할까 하다가 다른 친구들에게 피해가 갈까봐 그냥 두긴 했는데, 기분이 많이 안 좋네요.

혹시 무슨 일이 있는 건 아닌가 싶기도 하고."

"네. 제가 알아보고, 알아듣게 이야기 하겠습니다."

서호는 3학년 초에 우리반으로 전학을 온 아이다. 전학을 오고 한 달 정도는 학교생활에 잘 적응하는 듯싶었는데, 요즘에는 지각도 많고, 선생님들과 갈등을 빚기도 한다. 다시금 서호의 생활기록부를 살펴보았다. 1학년 때는 결석, 지각, 조퇴 하나도 없던 녀석이 2학년부터는 지각이나 결석을 한 경우가 학교에 제대로 나온 날 보다 많다. 대체 2학년 때 무슨 일이 있었던 걸까?

서호를 불렀다.

"서호야! 무슨 일이 있니? 아까 수학시간에 선생님에게 꾸지람을 들었다던데."

"아니. 수학 선생님이 저한테만 뭐라고 하시잖아요. 그래서 다른 애들은 놔두면서 왜 저한테만 그러시냐고 그랬어요."

녀석은 아직도 진정이 되지 않은 모양이다. 수업 시간에 엎드려 있던 아이들이 더 있었는데 자기만 지적하시는 선생님이 마땅치 않았던 것이다.

전학을 온 뒤에 서호와 갈등을 빚지 않은 선생님은 손에 꼽을 정도이다. 왜 서호는 선생님들과 사사건건 부딪히는 건지 궁금했다.

"서호야. 네 이야기를 좀 들려줄 수 있어?"

"네? 무슨 이야기요? 전학을 오게 된 이유요?"

"뭐든. 선생님이 너를 조금 더 잘 이해할 수 있게 도와줄 수 있겠니?"

"······."

한참 동안 말 없이 바닥만 쳐다본다.

"선생님. 전 선생님들을 믿지 못하겠어요."

"왜?"

"사실은 아버지가 이혼을 하셨어요. 한 번은 제가 초등학교 1학년 때 했고요. 두 번째는 지난달에 했어요. 지난달에 이혼을 하셔서, 제가 이 학교로 전학을 오게 된 거고요."

"좀 자세하게 말해 줄 수 있겠어?"

"아버지가 이혼을 하시고, 다시 재혼을 하셨어요. 새 엄마는 생각보다 제게 아주 잘 해 주셨어요."

"재혼을 중학교 2학년 때 하셨어?"

"아니요. 제가 6학년 때 하셨어요."

"네 생활기록부를 보니까, 1학년 때는 출결상태가 아주 좋던데, 2학년 부터 출결이 안 좋아서 물어 본거야."

"제가 2학년 때 사춘기가 오긴 했어요. 친구들과 어울려 노는 것도 좋 아했고요. 제일 커다란 변화는 제가 잠이 많아진 거였어요. 게임을 하는 것도 아닌데, 아침만 되면 일어나기가 너무나 힘들었어요."

"그래. 사춘기에 잠이 많아지는 것도 하나의 특성이긴 해. 여러 이유 로 늦잠을 자게 된다고 하더구나."

"네. 하여튼 잠이 많아져서 지각하는 경우가 늘어나기 시작했는데, 담 임 선생님이 제가 지각할 때마다 새엄마에게 전화를 했어요."

"선생님도 네가 늦을 때마다 전화하잖아."

"선생님은 제게 전화를 하시잖아요. 그런데 2학년 때 담임 선생님은 엄마에게만 전화를 했다고요."

녀석이 갑자기 소리를 버럭 지르며 대꾸를 했다.

"그게 왜?"

"담임 선생님이 전화할 때마다 새엄마는 제게 화를 냈어요. 그래서 새엄마랑 몇 번 다퉜어요. 그러다가 새엄마가 결국 저를 포기한다는 말을 했고요. 정말로 그 말씀을 하고 나선 제가 늦잠을 자거나 집에 늦게 들어오더라도 뭐라 하지 않으셨어요."

"그래서 넌 어땠어? 마음이 편했어?"

"마음도 불편했는데, 더 큰 건 제 문제로 아빠랑 엄마가 싸우는 경우가 많아지더니 2학년 때 결국은 또다시 이혼을 했어요. 아빠가 두 번째 이혼하게 된 건 저 때문이에요. 아니 선생님 때문이에요. 제가 몇 번이나 담임 선생님에게 말씀을 드렸어요. 제가 지각하지 않도록 노력할 테니 엄마에게 전화는 그만 해 달라고요. 그런데 담임 선생님은 제 말은 하나도 들어주지 않았어요. 지각뿐만 아니라 학교에서 일어나는 모든 일들을 엄마에게 일렀다고요. 저랑 같이 놀던 친구도 지각하고 학교에서 싸우기도 했는데 그 녀석 엄마에게는 전화 한 번 안 했어요."

서호와의 상담을 마치고, 고민하던 끝에 아버님과 통화를 했다. 서호가 아버님의 이혼에 대해 심적으로 많이 힘들어 하고 있다는 것을 말씀

드렸다. 아버님도 알고 계시다고 했다. 우선은 본인의 책임이 가장 컸으나, 아이에게 책임을 떠넘긴 적도 있다며, 잘 부탁한다는 인사만 했다.

서호와의 상담 이후 어느 정도 서호의 마음이 이해가 되었다. 서호와 다른 선생님들의 갈등이 크게 줄어들진 않았지만, 그 때마다 선생님들께 양해를 구했다. 그리고 그럴 때마다 서호는 나와 상담의 시간을 가졌다. 그냥 서호의 이야기를 들어 주었다. 2학년 때 처음으로 학교에 무단으로 결석한 이야기와 처음으로 술을 마시게 된 이야기까지. 서호와의 상담은 서호에 대해 하나씩 알아가는 과정이었다. 빈약해 보인다는 나의 말에는 태권도 3단이라며 운동에 대한 자부심에 덧붙여 사춘기 소년의 허세를 보이기도 하였다. 그래도 상담을 통해 서호와 많이 친해지는 시간이었다.

서호와 상담을 하고나서 매일 아침 서호에게 전화를 걸어서 깨워 주는 게 하나의 일상이 되었다. 아버님이 군인이라 훈련을 나가거나 일찍 출근을 하는 날이면 서호는 어김없이 지각을 했던 것이다. 처음 전화를 할 때와 달리 시간이 가면서 전화를 받지 않는 경우가 많아졌다. 마침 앞집에 산다는 옆 반의 지호에게 부탁해서 매일 아침 함께 학교에 등교하기를 부탁하기도 했다. 예전보다 나아지기는 했지만 크게 달라지진 않았다. 지호에게 다시금 부탁할 수밖에 없었다.

"지호야! 서호를 데리고 학교에 와 주라."

"선생님. 그러면 저도 지각해요. 서호 진짜 안 일어나요."

"그럼 네가 들어가서 깨워 보렴. 선생님이 서호네 현관문 비밀번호도 알아."

"안돼요. 서호 여동생 있어요."

"그래? 그럼 서호 여동생도 매번 학교에 늦어?"

"아녜요. 서호 동생은 서호랑 달라요. 혼자서도 잘 일어나고 학교도 안 빠지고 잘 다녀요."

"서호가 동생보기에 부끄럽지도 않은가 보다. 그래. 고마워"

어느 날 서호 아버지가 학교에 상담을 신청하셔서 찾아 오셨다. 군복을 입고 퇴근하는 길에 바로 학교로 들리셨다.

"시간이 된다면 소주 한잔 하고 싶었어요."

하시며 반가운 인사를 건네신다. 아버님이 많은 이야기를 풀어 놓으셨다. 당신이 부대를 옮기면서 아이들 양육을 둘러싸고 갈등이 많았고, 결국 양육문제로 이혼을 결심하게 되셨다고 한다. 그래도 아이들만큼은 제대로 키우고 싶어서 노력을 많이 하고 있는데, 서호가 자꾸 엇나가는 것 같아 걱정이 많다고 하신다. 동생은 6학년이지만 스스로 공부도 하고, 제 할일을 찾아서 하고 있는데 서호는 어떻게 지도해야 할지 모르겠다며 도움을 구하신다. 고등학교 진학할 때는 아예 멀리 기숙사 있는 학교에 보낼까 생각도 하신다고.

서호와 입시상담을 하면서 나의 의견인양 아버님의 의견을 슬쩍 건네보았다. 생각과 달리 제법 속 깊은 이야기를 풀어놓는다. 자기가 멀리

가버리면 동생 혼자 남게 되는데 그건 안 된다는 거다. 아빠가 군인이라 훈련도 많고 가끔 집에 들어오지 못할 때도 있어서 자신이 오빠로서 동생을 지켜줘야 한다고 한다. 출결상태가 좋지 않아 내신 성적이 좋지 못했기에 원하는 학교로 진학할 순 없었지만 결국 서호는 동생을 가까이에서 돌볼 수 있는 학교로 진학을 했다.

졸업하고 이듬해 스승의 날 즈음에 우리반이었던 녀석들이 집으로 찾아왔다. 그 무리에 서호가 끼어 있다. 녀석들이 서호에게 다른 학교 다닌다며 놀리자 대뜸 나에게 한마디 한다.

"선생님이 제 출결에 대해서 눈 좀 감아 줬으면 애들이랑 같은 학교 다녔을 거예요. 봉담에 제 친구 녀석은 담임 선생님이 많이 눈감아 줬다고 하던데."

"그래서 선생님한테 많이 섭섭해?"

"아니에요. 그래도 선생님이 제 얘기 들어주셔서 학교 다닐 수 있었어요. 혹시 졸업 앨범 보셨어요? 제가 거기에도 썼는데."

"아니. 못 봤어. 그런 건 졸업하고 나서 바로 보는 거 아냐. 나중에 하나씩 읽어 보면서 추억을 되살리고 그러는 거지. 참! 너 문신했니? 너 조만간 학교도 그만 둘 거라고 하던데."

"누가 그래요? 문신은 호기심에 한 번 해 봤고요. 학교는 그만 두려는 게 아니라 출석정지를 먹었는데, 아이들 만나서 그냥 그렇게 얘기했어요. 저 학교 그만 안 둬요."

"그래. 진로는 고민하고 있고?"

"이것저것 아르바이트 하면서 생각이 많아요. 저 아르바이트하면서 번 돈도 차곡차곡 모으고 있어요. 제가 아르바이트하는 식당에 오시면 서비스 많이 챙겨 드릴게요."

아이들과 식사를 하다 아르바이트를 해야 한다며 일찍 나서는 녀석의 뒷모습을 바라본다. 외모는 아직 여린 고1 반항아의 모습이지만, 아버지도 생각할 줄 알고, 동생 살필 줄 아는 듬직한 오빠의 모습이 보인다.

'서호야~ 선생님은 너 믿는다. 파이팅!!'

아프게
해서
미안해

Section

26

한 걸음만 앞으로

"선생님. 저 오늘 동아리 활동 마치고 집에서 쉬다가 깜박 잠이 들었어요. 얼른 갈게요. 저 갈 때까지 시작하면 안 돼요."

민지로부터 문자가 왔다.

오늘은 우리반 학급 야영을 하는 날이다. 학기 초 공동체 의식을 높이고 서로에 대해 이해하는 시간을 갖기 위해 야영을 계획 했었는데, 이런 저런 사정으로 늦춰지다 보니 10월 중순에야 야영을 하게 되었다. 학기 초의 설렘은 덜하지만 이제 많이들 친해져서 내가 주도하지 않아도 아이들끼리 프로그램도 짜고 즐거운 시간들을 보내고 있다. 내가 준비했던 프로그램들 중에서 '손잡고 매듭풀기', '곰, 연어, 모기' 게임만을 마쳤을 뿐인데 시간이 훌쩍 자정을 향해 가고 있다. 야영 프로그램 중에 아이들이 가장 기대하는 것은 일명 '담력훈련' 프로그램이다. 공포 영화 한 편을 보고 학교 전체에 무서운 음악을 틀어 놓고 짝을 지어 미션을 수행하는 프로그램인데, 때로는 졸업한 선배들의 도움을 받아 진행을 하기도 한다. 하지만 난 아이들이 가장 기대하는 '담력훈련'을 하지 않는다. 개인적으로 무서운 것을 싫어하는 것도 있지만 안전사고에 대한 우려가 적지 않기 때문이다. 작년에 야영을 하던 중 성철이가 무섭다고 복도에서 뛰다가 넘어져서 자칫 크게 다칠 뻔한 기억이 있어서이다. 대신 올해는 공포 영화를 보고 복도 곳곳에 숨겨놓은 보물을 찾는 프로그램을 진행하기로 했다. 30개의 스펀지 볼에 번호를 적어 복도에 숨겨 놓았는데, 아이들이 그것을 찾아오면 번호에 해당하는 선물을 주는 방식이다. 아이들이 영화를 보는 동안 스펀지 볼을 숨겨두었다. 드디어 영화가 끝나고 아이들이 보물을 찾아 떠난다.

"선생님. 찾았어요."

"몇 번이 제일 좋은 선물이에요?"

"우리반이 5반이니까, 5번이 제일 좋은 선물일 거야."

아이들 대부분이 스펀지 볼을 찾아 복도를 헤매는데, 몇 녀석들이 교실에서 대화를 나누고 있다. 살며시 다가가 보니 분위기가 심상치 않다. 대화소리가 잘 들리지 않지만 얼굴표정들이 어둡다.

"야! 너희들은 보물찾기 안 해? 선생님이 열심히 준비한 프로그램인데. 혹시 영화가 무서워서 그런 거야?"

"아니에요. 영화 별로 안 무서웠어요. 저희들도 이제 보물찾기 하러 갈거에요. 선생님 보물찾기 어려워요?"

민지가 애써 웃는 표정을 지으며 자리에서 일어난다. 다른 녀석들도 황급히 자리를 뜬다.

"선생님. 일어나세요."

아이들과 이런 저런 게임을 하다 잠자는 아이들을 챙긴다고 복지실에 내려왔다가 깜빡 잠이 든 모양이다. 다른 아이들은 자신들이 준비한 프로그램으로 밤을 꼬박 새운 눈치이다. 아이들이 아침 일찍 컵라면을 먹은 뒤 뒷정리도 깔끔하게 해 놓고는 집에 가자며 나를 깨운 것이다. 복지실에서 잠자던 아이들을 깨워 마무리를 하고 집으로 돌아왔다. 아이들에게 문자가 온다. 대부분 '즐거웠다.' '다음에 또 하자.' '우리반 최고.' 뭐 그런 내용들이다. 기특한 녀석들이다. 월요일부터 다시 새롭게 열심히 살아보자는 답장을 보내며 한 주일을 마무리 했다.

"신송희."

"네."

"조채윤."

"네."

"최민지."

"……."

"민지 안 왔니?"

"네. 민지 안 왔어요."

무슨 일이지? 평소 복통이 심해서 자주 결석을 하긴 했지만 항상 사
정을 이야기 했었는데, 오늘은 아무런 연락을 받지 못했다. 교무실에 내
려와 핸드폰을 확인하니 민지 어머님에게 부재중 전화가 와있다.

"여보세요."

"네. 선생님. 오늘 민지가 몸이 좋지 않은 것 같아요. 오늘은 학교에
가기 힘들 것 같아요."

"네. 알겠습니다. 지난 야영이 좀 무리였나 보죠? 많이 힘들어 하나
요?"

"모르겠어요. 금요일에 동아리 다녀와서 방에 들어가 한참을 울다가
야영한다고 학교에 갔거든요. 야영 마친 날 한참 자다가 일어나서 밖에
친구 만나러 나갔다가 왔는데, 그때부터 몸이 안 좋다고 계속 누워 있네
요."

"알겠습니다. 우선 오늘은 쉬도록 조치해 주시고요, 특별한 일 있으면

연락주세요."

　3교시 수업을 마치고 돌아오니 민지 어머님으로부터 부재중 전화가 또 와있다. 전화를 걸어 어머님에게 민지의 상황에 대한 이야기를 들었다.

　"선생님. 민지가 몸이 안 좋아서 학교에 못가는 것 같지가 않아요."

　"네? 무슨 말씀이시죠?"

　"민지 몸 상태가 좋지 않은 것 같아서 병원에 데려가려 방에 들어갔더니, 이불을 뒤집어쓰고 울고 있더라고요. 무슨 일인가 싶어 민지에게 물어봤더니, 대답도 없이 울기만 하네요. 혹시 학교에서 무슨 일이 있었나요?"

　"아뇨. 저도 잘 모르겠습니다. 지난 밤 야영 때도 친구들이랑 잘 어울려 지냈는데요. 저도 한 번 알아 볼 테니, 어머님도 민지랑 계속 대화를 나눠 주세요."

　민지 어머님과 통화를 마치고 나서야, 지난 야영 때 민지와 이야기를 나누던 아이들이 생각났다. 그중 한 친구를 불러 민지에게 무슨 일이 있는지 물어봤다.

　"혹시 민지에게 무슨 일이 있니?"

　"……."

　"무슨 일이 있는지 말해줄 수 있겠니? 말하기 곤란한 내용이니?"

　"사실은 지금 민지가 친한 친구들하고 갈등이 조금 있어요."

　"우리반?"

"우리반 아이들과도 관련이 있긴 한데요. 조금 길어요."

"그래도 말해 보렴. 선생님도 알아야 할 이야기 같은데."

아이의 이야기를 들어보니, 민지의 상황이 좀 난감하겠다는 생각이 들었다.

원래 민지를 비롯해서 5명의 아이들이 친하게 어울려 다녔는데, 학기 초에 아이들끼리 갈등이 생겨서 두 그룹으로 나뉘게 되었단다. 민지는 두 무리 사이에 끼인 존재가 되었는데, 한 무리의 아이들이 다른 무리의 아이들에 대해 이야기를 할 때 공감해 준다고 맞장구를 한 것이 화근이 된 것이었다. 나중에 두 그룹으로 나뉘어졌던 아이들이 화해를 하면서 지난 시간동안 있던 이야기를 나누다 보니 민지가 두 그룹 사이에서 서로 다른 무리에 대해 뒷담화를 했다는 사실을 알게 되었다고 했다. 그래서 4명의 아이들 모두가 민지에게 감정이 상해 있다는 이야기였다.

민지에게 전화를 했지만 전화를 받지 않아, 어머님에게 전화를 드리고 민지 집으로 찾아갔다.

"민지야 무슨 일이 있었는지 선생님한테 자세하게 말해줄 수 있겠니?"

"선생님. 저 너무 억울하기도 하고 섭섭하기도 하고, 어떻게 해야 할지 몰라서 무섭기도 해요."

"지난번에 아이들이 싸워서 서로에 대해 안 좋은 점들을 이야기 하기에, 전 가운데서 공감해 준다고 그때마다 아이들 편들면서 이야기한 것이 다에요. 그런데 이제 자기들끼리 화해하고 나선 제가 자기들 뒷 담화했다면서, 저보고 사과하라고 메시지가 왔어요. 저한테 왜 그랬냐면서요. 전 그냥 친구들 이야기에 공감해 준 것 뿐인데. 제가 메시지로 나한테 화난 거 있으면 이야기 하라고 했을 땐 아무것도 아니라고, 괜찮다고 답장했었어요. 그런데, 야영하는 날 친구한테 들어보니까 월요일에 제가 학교에 가면 아이들이 저한테 왜 그랬냐고 물어 본다고 했다고 하더라고요."

"보물찾기 할 때 그 이야기를 나눈 거였어? 그럼 그때 선생님한테 이야기하지 그랬어. 선생님이랑 같이 이야기 했으면 좋았을 텐데."

"우선 메시지로 아이들에게 이야기를 듣고 싶었어요. 제가 자세한 상황을 알아야 할 것 같아서요. 그런데 제게 이야기를 잘 안 해요. 이제 어떻게 해야 할지 잘 모르겠어요."

"그래서 오늘 학교에 나오지 않은 거야? 친구들 만나는 게 무서워서?"

"아네요. 어제부터 몸살기가 있었는데, 아침에 더 심해져서 일어날 수가 없었어요. 오후에 약을 먹고 조금 나아지기는 했는데, 학교에 가서 아이들 만날 생각하니까, 걱정도 되고 어떻게 해야 할지 몰라서 그랬어요."

"그럼 그 친구들 만나서 이야기를 하면 되지 않을까? 문자나 메시지로 이야기하다 보면 오히려 오해가 쌓이기도 할 것 같은데. 혼자 하기 힘들 것 같으면 선생님이 옆에 같이 있어 줄게. 내일 선생님이 친구들이랑 이야기할 수 있도록 자리를 마련해 볼까?"

"네. 선생님. 내일은 꼭 나갈게요. 나가서 아이들이랑 이야기도 해 볼게요."

다음 날 민지와 친구들은 상담실에서 이야기를 나누었다. 내가 옆에 있었지만 자리를 피해 줬으면 좋겠다는 아이들의 요구에 잠시 자리를 피해 주었다. 하지만 얼마 지나지 않아 안에서 고성이 들려 왔다. 바로 상담실에 들어갔지만 아이들은 벌써 흥분한 상태였다. 한 명씩 자신의 입장과 생각을 이야기하고, 서로의 입장을 들어보라고 당부했었지만 내 생각대로 대화가 전개되지 않았던 것 같다. 4명이 1명에게 따지는 모양으로 대화가 전개되다 보니, 민지는 자연스레 방어적인 태도로 대화를 나누고 있었다. 모처럼 용기 내서 대화를 하고자 마음 먹었는데, 오히려 민지는 더욱 위축이 되고 말았다. 내가 처음부터 개입해서 대화를 진행하지 못한 것이 너무나 큰 아쉬움으로 남았다.

민지는 중1 사회수업시간부터 만났던 아이다. 일주일에 한 번 들어가는 수업이라 썩 잘 안다고는 할 수 없었다. 민지와 좀 긴 대화를 하게 된 건 2학년 때 였다. 1학년 여학생 두 명이 학생부에 와서 선배들이 자신들을 불렀다며 도움을 요청했다. 그때 1학년 아이를 불렀던 아이들이 민지와 친구들이었다. 2학년 아이들에게 들어보니 1학년 아이들이 화장도 진하게 하고 다니고 '페이스북'에서 선배들에게 안 좋은 이야기도 해서 그러지 말라고 이야기 하려고 했다고 한다.

"민지야. 민지는 1학년 때 2학년 선배들이 불렀을 때 어땠어?"

"음. 저도 좀 무서웠고, 저한테 이래라 저래라 하는 게 싫었던 것 같아요."

"그래. 너도 그런 경험이 있어서 지금 1학년 아이들이 심정을 잘 이해할 수 있을 거야. 지금 1학년 아이에게는 너희들이 아무리 좋은 감정을 가지고 이야기 한다고 해도 많이 무섭고 두려울 것 같아."

"네. 무슨 말씀인지 알겠어요. 오늘 이후로 1학년 후배들에게 간섭하지 않을게요."

그 날 이후 민지는 그 약속을 지켰다. 우리반으로 배정을 받고 나눠준 '선생님들에게 들려주는 자기이야기'에 민지는 그 이야기를 적어 주었다.

"선생님. 저 2학년 때 선생님하고 이야기 나눈 뒤에 그 약속 지켰어요. 후배들에게 이래라 저래라 간섭도 안 하고, 만일 친구들이 후배들에 대해서 이야기하면 제가 나서서 말렸어요. 그러니까 그때 그 기억으로 저를 보시면 안 돼요. 저 3학년 때 정말 열심히 할 거예요. 잘 부탁드려요."

민지는 그런 아이였다. '한다면 하는.' 정말로 3학년이 되고나서 민지는 모든 일에 적극적이며 열심이었다. 다른 선생님들에게도 많은 부분에서 인정을 받고 있는 아이다. 그런 민지가 친구들 사이에서 어려움을 겪고 많이 힘들어 하고 있다.

난 민지를 믿는다. 지금의 이 어려움을 꼭 이겨낼 것이라 믿는다. 다시 한 번 용기 내어 친구들과의 대화에 나설 수 있을 것이라 믿는다.

'민지야! 너라면 분명 할 수 있을 거야!'

Section
27

선생님이 믿어주지 못해 미안해

2002년 20대의 마지막에 난 결혼과 동시에 중학교로 발령을 받았다.

나의 결혼과 새 학기가 시작되어 학기 초 며칠 동안 아이들을 만나지 못

했다. 아이들을 만난 건 새 학기가 시작된 일주일 후였다. 조금 늦게 만

난 우리반 아이들은 매사에 적극적이었고, 내가 특별히 신경 쓰지 않아

도 될 만큼 스스로 많은 것들을 해 나가고 있었다. 그 이전에 만나던 고등학생과 비교하면 아직은 앳된 얼굴을 하고 있는 아이들과의 만남이었다. 고등학교는 이 지역뿐만 아니라 다른 지역에서 통학하는 아이들도 있다. 하지만 중학교는 이 지역의 아이들이 전부라 생각했는데 우리반에서 단 한 명의 아이가 멀리서 통학 하고 있다는 것을 알게 되었다. 아버님이 어부라서 바닷가에 살고 있다는 은별이는 집이 멀고 교통이 불편해서 지각이 잦은 아이였다. 마을버스를 놓치면 다음 버스까지 오래 기다려야 해서 자주 늦는다고 했다. 수업을 마치고 자기 주도 학습을 할 때도 버스시간을 이야기 하며 여러 차례 자기 주도 학습에서도 빠졌던 아이였다.

몇 차례 주의를 주었음에도 불구하고 은별이의 지각은 나아지지 않았다. 안 되겠다 싶어 은별이와 상담을 시작했다. 은별이는 아버지와 어머니가 이혼을 하고, 새엄마와 함께 살고 있다고 했다. 그런데 새엄마가 자신을 미워해서 여러 가지 집안 일을 시키는데, 만약 시킨 일을 하지 않거나, 학교에서 조금만 늦게 와도 용돈을 주지 않아 마을버스를 타지 못하고 먼 길을 걸어서 학교로 올 때가 있다고 했다. 아버님도 그 사실을 알고 계시냐는 말에는 멍하니 하늘을 바라볼 뿐이었다. 아버님께 전화를 걸어 자초지종을 들어보고자 했다.

"아버님, 은별이 담임입니다. 통화 괜찮으신가요?"

"아. 네…. 그런데 제가 지금 바빠서요. 조금 있다 전화 드리겠습니다."

"네. 그럼 편한 시간에 전화주세요."

아버님이 어부시라 뱃일로 많이 바쁘신가 보다 추측할 뿐이었다. 하지만 그날 아버님으로부터 연락은 오지 않았다. 다음날 다시 통화를 시도했다.

"아버님, 은별이 담임인데요. 통화 괜찮으신가요? 은별이 일입니다."

"은별이가 학교에서 말 잘 안 듣지요? 매번 거울 보면서 화장하는 꼴을 보니, 뻔합니다. 은별이가 잘못하면 많이 혼내고 꾸중해 주십시오."

"아뇨. 은별이 학교에서 생활 잘하고 있습니다. 다만 요즘 지각이 잦아진 듯해서 말씀 드립니다."

"네. 말씀해 보세요."

"은별이 말로는 어머님께서 차비나 용돈을 주지 않아서 버스를 타기 힘들다고 하네요. 혹시 무슨 사정이라도 있는 건가요? 만약 경제적으로 어려움이 있다고 하면 학교에서도 방법을 찾아보겠습니다."

"아……. 아마도 엄마가 은별이 생활습관을 바로 잡는다고 그리하는 것 같습니다. 은별이가 새엄마라고, 엄마 말도 잘 안 듣고 집에도 늦게 들어와서 엄마가 화가 많이 났었거든요."

"네. 알겠습니다. 그래도 학교에 제시간에 올 수 있도록 신경을 좀 써주시기 바랍니다. 저도 학교에서 은별이에게 더욱 관심 갖고 지도하도록 하겠습니다."

아버님과의 통화를 마친 이후 며칠간 은별이는 지각을 하지 않았다.

하지만 아버님과의 통화 이후 은별이가 나를 대하는 태도는 조금 달라져 있었다. 마치 나를 투명인간처럼 대하는 것을 느낄 수 있었다. 내가 말을 건네거나 인사를 건네도 별다른 반응이 없었다. 오히려 나를 피하려고 하는 듯한 느낌을 받았다. 종례를 마치고 다시 은별이를 불렀다.

"은별아. 무슨 일이 있었어? 왜 선생님을 자꾸 피하는 것 같은 생각이 들까?"

"……."

"선생님에게 말하기 불편하니? 선생님한테 섭섭한 부분이 있니?"

"사실은 선생님이랑 아빠가 통화한날 새엄마한테 많이 혼났어요. 선생님에게 하지 않아도 될 말을 해서 망신을 줬다고요."

"선생님 저 전학가고 싶어요."

"전학? 어디로?"

"저 친엄마랑 살고 싶어요. 언니랑 같이 저도 엄마랑 살고 싶어요. 아빠랑 새엄마가 저를 너무 괴롭혀요. 때리기도 하구요."

"엄마랑 아빠가 헤어진 것도 아빠가 엄마 때리고, 바람도 피우고 그래서 헤어진 거예요. 저도 엄마랑 살고 싶어요."

"은별아, 어른들의 일은 어른들에게 맡겨 두는 게 좋지 않을까? 새엄마도 은별이가 학교생활을 열심히 했으면 하는 마음이 있으니까 꾸지람 하는 게 아닐까?"

"은별이란 이름을 보면 아빠가 널 얼마나 사랑했는지 짐작이 간다. 아주 예쁜 이름을 지어주셨잖아. 아빠가 은별이를 많이 사랑하시는 것 같아."

은별이와 이야기를 나누면서도 난 내심 은별이의 아버지와 새엄마의 입장에서 은별이를 바라보고 있었다. 은별이는 중학생임에도 불구하고 화장기 진한 얼굴과 일명 깻잎머리를 하고 수업시간에도 거울을 보며 꾸미기를 좋아하는 아이였다. 그랬기에 내게 은별이의 첫인상은 흔히 말하는 노는 아이로 비춰져 있었다. 그래서일까? 난 은별이의 말을 100% 신뢰하지 않았다. 은별이가 집안에서 겪는 어려움들을 내게 이야기 했을 때, 대부분의 이야기를 지각에 대한 꾸지람을 벗어나기 위한 핑계라고 생각했고, 지금의 상황은 사춘기의 흔한 아이들이 겪는 부모님과의 갈등이라 생각했다. 그래서 은별이와의 상담은 주로 아버님과 새엄마의 입장에서 은별이를 타이르고, 설득 하는 방향으로 진행이 되었다. 그러나 은별이의 잦은 지각과 결석은 나아지질 않았고, 더 이상 나에게 은별이 자신의 이야기를 꺼내놓지도 않았다.

어느 날 은별의 아버지가 학교에 찾아 왔다. 바닷일을 하는 분이라 그런지 손도 거칠고 실제 나이보다 더욱 연배 있는 외모를 하고 있었다.

"선생님, 죄송합니다."

"아뇨. 무슨 말씀을 그리 하십니까?"

"제가 집에서 아이를 제대로 돌보지 못해서 은별이가 학교도 자주 빠지고 그러는 것 같습니다. 학교에서 문제도 많지요?"

"아닙니다. 은별이가 지각은 종종하지만 학교에서 친구들과도 잘 지내고, 활기차게 보내고 있습니다."

"은별이가 지각이나 결석이 많지요?"

"네. 지각이나 결석이 다른 친구들에 비해 많은 편이라 걱정이 됩니다."

"선생님. 은별이가 언제 지각을 했고, 결석을 했는지 제가 알 수 있겠습니까?"

"은별이가 지각이나 결석한 날, 제가 아버님에게 전화나 문자를 드렸잖습니까? 왜 그러시죠?"

"별일 아닙니다. 제가 출석부를 좀 볼 수 있을까요?"

아버님의 요구에, 나는 별 생각 없이 출석부를 가지고 와서 다시금 은별이의 출결상황을 확인해 드렸다.

다음 날 은별이의 친엄마에게 전화가 왔다. 은별이의 상황에 대해서 얼마나 알고 있냐며, 여러 이야기를 들려 주었다.

"선생님. 찾아뵙고 말씀을 드려야 하는데, 제 상황이 그렇지 못해 전화로 인사드립니다."

"네. 어머님 괜찮습니다. 편하게 말씀하셔요."

"선생님, 전 지금도 '리○○' 차만 봐도 가슴이 쿵쾅거리고 겁이 납니다."

"네? '리○○'요? 자동차 말씀이셔요?"

"네. 애 아빠가 '리○○' 그 차를 타고 다니거든요. 은별이 아빠가 얼마나 무서운지 말도 못합니다. 마음에 안 들면 술 마시고 때리고, 제가 오죽하면 애를 두고 집을 나왔겠습니까? 제가 집을 나가고 나서, 제게 못한 분풀이를 은별이한테 하는 거 같아요. 저러다 애 잡을 거 같아 겁이 나서 전화 드렸습니다."

"네? 조금 자세히 이야기 해 주세요."

"며칠 전에 은별이가 학교에 결석한적 있지요?"

"네. 이틀 동안 학교에 못나왔습니다. 아파서 학교에 못 간다고 아버님에게 연락을 받았습니다. 그리고 어제는 은별이 출석상황이 궁금하다면서 출석부를 복사해 가셨어요."

"에이구야. 그 인간이 무슨 일이 있는지는 얘기도 안하고 학교에 다녀갔군요. 선생님. 은별이가 아버지와 새엄마를 고소했어요. 사실은 애 아빠가 은별이 자꾸 거짓말을 해 교육시킨다면서, 하루 종일 배에 태워서 데리고 다녔다고 해요. 아빠 말 안 듣고, 자꾸 거짓말 하면 바다에 빠트린다고 그렇게 데리고 다녔대요. 아이는 너무 무서워서 이제 집에 들어가지도 못하겠다고 하네요. 어떻게 해야 할지 모르겠다고 해요."

은별이 친어머님의 말씀은 내게 너무나 큰 충격이었다. 그날 저녁 여성단체 관계자분의 전화로 더욱 자세한 이야기를 들을 수 있었다. 은별이는 아버지가 자신을 교육시킨다며 학교에 보내지 않고 배에 태워 다닌 이야기를 여성단체 분과 상담을 하면서 아버지와 새어머니에 대해 고소를 진행하기로 했다는 것이었다. 알고 보니 그 고소 사건에 대비하기 위해서 은별이 아버지는 학교로 나를 찾아와 은별이가 학교생활에 성실하지 못했다는 증언을 들으려 하셨고, 그에 대한 증거로 무단결석 및 무단지각이 체크되어 있는 출석부가 필요하셨던 거였다. 은별이가 자꾸 학교에 빠져서 그것을 교육하기 위한 목적이었다고 핑계를 대기 위한 것이었다. 아무 상황도 모르는 나는 그저 은별이가 학교에 나오지 않는 다는 것만을 걱정하며, 아버님께 잘 부탁드린다는 인사와 함께 출석부를 복사해 주었던 것이다.

은별이와 관련된 사건은 여성단체의 지원 속에서 나름 마무리가 되었지만 난 은별이의 얼굴을 볼 낯이 없었다. 부모님의 이혼과 새엄마와 아버지의 학대를 겪으며 내게 도움의 손길을 내밀었던 아이에게 화장을 하고 노는 아이처럼 복장을 하고 다닌다는 이유만으로 온전한 믿음을 주지 못했던 내가 한없이 부끄러웠다.

나의 섣부른 행동으로 인해 은별이가 겪었을 마음의 고통과 아이의 말을 있는 그대로 믿어주지 못했다는 미안함은 오랜 시간이 지난 지금에도 나의 마음을 무겁게 짓누르고 있다.

'은별아! 선생님이 많이 미안해. 네 말 믿어주지 않아서 정말 미안해. 지금은 그 당시의 나와 같은 나이가 되어 결혼도 하고 두 아이의 엄마가 되었다는 소식을 들었단다. 모든 아픔 잊고 행복하게 잘 살아가렴.'

Section
28

같은 향기를 풍기는 남자

27세의 나이에 교사가 되었다. 군대를 마치고 대학 졸업을 하는 해에 교사가 되었다는 것이 어찌 보면 큰 행운이라 하겠다. 하지만 그건 그만큼 경험이 부족하다는 의미이기도 하다.

학생들과 상담을 하다보면 몇 아이들은 자신의 상황을 무덤덤하게 이야기 하지만, 듣는 나로서는 힘들었던 경험들이 있었다. 결혼은 커녕 변변한 연애 한번 해보지 못했던 나에게 아이들은 부모님의 갈등으로 겪는 고민들을 이야기하기도 했고, 자신들의 연애고민을 이야기하기도 했다. 그 당시의 난 상담이란 것에 대해 단단히 오해하고 있었다. 아이들이 고민을 이야기 하면 그것에 대한 해결책을 제시해 주는 것이 상담이라고 생각하던 시절이었다. 그래서 아이들의 상담 신청은 나에게 커다란 부담으로 다가왔다. 학습방법이나 진학에 관한 상담이라면 나의 경험을 토대로 이런저런 이야기를 해줄 수 있었지만, 부모님의 갈등에 대한 고민 상담은 어찌해야 할지 갈피조차 잡지 못했었다. 그러던 어느 날 영근이를 만나 이야기를 나누면서 아이들이 나에게 원하는 것이 무엇인지 알게 되었다.

영근이는 대부분의 아이들과 달리 이웃 지역의 ○○중학교를 나온 아이였다. ○○중학교는 작은 규모의 학교라서 한 학급에 많아야 서너 명 정도가 같은 학교 출신이었다. 우리반에도 ○○중학교 출신 아이들이 네 명 있었는데, 이 친구들은 등하교를 같이 해서 학급에서도 자기들끼리만 친하게 지내는 편이었다. 하지만 영근이는 ○○중학교 출신의 아이들과는 형식적인 인사만 나누는 정도였다. 다른 아이들은 음악 듣기를 좋아하고, 이야기 나누는 것을 좋아하는 약간은 내성적인 아이들이었다. 하지만 영근이는 운동장에서 친구들과 뛰어놀기를 즐기는 아이였다. 그리고 운동도 잘하고 얼굴도 잘생겼고 학업성적도 좋은 편이라 여학생에게 인기도 많았다. 그런 영근이가 송이와 함께 나를 찾아왔다.

"선생님. 저희가 많이 생각하고 찾아왔는데요. 저희 오늘만 조퇴시켜 주시면 안되나요?"

"조퇴? 어디 아픈 곳이 있어?"

"아뇨. 아픈 건 아닌데요. 이유는 묻지 마시고 그냥 조퇴시켜 주시면 안 될까요?"

"아픈 건 아니고, 이유는 말할 수 없고 그냥 조퇴를 시켜달라니? 그게 무슨 말이야?"

"사실은 송이랑 오늘 그냥 무단으로 나갈까 하다가 그건 아무래도 아닌 거 같아서 선생님에게 말씀 드리러 왔어요. 선생님이 실망하실까봐 말씀드리러 온 거에요"

"맞아요. 정말이에요. 저희 사고치지 않을 게요. 걱정하지 않으셔도 되요."

"그래. 너희들을 믿지. 그래도 많이 궁금하구나. 나중에라도 꼭 이야기 들려줄 수 있지?"

"네. 고맙습니다."

아이들을 보내고 나서 이런 저런 생각이 많아졌다. 영근이와 송이의 자기소개서를 다시 한 번 읽어보고 작년 담임 선생님을 찾아 조언을 듣고자 했다. 그런데, 영근이와 송이의 담임 선생님은 올해 전근을 가신 분이었다. 영근이와 송이는 이 지역 중학교 출신이 아니라서 아이들에 대해 이야기를 들려줄 사람이 주변에는 없었다. 아이들이 자신의 이야기를 내게 해줄 때까지 기다릴 수밖에 없었다.

　다음날 영근이와 송이가 환한 얼굴로 다가오더니 무심한 듯 툭하고 선물하나를 건넨다.

　"선생님. 이거 선생님이랑 많이 닮았죠?"

　"이게? 이거 거북이 인형이잖아. 난 이거보다 훨씬 잘생기지 않았니?"

　"아니요. 선생님이랑 똑같아요. 선생님 어제 고마웠습니다. 덕분에 송이랑 많은 이야기 할 수 있었어요."

　"어제 어디에 다녀 온 거야?"

　"그냥 답답해서 송이랑 바람을 쐬러 인천에 다녀왔어요."

　"둘이서 어떤 이야기를 나눴는지 내게 들려줄 순 없어?"

　"조금 더 정리가 되면 선생님께도 말씀을 드릴게요."

　그날 이후 영근이와 송이는 아무 일도 없었다는 듯이 일상을 보내고 있었다. 두 아이의 인천으로의 외출이 있고나서 일주일도 채 되지 않아 영근이가 나를 다시 찾아왔다.

　"선생님. 오늘 저와 상담해 주실 수 있어요?"

　"오늘? 그럼 이따 자기주도 학습시간에 교무실로 올래?"

　"아뇨. 오늘 선생님 댁에 가서 자도 되요?"

"우리집에? 집에 무슨 일이 있니?"

난 학교에서 20여분 떨어진 곳에서 자취를 하고 있었다. 영근이의 집은 나의 자취집과 가까운 편이었지만, 자신의 집이 있음에도 우리집에서 자려고 하는 영근이의 이유가 궁금했다.

"아뇨. 특별한 일은 아니에요. 이따 말씀 드릴게요."

그날 영근이와 많은 이야기를 나누었다. 영근이의 부모님은 작년에 이혼을 하셨다고 한다. 어머님은 다른 곳에 계시고 영근이는 아버지, 누나와 함께 따로 살고 있었다. 그런데 최근에 아버님이 재혼을 준비하고 계신다고 했다. 자신은 아직 새엄마를 받아들일 마음의 준비가 되지 않았는데, 아버님이 재혼을 서두르는 것 같아 많이 섭섭하다고 했다. 가끔은 어머니를 만나보고 싶은데, 그것도 쉽지 않아 며칠 동안 마음이 많이 무거웠단다. 작년에 송이와 같은 반이었는데, 송이는 자신의 상황을 아는 몇 안 되는 친구란다. 최근 영근이가 힘들어 할 때 송이가 먼저 다가와 이야기를 나누면서 도움이 많이 되었다고 한다. 인천으로 바람을 쐬러 간 날 영근이는 송이에게 자신의 고민을 이야기 했고, 자신의 고민을 털어 놓는 것만으로도 마음이 한결 가벼워 졌다는 것이었다. 나 역시 마찬가지였다. 그냥 영근이의 이야기를 듣기만 했다. 내가 할 수 있는 조언은 없었다. 그러나 영근이는 그날 이후 눈에 띄게 학교생활을 열심히 했다. 그리고 영근이는 자신의 집보다 우리집에서 잠을 자는 일이 훨씬 많아졌다.

처음에는 영근이가 우리집에서 잤다는 사실을 비밀로 했었다. 하지만 어느새 우리반 아이들 대부분이 영근이가 우리집에서 잠을 잔다는 걸 아는 듯 했다.

"선생님. 선생님이랑 영근이한테서 같은 향기가 나요."

"무슨 말이야?"

"선생님이랑 샴푸, 화장품, 향수 뭐 이런 걸 같은걸 사용 하나 봐요"

"아. 그래? 영근이가 나를 많이 좋아하나 보다."

"혹시 선생님이랑 영근이랑 같이 사는 거 아니에요?"

"아니야. 왜 그런 생각을 해?"

"요즘에 선생님이랑 영근이랑 같이 등교하시잖아요."

"내가 출근하는 길에 영근이 태우고 오는 거지."

"아닌 것 같은데, 저희도 선생님 댁에 가보고 싶어요."

결국 얼마 지나지 않아 많은 아이들이 나의 집을 찾게 되었다. 우리반 남자 아이들을 그룹으로 나누어 집에서의 취침상담을 실시하게 되었다. 아이들은 자신들이 먹을 음식들을 각자 준비해서 집에서 저녁을 만들어 먹고 이야기를 나누다 잠을 자는 상담이었다. 아이들과의 취침상담은 학교에서 해왔던 기존의 상담과는 느낌부터 많이 달랐다. 무언가 해답을 건네주고 해결책을 찾기 위해 노력하는 과정이 아니라 그냥 아이들의 이야기를 들어주는 과정이었다. 하지만 그것이 가진 힘은 매우 컸다. 집에서 함께 음식을 만들어 이야기를 나누며 잠을 잔 것이 갖는 특별함이 있었다.

남학생들과의 취침상담이 알려지면서 여학생들의 불만이 늘어갔다.

그래서 여학생들과는 주말을 이용해 우리집에서 음식을 만들어 먹고 이야기를 나누는 시간들을 가졌다. 단지 공간만 바뀌었을 뿐 이었는데 아이들은 정말 많은 이야기들을 내게 나누어 주었다. 초임교사로서 많은 부분들이 서툴렀다. 상담을 하다가 울음을 터트린 학생에게 어떻게 해야 할지 몰라 자리를 피하기도 하고, 해결책을 찾아 준다는 것이 오히려 아이들의 관계를 어색하게 만든 적도 있었다. 아이들과 이야기를 나누면서 깨달은 것이 하나 있다면, 아이들이 상담을 통해서 원하는 것은 해결책을 찾아 달라는 것이 아니었다는 것이다. 나의 이야기를 잘 들어 달라는 것. 그것이 아이들이 원하는 것이었다.

아이들과 학교가 아닌 공간에서 만나고 음식을 나누고 이야기를 나누었을 때 아이들이 보여준 모습이 현재의 나를 만들었다고 해도 과언이 아니다. 그 이후로 해마다 아이들과 야영을 하고, 주말을 이용해서 학급 활동을 하고 집에 초대해서 음식과 이야기를 나누고 있다. 그 과정을 통해 아이들과 더욱 친밀한 관계를 만들어 나가고 있다.

영근이와 취침상담을 통해 영근이의 장래희망을 처음으로 알게 되었다. 영근이는 리눅스 프로그램을 열심히 연구해서 많은 사람들에게 무료로 프로그램을 나눠 주는 일을 하고 싶다고 했다. 고3이 되어 영근이가 원하는 대학의 컴퓨터공학과에 입학했을 때 진심으로 기뻤다.

하지만 영근이는 대학교 과정을 다 마치지 못했다. 군대에 다녀와서 복학을 하고 4학년이 되었을 때 집안사정으로 학교에 휴학계를 제출해야 했다. 송이와 함께 영근이의 집을 찾았을 때 집에는 어떤 세간살이도 없었다. 아버지의 사업실패로 경제적으로 상당히 어려운 상황이었다. 하지만 영근이는 밝았다. 아르바이트와 부업으로 학교생활에 집중할 수 없었고 컴퓨터 관련 학과의 전망을 이야기하며 차라리 잘된 일인지도 모르겠다고 했다. 이번에도 영근이의 이야기를 들어주기만 했다. 인생에 중요한 결정을 앞두고 있을 때 어떠한 조언도 하지 못했지만, 영근이는 마음이 편하다고 했다. 아버지에 대한 미움의 감정도 있지만 다 이해하려 노력한다고 했다.

결국 영근이는 대학을 마치지 못하고 다양한 일을 하다가 지금은 중소기업의 중견사원으로 자리를 잡았다.

지금도 영근이와 만남을 갖는다. 어느새 30대 중반의 두 아이의 아빠로 열심히 살아가는 영근이와 소주한잔 하며 옛이야기를 나누다 보면 20대의 젊은 청년으로 돌아간 느낌이다. 영근이에게는 화장품의 향기가 아닌 열심히 일하는 사람의 향기가 난다. 난 그 향기가 참 좋다. 나도 그런 향기를 품기고 싶다.

Section
29

'사랑'이라는 이름의 폭력

여름이 다가오고 있는 어느 날. 반짝이는 눈이 예쁜, '김소진'이라는
한 아이가 전학을 왔다. 관심을 많이 받고 자란 여자아이 티가 났다.

첫 느낌대로 아이는 친구들과 조심스럽게 잘 어울렸다. 예의도 바르
고 수업시간에도 열심히 필기하는 모습을 보이는 보통의 여중생 같았

다. 그렇게 별 탈 없이 잘 지내던 아이가 전학 온 지 두어 달 지났을 즈음. 어머니께서 상담하러 오신다는 연락을 받았다. 어머니와 만나기 전 소진이가 먼저 나를 찾아 교무실로 왔다.

"선생님, 저 드릴 말씀이 있는데요."

"응. 무슨 일이야?"

"여기서 할 말은 아닌데……."

아이를 데리고 빈 교실로 올라갔다. 둘만의 공간으로 가니 아이가 주 저주저하다 말을 꺼냈다.

"저…, 내일 저희 엄마 오시면 저 잘하고 있다는 말만 해주시면 안 될 까요?"

순간 내가 받은 느낌은 '뭐야? 할 말이 이게 다야?'였다.

수업시간뿐 아니라 학교생활도 잘 하는 아이이기에 특별히 부탁하지 않아도 좋은 말만 할 생각이었다.

왜 이런 부탁을 하는지 물어보았다. 소진이가 털어놓은 이야기는 반 짝이는 눈의 밝음과는 달리 힘든 이야기였다.

소진이의 어머니는 성적에 관심이 많으셨다. 소진이가 공부를 하지 않으면 밤새 잠도 안 재우고 공부를 시킨다는 것이었다. 요즘 부모들이 워낙 공부에 관심이 많으니 좀 과장해서 말을 하나보다 했다.

그런데 내가 좀 못 믿는다는 눈치를 보였는지 며칠 전에도 맞았다면 서 치마를 들어 올렸다. 허벅지 전체가 시퍼렇게 피멍이 든 상태였다. 마음을 가다듬고 긴 대화를 나눴다.

지금의 어머니는 소진이가 초등학교 2학년 때 아버지와 재혼한 분이다. 소진이가 어렸을 때 친어머니는 약을 먹고 소진이 앞에서 돌아가셨다. 어머니가 죽던 날의 모습을 소진이는 또렷하게 기억하고 있다고 했다.

　새어머니는 소진에게 관심이 많았다. 또래보다 뒤처지지 않게 공부를 시키셨다. 저학년 때는 어머니가 시키는 대로 공부에 잘 따라갔고 관계도 좋았다고 한다. 그런데 고학년이 되면서 성적이 떨어지거나 해야 할 공부를 덜 했을 경우 밤새 잠도 안 재우고 공부를 시키셨다. 공부하다 졸면 큰 막대기로 때리셨다. 옷을 입었을 때 티가 안 나는 곳을 골라서 때린다는 말까지 했다.

　아버지도 알고는 계시지만 교육은 어머니가 담당하는 거라 그냥 모른 척하신다고 했다. 듣기에도 힘든 이야기를 아무렇지도 않게 털어놓는 아이가 너무 안쓰러웠다.

　방학이 가까워오고 있었다. 어머니랑 하루 종일 같이 있어야 할 방학을 두려워 했다. 다행히 면담을 다녀온 뒤로는 어머니께서 좀 부드러워지셨다고 한다.

　그런데 방학이 끝날 즈음 연락이 왔다. 소진이가 가정폭력으로 어머니를 신고했고 지금 임시 보호소에 가 있다는 나쁜 소식이었다. 어머니께서 방학 동안 부족한 공부를 며칠 째 잠도 안 재우고 과하게 시켰고 꾸벅꾸벅 졸다가 맞았다고 했다. 견디다 못한 소진이가 어머니께서 잠깐 외출한 사이에 직접 신고를 한 것이다.

일이 수면 위로 올라왔다. 소진이의 어머니의 이야기를 들어 보았다.

"소진이를 처음 만났을 때 기초가 너무 부족했어요. 내가 공부를 시키니까 잘 따라왔고 저학년 때는 성적이 좋았어요. 그런데 언제부턴가 거짓말을 하고 공부도 안 하고……. 이혼하면서 두고 나온 딸이 생각나서 정말 잘 키우고 싶었어요. 때린 건 맞지만 걔가 당돌한 데가 있어요. 이사 온 것도 아빠 옆에서 좀 더 안정적으로 공부시키려고 온 거예요."

어머니의 주장은 지금 본인이 하는 행동은 소진이를 사랑하기 때문이고 잘못한 것이 없다는 거였다. 얼마나 열심히 소진이를 키웠는데 이런 일이 벌어지냐며 이해가 안 간다는 반응이셨다. 가정폭력이 무엇인지 설명을 해 드려도 소진이가 잘했으면 내가 이랬겠냐는 논리를 펼치셨다. 아버지도 소진 어머니의 희생에 대해 두둔하시는 입장이셨다. 소진 어머니와 이야기하면서 느낀 것은 방법은 잘못되었지만 분명 사랑이라는 것이었다.

두 사람에게는 시간이 필요해 보였다. 소진이가 이대로 돌아가면 똑같은 일이 반복될 것이 분명했다. 센터 쪽에서도 똑같은 판단이었고 무엇보다 소진이가 집에 돌아가기를 두려워했다.

가정폭력이 신고 된 경우 지역 내 보호센터에 가정집처럼 지낼 수 있는 곳이 있다. 하필 학교 근처에는 자리가 없어 다른 지역에 있는 임시보호소에 있으면서 학교도 못 오는 상황이었다. 임시보호소에 있는 동안 시험기간이 다가왔다. 집을 나오면서도 교복은 챙겨 나온 소진이는 시험은 보고 싶다고 했다. 시험기간 동안 우리집에서 재우기로 했다. 그 와중에 소진이 어머니도 시험은 어떻게 되는 거냐고 묻는 전화가 왔다. 그놈의 공부가 뭔지 정말 화가 날 지경이었다.

임시보호센터로 데리러 간 날, 소진이는 담임 선생님이 온 게 기쁜지 센터 선생님들과 친구들에게 나를 수다스럽게 소개했다. 센터에서 잘 지내고 있는 게 다행이기도 했지만 마음이 아팠다.

집에 와서도 저녁 식사를 준비하는 내게 뭐 도와줄 것은 없는지 물어보고 우리 아이들이랑도 잘 놀아주었다. 저녁을 먹고 나서 하고 싶은 게 있냐고 물으니 바깥 공기를 쐬고 싶다고 했다. 같이 공원으로 산책을 나갔다. 수다스럽게 얘기하던 소진이가 조용해졌다. 소진이의 시선은 놀이터에서 친구들이랑 수다 떨고 있는 중고등학생처럼 보이는 무리를 물끄러미 쳐다보고 있었다. 학교 끝나면 바로 집에 가는 생활이었으니 그런 경험이 있을 리가 없었다. 안쓰러운 마음에 손을 꼭 잡아주니 특유의 눈을 반짝거리면 헤헤 웃는다.

그렇게 시험도 끝나고 학교 근처에 가정집처럼 아이들이 등하교할 수 있는 보호센터로 거처를 옮겼다. 그 곳에서도 소진이는 자기 방이라며 신이 나서 나를 데리고 다니면서 소개를 했다. 원장님은 여러 병원 및 상점 같은 걸 운영하시는 분이셨다. 나눔 차원에서 시작하셨다면서 처음 맡게 되는 아이들을 잘 키우시겠다고 포부를 밝히셨다. 아이들이 잘 되면 본인이 운영하고 있는 병원에 취직시키실 수도 있다며 성인이 될 때까지 내다본다고 하셨다. 이곳에서 소진이가 잘 지내기를 바랐다.

소진이 부모님도 가까운 곳에 소진이가 있다고 하니 안심하셨다. 그 원장님께서 소진이 아버지하고 통화도 하셨다고 했다. 이런 곳은 혹시라도 부모가 찾아올까 봐 검색해도 위치가 나오지 않는 곳에 있다.

그러던 중에 소진에게 약간의 변화가 조금씩 생겼다. 그동안 화장은 커녕 또래 친구들에 비해 어찌 보면 다소 촌스럽게 하고 다니던 아이였다. 그런데 여러 곳을 거치는 동안 가방 속에는 여러 친구들이 줬다는 화장품이 몇 개 있었다. 치마가 짧아지고 화장도 하기 시작했다. 어쩌면 사춘기 아이들의 당연한 변화로 받아들일 수도 있었지만 집에서 다니는 상황이 아니라서인지 걱정이 되었다.

반 친구들도 한동안 집안 사정으로 학교를 안왔던 소진이의 변화를 느끼는 듯 했다. 화장도 안하고 모범생 부류의 친구들과 어울렸던 소진이가 그 친구들과 다소 멀어진 듯 보였다. 화장이 그리 과하지도 않았고 집 나와서 고생하는 아이에게 자꾸 잔소리하고 싶지 않았다. 그냥 그런 변화인가 보다 했다.

그런데 어느 날, 소진이가 보호센터에서 나온다고 했다. 잘 지내고 있나 싶었는데 몇 번 그 센터의 규칙을 안 지켰고 같이 지내는 친구랑 트러블도 생긴 듯 싶었다. 원래 그 곳의 목표는 아이가 가정으로 돌아가기 전까지 숙소를 제공하는 곳이라 소진이의 의사가 중요했다.

소진에게는 서울에서 유치원 교사를 하고 있는 언니가 있다. 언니가 소진이랑 같이 지내기 위해서 김포시내로 이사 오기로 했다. 학교와는 다소 거리가 멀어지지만 친언니랑 지낼 수 있다니 좋을 듯 싶었다.

이번 거처는 고시원이었다. 언니랑 지내는 공간이라고 소개해 준 고시원은 정말 좁고 습하고 책상 한 개, 침대 한 개, 샤워시설만 겨우 있는 곳이었다. 집은 아니었어도 넓은 정원이 있던 보호센터에 비해 너무 협소하고 암울한 기운이 드는 곳이라 또 마음이 아팠다. 그래도 남보다는 가족이 낫다는 소진이의 생각에 나는 물론 언니, 부모님도 동의했다.

언니는 소진이와는 달리 새어머니를 매우 고마운 분이라고 생각하고 있었다. 힘든 가정에 들어와 모든 지원을 해 주신 분으로 생각했다. 소진이를 때리신 건 잘못되었지만 소진이를 위한 일이었다는 것에 대해 아버지처럼 굳게 믿고 있었다. 그리고 소진이가 어머니를 자극하는 무언가가 있다는 것에 대해서도 동의하는 분위기였다. 소진이네 가족을 대할 때마다 혼란스러운 느낌이 들곤 했다.

진학문제도 있고 소진이의 상황을 전해줄 수 있는 건 나뿐이라 어머니와도 통화를 많이 했다. 어머니랑 통화하면서 느낀 것은 역시 '사랑'이었다. 자신의 방법이 잘못되었다는 것을 어머니도 조금씩 느끼고 계시는 것 같았다.

고등학교 가서도 언니의 보호 아래 소진이는 학교에 다녔다. 간간이 전해지는 소식은 한 달에 한 번 정도 부모님과 만나 식사하는 시간을 가지고 있다는 희망적인 이야기였다. 명절에도 가족이 모였다는 소식이 들렸다.

자식을 잘 키우고 싶고 사랑하는 마음에서 비롯된 일이었다. 그 과정에서 아이가 아파했고 또 그걸 표현해 줘서 다행이었다. 완벽하게 다 해결되지는 않았지만 조금씩 풀어가는 어머니와 소진이를 보며 나는 희망

을 보았다. 소진이와 비슷한 상황에 처한 아이들에게 해주고 싶은 말이
있다.

"네가 잘못한 게 아니야! 부모님이 처음이라 실수를 하신 거란다. 힘
이 들 때면 말해주렴. 선생님이 같이 아파해 줄게."

Section
30

철없는 10대들의 사건, 사고

2년 간의 육아휴직을 끝내고 2학기에 복직했다. 오랜만에 출근한 첫 날, 정신 없는 와중에 경찰서에서 전화가 왔다. 순간 집에 두고 온 아이들에게 무슨 일이 생긴 줄 알고 가슴이 철렁했다. 그런데 전화기 너머에서 찾는 사람은 복직하면서 새로 맡게 된 우리반 아이였다. 그렇게 성호는 얼굴을 보기도 전에, 경찰서에서 조사할 것이 있는 아이로 다가왔다.

교실에 들어서자마자 출석부의 이름과 아이들의 얼굴을 확인했다. '김성호'라는 이름을 부르자 작은 체구에 잘생기고 순수해 보이는 아이가 씩 웃으며 "네." 하고 대답한다. 첫날부터 미안했지만 아이를 따로 불러 경찰서에서 전화 온 이유를 물었다.

"아, 그거요. 부천 사는 친구네 놀러 갔다가 돈이 없어서 친구가 주차장에서 돈을 훔칠 때 망을 봤어요."

"주차장에서 어떻게 돈을 훔쳐?"

"주차되어 있는 차 문을 다 열어 보면 가끔 안 잠긴 차들이 있어요."

"그래서 얼마를 훔쳤는데?"

"삼천 원이요."

적은 돈이지만 어쨌든 절도는 절도였다. 상대방 측에서 버릇을 고치겠다며 신고를 한 것이다. 주범은 친구였지만 옆에서 망을 본 성호도 잘못이 있기에 경찰에서 확인차 연락을 한 것이었다. 적은 돈이고 주범이 아니기에 잘 해결되리라 생각했다. 그땐 성호도 나도 작은 사건이겠거니 받아들였던 것 같다.

성호는 처음 걱정과는 달리 온순한 아이였다. 1학기에 담임했던 선생님께서 전해준 말은 의지가 좀 약해서 아침에 일어나는 것을 힘들어 한다고 했다. 심성은 착한데 학교에 잘 안 오거나 늦게 오는 일이 자주 있는 아이였다.

그래도 반 아이들 말이 1학기에 비해 많이 나아진 거라고 한다. 2학기에 새로운 담임이 온다니 아마 이 녀석도 간을 보고 있는 것 같았다. 나와 만난 처음 일주일동안 지각은 했지만 꼬박꼬박 학교에 왔다. 난 매일 아침, 성호에게 '모닝콜'하는 것으로 하루 일과를 시작했다. 그래도 내가 연락하면 늦게라도 학교에 오려고 노력하는 모습이 보였다.

성호가 어울리는 친구들은 선생님들에게 대들기도 하고 술, 담배는 기본인 소위 말하는 학교의 일진이었다. 그래도 의리는 있어서 성호가 학교에 안 올 때면 그 친구들이 나서서 연락해주고는 했다. 이미 결석이 많았던 성호가 며칠 더 빠지면 학교에서 유급된다는 것을 알고 적극적으로 도와주었다. 그렇게 성호는 2학년을 잘 마치는 듯 보였다.

겨울방학 때, 파출소에서 연락이 왔다. 이번에도 성호 관련 연락이었다. 성호와 친구들은 밤에 만나서 새벽까지 놀다보니 추위를 피해 들어갈 곳이 필요했다. 마침, 학교 인근에 새로운 미용실이 생겨서 구경하러 갔단다. 혹시나 싶어 창문을 열어봤는데 열리더란다. 아이들은 창문을 타 넘어 들어갔다. 배가 고파진 아이들은 냉장고를 열어 봤다. 그 안에는 소주, 양주가 몇 병 있었다. 아이들은 그 술을 모두 다 나눠 마시고 취기가 올랐다.

마침 무리 중에는 같은 동네에서 미용실을 운영하는 어머니를 둔 아이가 있었다. 친구 어머니의 경쟁업체가 될, 새 미용실이 마음에 안 들었다고 한다. 친구들은 이발기(바리깡)로 미용실 마네킹의 가발을 밀었다. 몇몇은 독한 술에 못 이겨 새로 인테리어 해 놓은 벽과 바닥에 토를 해 놓았다. 그렇게 아이들은 취기 반, 의리 반으로 새 미용실을 망쳐 놓았다. 성호는 주도적이지는 않았지만 같은 공간에 있으면서 함께 했다. 당연히 그 만행들은 CCTV에 고스란히 찍혔다.

새 미용실 주인은 화가 나서 고소를 했다. 합의 이야기가 오고 갔다. 생각보다 큰 금액이었다. 그런 와중에 성호는 지난 절도 사건에 발목이 잡혔다. 망을 본 거라 괜찮을 줄 알았는데 기록이 남아 있었고 아직 그 사건이 진행 중인 도중에 이번 사건이 벌어진 것이다.

그렇게 성호는 보호관찰에 들어갔다. 보호관찰은 청소년을 대상으로 일정 기간 동안 죄를 반성할 기회를 주는 것이다. 그 기간 동안 보호 관찰관이 지정한 시간에 집 전화를 받고 다른 사건, 사고가 없으면 용서해 주는 제도이다. 괜찮을 줄 알았다. 성호가 심성은 착한 아이였으니까!

그런데 그 다음 해, 사건이 또 터졌다.

어느 주말, 성호는 의리파 친구들과 강화도에 놀러 갔다. 놀다가 길거리에 차 열쇠가 꽂힌 채 시동이 걸린 차량을 발견했다. 주변을 둘러보아도 차량의 주인이 없었다고 한다. 호기심이 발동한 한 아이가 운전대를 잡았다. 성호와 아이들이 덩달아 탔다. 그렇게 아이들은 차를 운전해 강화에서 본인들의 집이 있는 동네를 지나 김포로 향했다. 꽤 먼 거리를 운전해 온 것이다. 아마도 어떻게 세워야 하는지 몰랐던 것 같다. 그러다 집에 돌아가야겠다는 생각이 들어 옆으로 빠졌다고 한다. 운전이 미숙한 아이는 어떤 건물을 들이 받았다. 하필 그건 바로 군인들이 지키고 있는 검문소였다. 바로 경찰서로 인계되었다. 성호는 친구들이 타는 걸 보고 따라 탔다. 그게 다였다. 그러나 보호관찰 중인 상태였다. 성호는 선처를 바랐다. 주범도 아니고 옆에 같이 타 있었을 뿐이라고 하면서.

다른 친구들은 용서를 빌고 합의를 해서 해결되어 학교에 다녔다. 그런데 보호관찰 중이었던 성호는 소년원 직전 단계인 아이들이 거치는 소년분류심사원에 가게 되었다. 붙여진 죄목은 다양했다. 차량 절도, 미성년자 운전으로 인한 도로교통법 위반, 무면허 사고, 국가재산 침범 등등.

영화나 드라마에서 보는 소년원 아이들은 무척 나쁜 아이들이었다. 난폭하고 잔인한 범죄를 일삼는 아이들…. 그런데 내가 본 성호는 다소 무기력할 뿐이지 정말 선한 아이였다. 교사에게 대들거나 혹은 친구들에게 해를 가하는 캐릭터가 아니었다. 잘못이라면 친구들 따라 나쁜 행동을 거부하지 않고 그저 옆에 있었을 뿐이었다. 물론 사건이 생길 때마다 동조하지 말아야 했다는 생각은 늘 뒤늦은 후회로 다가왔다고 한다.

소년분류심사원에 면회를 갔다. 교직생활 중 다양한 아이들을 거쳤지만 이런 곳은 처음이었다. 면회 수칙이 나열되어 있었다. 하루에 1회 이상은 면회가 불가능하다고 했다. 일명 사식이라 불리는 음식도 제한적이었다. 그 곳에서 판매하는 것으로만 사야 했다. 성호가 좋아할 만한 과자를 사서 순서를 기다렸다.

번호가 호명되어 투명 창 같은 곳으로 가 앉아 있었다. 드라마에서나

보던 교도소 면회 장소가 떠올랐다. 잠시 후, 덩치가 크고 겉보기에도 무서워 보이는 형들 사이에 체구 작은 성호가 서 있었다. 그 곳 생활복인 듯 보이는 체육복을 입고 나타났다.

나도 모르게 눈물이 흘렀다. 의외로 성호는 담담했다. 특유의 미소를 지으며 이야기했다.

"여기서 생활 잘하면 나갈 수 있대요. 금방 나갈 수 있을 거예요."

학교와 의리파 친구들 소식을 전해 주었다. 친구들 소식을 들어서인지 해맑게 웃는다. 내가 생각했던 원망의 눈빛조차도 없다. 그들은 친구였다.

성호 면회를 다녀왔다는 소식이 교내에 쫙 퍼졌다. 의리파 친구들은 하나, 둘씩 내게 온순해졌다. 수업시간에 껄렁대던 모습까지도 없어졌다. 자신의 친구를 돌봐 준 스승을 대하는 듯했다. 마음 한구석으로는 '누구 때문에 성호가 거기까지 갔는데'라는 생각이 들어 화가 나다가도 현실에서 온순해진 일진들이 반가운 건 나의 이기심이었을 것 같다.

그렇게 성호가 곧 돌아올 거라고 다들 생각했다. 그런데 위탁교육 명령이 내려졌다. 보호관찰 기간 동안의 불성실과 계속된 사건사고로 판사는 성호가 친구들과 떨어져 있을 필요가 있다고 판단했던 것 같다.

의리파 친구들이 생각하기에도 자기네 무리 중에 제일 선한 성호. 그렇게 성호는 오래도록 돌아오지 못했다. 시험기간에도 시험지를 위탁기관에 송부하여 따로 시험을 치뤄야 했다. 시험지와 함께 온 성호의 편지는 반갑기도 했지만 마음이 아팠다.

편지에는

"매일 아침마다 선생님의 전화가 왔을 땐, 귀찮기도 하고 짜증도 났었는데 지금은 그 전화가 그리워요. 친구들도 많이 보고 싶어요. 돌아가면 정말 잘할 거예요."

라는 다짐으로 가득했다.

여름이 지나 고등학교 입학원서를 쓸 때까지 오랜 기간 동안 성호는 그 곳에서 나오지 못했다.

고등학교 원서를 세 군데나 써야 했다. 처음부터 성호는 친구들이 가는 고등학교에 가길 원했다. 그저 친구들이 가는 곳이라면 그 고생을 겪고도 좋나 보다. 그런데 성적도 안 좋은 데다 출결점수도 거의 바닥이니 모두 떨어졌다.

결국 지역에서 불합격한 아이들만 모이는 곳에 진학하게 됐다. 의리파 친구들 중 2명이 성호와 같이 진학하게 되었다. 의리를 지키려고 모인 것이라기보다 가려던 고등학교에 떨어져서 의리를 지키게 된 꼴이었다.

그렇게 성호는 졸업을 했다. 졸업을 하고 처음 얼마간은 졸업생들이 자주 찾아온다. 중3 담임이 그립거나 고1 생활이 힘들어서 혹은 색다른 교복을 입은 모습을 보여주려 다양한 형태로 중학교를 찾는다.

오히려 모범생들보다 말썽 피운 녀석들이 더 잘 찾아온다. 역시 의리파 친구들도 학교를 찾아오는데 성호만 보이질 않았다.

"요즘 성호 학교 잘 나오니?"

"네, 잘 다녀요."

마음이 허전했다. 내가 그 녀석한테 쏟은 애정이 있는데 좀 서운하기도 하고 속상했다. 그 마음이 느껴졌는지 의리파 중 한 녀석이

"성호 좀 오라고 할까요?"

라고 물었다.

"응, 어떻게 살고 있는지 궁금하네. 교복 입은 모습도 보고 싶고……."

그 말을 전해 들었는지 어느 점심시간 성호가 의리파 친구들과 쭈뼛거리며 나타났다. 요즘 잘 지내냐는 물음에 특유의 잘생긴 미소와 수줍음을 날린다.

"다른 애들은 오는데, 너 안 와서 서운했어."

라고 하니 돌아온 한 마디.

"뭐 잘 한 게 있어야 오죠. 잘 돼서 오고 싶었어요."

라고 어른스러운 답변을 툭 던진다.

뭔가 싸르르한 감정이 지나갔다.

"선생님 마음은 안그래. 너희들이 잘 되고 안 되고 상관없이 그냥 너희가 오는 것만으로도 좋아."

"제 마음은 안 그래요. 잘 되어서 오고 싶어요. 그 때 찾아올게요."

라는 마지막 말을 하고 성호는 꾸벅 인사하고 갔다.

그렇게 간 뒤로 아직까지도 성호는 연락이 없다. 얼마나 잘 되어서 오

려는 건지, 잘 되지 못한 건지, 아니면 나에게 던진 그 말을 잊은 건지는 모르겠다. 그래도 한 번씩 SNS 프로필 사진에 그 녀석 얼굴이 바뀔 때면 나는 혼자 응원의 메시지를 던져본다.

"잘 지내고 있는 거지? 기다릴게."

아프게
해서
미안해

Section
31

집에서만 나쁜 아이

학기 초 첫 주를 지내보면 눈에 띄는 아이들이 있다. 아직 서로에 대해 모르고 각자 반에서의 역할이 정해져 있지 않을 때이다. 대청소를 해보면 누가 우리반의 일꾼인지 바로 보인다. 이런 아이들의 특징은 누가 시키지 않아도 쓰레기통 청소나 사물함 나르기 등의 일을 할 때, 자주 눈에 띈다. 성택이는 바로 그런 아이였다.

임시 반장을 정할 때, 먼저 자기 추천으로 하고 싶은 사람을 받는다. 대부분은 학급 회장에 뜻이 있거나 작년에 학급 임원을 한 아이들이 손을 든다. 혹은 서로 눈치를 보느라 아무도 안 나서는 경우도 있다. 그해 반 아이들은 후자였다.

"임시 반장은 어려운 게 아니라 새로운 학급 임원이 뽑힐 때까지 반을 위해 봉사하는 사람이야. 누구 해 볼 사람 없니?"

라고 하니 성택이가 슬그머니 손을 들었다.

그렇게 성택이는 여러 곳에서 눈에 띄는 아이였다. 그런데 리더십이 있다기 보다 묵묵히 청소와 봉사를 하고 문단속까지 나서서 하는 그런 아이였다.

학급 임원을 뽑는 날, 입후보자는 몇 명 나왔지만 그동안 열심히 해 온 성택이를 따로 불렀다.

"선생님은 성택이가 회장 후보에 나오면 좋을 것 같은데 어떠니?"

"전 안 할래요."

"그래? 선생님은 성택이가 봉사심도 투철하고 모든 일에 열심히 해서 잘할 거라 생각했는데…."

"봉사는 열심히 할게요. 시킬 일 있으시면 언제든지 시켜주세요."

"그래, 고맙다."

그렇게 성택이는 회장 후보에 나서지도 않았고 다른 아이가 회장이 되었다. 다른 아이가 임원으로 선출된 뒤에도 성택이는 슈퍼맨처럼 학급의 해결사였다.

학급 분리수거를 할 때도 방과 후 수업에 참여하는 것도 토요일에 직업체험하는 활동에도 늘 성택이는 참가했다. 학교에 남아서 야간 자기주도학습에도 물론 열심히 참여했다. 심지어는 반 아이들이 갑자기 아이스크림 등을 먹는 날에도 누가 시키지 않아도 검은 봉지를 들고 다니며 쓰레기가 생기기 전에 치우는 아이였다. 당연히 학기말 동료 평가에서 반에서 가장 봉사심이 투철한 아이, 모든 일에 열심히 하는 아이에 성택이는 몰표의 지지를 받았다.

그런데 어느 날, 심리검사 결과가 나온 날이었다.

"선생님네 반 성택이가 자살 위험 증후군으로 나왔어요."

"네? 성택이 가요? 그럴 리가 없는데……."

검사 결과가 잘못된 줄 알았다. 학교에서 본 성택이는 정말 그럴 리가 없는 학생이었다. 어머니께 상담 차 전화를 드렸다.

"아이고, 그 녀석 결국 일이 터졌네. 터졌어."

아무 설명도 못 하고

"저 성택이 담임인데요."

라는 말이 떨어지자마자 나온 소리였다. 급히 성택이가 학교생활은 아주 잘하고 있다고 설명해 드렸지만 듣지도 않으시고 이야기를 쏟아내신다.

"그 녀석이 아주 미쳤어. 미쳤어. 아유, 선생님. 걔가 지 누나 알몸을 동영상 찍는 애예요. 그러니 지 누나가 아주 벌레 취급하지. 내가 그 녀석 핸드폰을 봤는데, 아유 요즘 애들 왜 그래요? 다 ××놈들이야."

속사포처럼 쏟아내신 이야기에는 욕설이 매우 많이 섞여 있었다. 아들에 관한 이야기가 아닌 무슨 범죄자 이야기하듯 하는 말투였다.

흥분하셔서 성택이의 장점에 대해 언급할 시간조차 없었다. 어렵사리 학교에 방문해 달라고 부탁을 드렸다.

성택이 어머니의 첫인상은 성택이 또래 어머니들에 비해 나이 드신 시골 할머니 같은 느낌이었다. 오자마자 아들을 또, '죽일 놈'이라면서 이야기를 풀어 놓으셨다.

어느 날, 누나가 샤워를 하러 들어간다고 하는데 성택이가 잠깐만 볼 일 있다면서 화장실에 들어갔다 나왔다고 한다. 누나가 샤워를 하다가 뭔가 반짝거려서 보니까 수건 사이에 성택이의 핸드폰이 있었고 동영상 촬영이 진행 중인 상태였다. 당연히 누나는 소리를 질렀다. 빼앗은 핸드폰에는 아주 적나라한 야한 동영상이 가득했다.

그때부터 성택이는 친 누나의 누드 동영상을 촬영해서 친구들에게 퍼뜨리려 한 파렴치한으로 취급을 받았다. 그 때 아버님은 어떻게 반응하셨냐 하니 평소에는 농장에 계시고 주말에만 집에 오신다고 한다. 아이들 교육에는 전혀 아무 말씀이 없으셨던 것 같다.

성택이의 집 사정에 대해 여쭤보니 누나 두 명이 각자 자신의 방이 있고 성택이는 엄마랑 거실에서 같이 잔다고 하셨다. 사춘기 남자아이였다. 개인의 공간이 필요한 나이였을 것이다. 사춘기 남자아이들에 대해 말씀드렸다. 어머니는 뭔가 적잖이 충격을 받으신 것 같았다. 전문 상담 선생님과 이야기가 필요해 보여 연결해 드렸다.

이야기를 다 들으신 상담 선생님은

"어머니, 일단 제일 먼저 성택이 방부터 만들어 주세요. 집 공사를 하시든지, 딸 두 명이 같은 방을 쓰게 하시든지 해서요. 사춘기 남자 애들은 다 그렇습니다. 어머님께서 성택이에게 처음 그런 일이 일어났을 때 어떻게 반응하시느냐에 따라 사춘기를 잘 보낼 수도 있고 그런 것에 집착하게 할 수도 있습니다. 지금 보니 어머니와 누나들의 대응이 성택이에게 좋은 방향이 아닌 나쁜 쪽으로 고착화 시키신 것 같습니다."라고 하시면서 또 한 번, 사춘기 남자아이들이 얼마나 성에 대해 관심이 많고 민감한 시기인지를 설명해 드렸다.

"제가 뭘 알아요. 딸 두 명만 키우다가 아들 녀석 하나 키우기가 너무 힘들어요. 아버지라는 사람은 저한테만 맡겨두고. 내가 잘못 키웠다고만 하고……."

하시면서 펑펑 우셨다.

어머님이 좀 진정이 되신 후에 성택이의 학교생활에 대해 자세히 말씀드렸다. 학급과 학교에서 얼마나 잘 하는지….

어머니는 충격을 많이 받으신 듯했다.

"전 이 녀석이 언제 학교에서 연락 오나 늘 걱정이었어요. 그 녀석이 그렇게 학교생활을 잘 하고 있는 줄 몰랐어요. 아무도 그런 이야기는 해

주지 않았어요. 그냥 늘 집에 늦게만 온다고 생각했죠. 집에 오면 지 누나가 엄청 잡으니……. 그 녀석은 집에서 인형하고만 이야기해요."

인형이라니 충격이었다. 다 큰 녀석이 집에서는 인형하고만 이야기를 한다니….

그 사건 이후로 아무도 상대를 해주지 않으니 서로 말을 안 섞었고 필요한 이야기가 있을 경우는 인형을 통해서 이야기를 한다는 것이었다.

큰누나는 당사자니 아직도 집에만 오면 인간쓰레기 취급을 하고 작은누나가 가끔 인형을 통해 성택이와 이야기를 나눈다고 한다.

집에서 성택이는 나쁜 아이였다. 아무도 감싸주지 않는, 그래서 그렇게 성택이가 학교의 모든 행사와 수업에 열심이었나 보다. 학교에서는 정말 괜찮은 학생이 집에만 가면 가족들이 모두 벌레 취급하는 아이였으니…. 주말 활동에도 그렇게 적극적이었던 이유도 주말이 되면 큰 누나가 기숙사에서 나오는 날이라 그랬을 거라는 생각이 들었다. 방학이 되면 큰 누나가 와 있을 텐데 벌써부터 걱정이라며 한숨을 쉬셨다. 성택이가 굳이 기숙사가 있는 마이스터고로 진학하겠다고 했던 것까지도 다 그런 이유라고 느껴졌다.

누구나 처음 부모가 된다. 교육을 통해 자식을 어떻게 키우는 게 좋은지 배우는 것이 아니라서 다들 실수를 한다.

성택이의 행동은 분명 잘못된 행동은 맞다. 그런데 그 때, 집에서 단한 명만이라도 성택이의 행동을 이해해 줬더라면 얼마나 좋았을까? 사춘기 남자아이들에게 어떻게 해줘야 하는지 알았다면 성택이가 감옥처럼 생각하는 집에서 살지는 않았을 텐데.

성택이가 아픔을 표현해줘서 그런 사실을 알게 되었다. 다행이었다. 집에서의 상황이 쉽게 바뀌기는 힘들 것이다. 그래도 이번 일을 계기로 어머니는 성택이를 조금은 이해하게 된 것 같았다. 아버지께서 주말에만 쓰시던 안방을 성택이의 방으로 만들었다는 이야기도 들렸다. 성택이의 표정은 내 느낌인지 모르지만 한결 밝아졌다. 어머니와 인형을 통해서가 아닌 직접 대화도 한다는 이야기도 들렸다.

워낙 품성이 괜찮은 아이였으니 아픈 만큼 회복도 빠른 느낌이었다. 가족 중의 단 한 명만이라도 그 아이를 믿어주는 사람이 있으면 올바르게 큰다고 했다.

학교에서 생활을 잘 하는 아이가 모든 면에서도 잘 할 거라는 생각을 뒤집어 준 성택이. 아이들을 여러 측면에서 바라보게 하는 계기가 되어 준 아이. 지금은 잘 지내리라고 믿는다.

아프게
해서
미안해

Section

32

그냥 서로 포기하자!

학기 초 반 아이들을 대상으로 '어린 시절 사진 가져오기' 이벤트를 한 적이 있다. 아이들의 어렸을 때 사진을 전시해 놓고 누구의 어릴 때 모습인지 맞추기도 하고 그 사진을 보면서 이야기를 나눈다. 그러다 보면 서로 친해지는 계기가 되어 아이들의 호응이 좋은 이벤트 중의 하나이다. 가끔은 사진 속에서 같은 유치원 출신들이 중학생이 되어 같은 반으로 다시 만나는 경우를 발견할 때도 있다. 그러면 서로의 어렸을 때 기억을 더듬어 보기도 하며 즐거운 시간이 된다.

그 해는 사진 속의 남자아이가 눈이 크고 뽀얗고 하얀 피부에 마치 배우 장동건의 어릴 적 모습 같은 사진이 있어 화제였다. 그 사진의 주인공이 누구인지 궁금해하던 차에 정답이 밝혀진 순간 다들 경악을 금치 못했다.

그 사진의 주인은 눈은 여전히 컸지만 여드름 가득한 까만 얼굴에 그 미소년의 모습을 찾으려 해도 찾기 힘든 승용이었다. 심지어 덩치도 엄청 커서 '산적' 분위기가 풍겼다. 친구들이 다들 '말도 안 돼'라고 하는 표정을 지으면서 마구 웃자

"내가 예전에는 인기 많았어."

라고 큰 소리로 말하며 눈을 부라렸다.

장난기가 발동한 나는

"승용아, 그동안 대체 무슨 일이 있었던 거야? 어떻게 얼굴이 이렇게 변해?"

라며 농담을 던졌고, 그 녀석은 큰 소리로 대응하면서

"선생님까지 왜 이러세요. 그거 제 사진 맞단 말이에요. 저 지금도 인기 많아요."

라고 소리쳤다.

그러자 누군가가

"승용이 여자친구가 윤주였는데 최근에 헤어졌대요."

라고 외쳤고, 아이들의 시선은 일제히 윤주라는 아이를 향했다.

윤주는 이번 3학년에 올라와서 반장 된 아이였다. 윤주가 반장 될 때 남자아이들의 지지가 많았다. 거기에 승용이가 적극적으로 윤주를 뽑자고 했다는 이야기를 들었었다. 나는 한술 더 떠서

"그래서 헤어진 여자 친구를 위해 선거운동을 해 주었구나. 승용이 진짜 멋진 남자구나!"

"아, 그건 아니에요."

손사래 치며 얼굴이 빨개지는 승용이 때문에 우리반은 웃음바다가 되었다.

그 일을 계기로 승용이가 반의 스타(?)로 떠올랐다. 반에 무슨 일이 있을 때마다 승용이가 적극적으로 나서면,

"역시 승용이는 진~~짜 멋진 남자지!"

라며 친구들뿐만 아니라 선생님인 나까지 놀려댔다.

성격상 목소리도 크고 학급 일에도 열심인 녀석은 졸지에 헤어진 여자를 못 잊고 그녀를 도와주는 멋진(?) 남자가 되어 버렸다.

거기에다 얼마 지나지 않아서 윤주를 좋아하는 같은 반 남자아이가 있어 윤주에게 고백을 한다는 소문이 돌았다. 그 남자 아이가 고백을 하기도 전에 다들

"승용이는 어쩌나, 우정을 택할 것이냐, 사랑을 택할 것이냐?"

라며 또 놀려댔고 승용이는 그 특유의 눈을 부라리며

"나랑 상관없다고, 고백해."

라며 응수했다.

그 남자아이, 승준이는 결국 윤주에게 고백을 했고 둘은 사귀게 되었다. 한창 이성에 관심이 많은 나이라 누가 누구를 좋아하고 사귀는 일에 관심이 많을 때였다. 우리반은 둘의 연애사에도 놀려댔으나 역시 반응이 크고 확실한 승용이를 놀리는 것만큼 재미있는 것은 없었다.

승용이가 기분이 안 좋아 보이는 날이면

"윤주가 다른 남자에게 떠나서 그렇지. 흑흑."

이라고 놀렸다.

또, 학급 일에 안 나서면

"역시 다른 남자의 여자친구가 된 옛날 여자친구를 위해 애정을 유지하기는 힘들지."

라고 놀렸다.

그냥 무엇을 해도 승용이를 놀렸고 그 때마다 승용이는 특유의 눈을 부라리며 아니라고는 했지만 크게 기분 나빠하지는 않아 보여 그런 장난은 계속됐다. 담임인 나도 그 분위기에 합류해서

"이번 문제는 옛날 여자친구의 남자친구를 같은 반에서 봐야 하는 슬픈 남자가 풀어보자."

라고 하면 아이들이

"김승용! 김승용!"

이라고 외쳤고 승용이는 특유의 큰 반응을 보여 반 전체가 웃는 일이

자주 있었다.

그러던 어느 날, 다른 교과 선생님께서 우리반 분위기에 대해서 언급을 했고 '김승용'이 가장 큰 문제라는 식으로 말씀을 하셨다. 반 분위기가 너무 조용한 반보다는 수다스러운 반을 더 선호하는 나랑은 다른 선생님이셨다. 그 안에서 덩치도 크고 시끄러운 승용이가 눈엣가시인 듯했다. 승용이와 나의 분위기는 심각하게 이야기를 나누는 관계가 아닌 가볍게 장난을 치는 분위기였던 터라 장난스럽게 승용이에게,

"여자는 너무 떠드는 남자보다 좀 과묵한 남자를 좋아해. 좀 조용히 좀 하자!"

라며 주의를 줬다.

그런데 그 선생님과 승용이와의 관계가 계속 안 좋은지 담임교사인 나에게 그 아이 하나 때문에 수업이 안 된다는 등의 말씀을 자주 하셨다.

좋은 소리도 한 두 번인데 자꾸 그런 안 좋은 소리를 들어 기분이 좀 안 좋아졌다. 승용이가 공부에 관심이 없는 것도 맞고 떠들기도 잘하는 건 사실이었다. 승용이에게 주의를 줬지만 별로 달라지는 것도 아니니 나까지 한층 감정이 안 좋아진 상태였다. 그래도 교과시간에 해결하지 못하고 담임교사에게 자꾸 언급하시니 승용이를 두둔하는 말투로

"그래도 걔가 성격은 좋아서 잘 구슬리면 금방 괜찮아져요."

라며 승용이 편을 들기도 했다.

그런데 설상가상으로 승용이가 그 선생님 시간에 전자담배를 만지다

가 걸리는 사건이 발생했다. 그렇지 않아도 승용이가 마음에 안 드셨던 선생님이 나에게 그 사건을 언급하실 때, '선생님은 아직도 그 아이가 괜찮은 애라고 말할 겁니까?'라는 눈빛으로 내게 말씀하시는 것 같았다.

갑자기 녀석한테 배신감이 느껴지면서 진정이 되지 않은 상태로 우리 반 수업에 들어갔다. 수업을 하던 중에 그 녀석이 또 친구들이랑 낄낄대며 떠들어댔다. 평소 같았으면 같이 농담하면서 잘 구슬렸을텐데 순간 화가 났다.

"김승용! 넌 대체 언제 철들래? 내가 너 때문에 다른 선생님들한테 얼마나 부끄러운 줄 알아?"

버럭 소리를 질렀다.

그런데 그 녀석이 평소처럼 나에게 농담을 쳤다.

"에이, 왜 그러세요. 괜히 나한테만 그래."

순간 화가 너무 났다.

"야! 너 전자담배가 웬 말이야?!"

그렇게 시작된 내 비난은 그동안 그 선생님이 내게 했던 승용이에 대한 이야기를 마치 내 생각인양 반 아이들 앞에서 쏟아내고 있었다.

그러자 승용이가 갑자기 버럭 대들면서

"선생님은 왜 맨날 나만 갖고 그래요?"

라며 큰 소리를 쳤다.

순간 '이 녀석이 나한테 왜 이러지?'라는 마음에 깜짝 놀랐다. 마침 다행히도 종이 쳤다. 그대로 질 수 없기에

"너 당장 따라 내려와!"

하고 교무실로 내려갔다.

교무실로 가기에는 큰 소리가 날 것 같아 아무도 없는 휴게실에서 승용이와 마주하였다. 아직도 화가 난 상태였다.

"너 대체 왜 그러는 거야? 네가 나한테 이럴 수 있어?"

"선생님은 왜 저한테만 그러세요?"

"담임이니까 그렇지!"

"반 애들 앞에서 늘 저만 놀리시잖아요!"

"너도 나한테 농담하잖아!"

"저한테만 하니까 싫어요!"

정말 말하기에도 유치한 대화가 서로 오고 갔다.

내 마음은 '이 녀석과 내가 그동안 쌓았던 유대 관계는 어디 갔고 반 아이들 앞에서 나를 망신 줬나'였다. 마음의 평정이 안 된 나는

"그럼 담임이 너 잘못한 일도 지적 못 해? 네가 그렇게 못 받아들이면 나도 안 할게! 너 포기하면 되지?"

라는 말을 내뱉어 버렸고,

"네! 포기하세요. 저 좀 제발 그만 내버려 두세요!"

라고 그 녀석 또한 말했다.

"그래! 그럼 난 너 포기할 테니까 너 알아서 해!"

라고 했다. 그 순간 종이 쳐버려서

"수업 들어가!"

라고 소리치고 상담도 훈계도 아닌 채로 끝내 버렸다.

그렇게 승용이와 나는 학생과 선생이 아닌 친구들 사이의 무슨 유치한 싸움하듯이 해결도 안 된 채로 지냈다. 반 아이들도 그런 분위기를 눈치챘는지 조심하는 분위기가 보였다. 그러고 보니 윤주 관련해서 승용이를 놀리는 분위기도 없어졌다. 심지어 담임인 내가 그 분위기를 조장했었나 싶은 생각이 들었다. 다른 애들한테 넌지시 혹시 내가 승용이한테만 너무 뭐라고 하는 것 같냐고 물으니 아니라는 반응도 많이 있었지만 '선생님이 심하기는 하셨죠.'라는 의견도 있었다. 나는 녀석과 친해지는 방법이라고 생각한 것이 혹시 상처가 됐을 수도 있겠다는 생각이 들어 마음이 좀 안 좋았다. 승용이도 나하고 그렇게 싸운(?) 뒤로 되도록 눈 밖에 나는 일이 없도록 노력하는 모습이 보였다. 그렇게 녀석하고는 서로 평행선 걷듯이 행동했다.

그러다 고등학교 입학원서를 쓰는 시기가 되었고 승용이의 봉사시간이 부족하다는 것을 알게 되어 이야기를 나누게 됐다. 그런데 승용이가 주말에 아르바이트를 하느라 바빠서 봉사할 시간이 없다는 것을 알게 됐다. 그러고 보니 주말마다 바쁘다고 했던 이유가 그거였다. 집이 어려워서 본인의 용돈은 자기가 번다고 했다. 아르바이트 비를 받아서 어머니 내복도 사줬다는 이야기도 들렸다. 늘 녀석하고는 장난만 치던 사이라 그런 속 사정을 이제야 알게 되었다는 게 미안했다. 그래도 녀석은 평일 시간을 아껴서 담임하고 약속한 봉사시간은 다 채우는 모습을 보여줬다. 이 녀석과는 그 때 그 일 이후로 장난스러운 말은 오고 가지 않았지만 녀석도 나도 서로 조심하는 상태로 졸업까지 맞았다.

다음 해는 개인적인 사유로 휴직을 한 상태였다. 스승의 날 오후 시간쯤, 작년 아이들로부터 전화가 왔다.

"선생님, 저희 지금 부천으로 가고 있어요. 좀 이따가 만나요."

깜짝 놀랐다. 김포에서 부천은 대중교통으로 오기에는 버스를 두 번이나 갈아타야 하는 곳이었다. 도착한 멤버 중에 눈에 띄는 아이는 단연 승용이었다. 승용이가 목발을 짚고 나타났기 때문이다. 깜짝 놀라는 나에게 아이들이 쫑알거린다.

"승용이가 스승의 날인데 선생님 찾아뵈어야 하지 않느냐고 애들한테다 연락했어요. 주소도 승용이가 알아내고 선생님 집까지 오는 길도 승용이가 다 알아봤어요."

너무 고마웠다. 이 녀석이랑 나랑 그 때 그렇게 싸운 이후로 서로 조심하기는 했지만 그 일에 대해 풀지 못했다. 그 마음이 사르르 녹는 것 같았다. 그런데 고맙다는 이야기를 할 사이는 아니었다.

"승용이 구박한 보람이 있네. 나한테 맛있는 거 얻어먹으려고 왔지?"

"당연하죠. 선생님 돈 왕창 쓰게 할 거예요. 맛있는 거 많이 사주세요!"

아이들은 우리 둘 사이를 보며 웃었고, 여전히 윤주와 사귀고 있는 승준이와 승용이를 들먹거리면서 놀려댔다. 그렇게 우리의 감정은 풀린 것 같다. 목발을 짚고서 대중교통을 타고 오는 길도, 돌아가는 길도 쉽지 않았을 텐데 녀석의 사과를 받은 것 같아 참 기분이 좋았다.

그 일을 계기로 승용이는 내 생일에도,

"선생님! 애들이랑 찾아뵙고 싶었는데 아이들 시간이 맞지 않아 인사만 드립니다. 생신 축하해요."

라고 연락을 해왔다.

그 다음 해, 복직을 했을 때도 승용이가 제일 먼저 연락을 해 와서 모이는 날짜를 잡았다. 복직 기념 파티라고 케이크까지 준비를 해줘서 감동이었다. 고마운 마음을 전해야 하는데 우리 사이에 닭살스러운 멘트는 안 어울렸다.

"와! 선생님이 제일 구박했던 승용이 덕분에 우리가 이렇게 모였네. 어쨌든! 고맙다."

"저 오늘도 선생님한테 맛있는 거 사달라고 왔어요."

"그럴 줄 알고 준비했지. 마음껏들 먹어."

그 후로도 승용이는 스승의 날이면

"선생님 애들이랑 찾아 뵐게요."

라며 연락을 해왔고 최근에는 취직을 했다고 첫 월급 타면 찾아뵙겠다며 종종 연락을 해왔다.

요즘은 녀석과 나는 어쩌면 서로 싸우기는 했지만 오래된 친구 같은 사이인지도 모른다는 생각이 든다.

이번 겨울쯤 승용이에게 내가 먼저 연락을 해야겠다. 오래된 친구끼리 한잔하자고. 선생님과 제자 사이가 친구가 되지 말란 법은 없으니!!

Section
33

선생님! 저 결혼해요

교직생활을 하면서 학생에게는 별일 아니었을지 모르지만 내게는 큰 힘이 되는 경우가 있다. 또 반대로 나는 별 생각 없이 던진 말이 아이에게는 소중한 기억이 되어 나에게 돌아오는 경우도 있다.

어느 졸업식. 그 해가 내게는 뜻깊은 한 해였다. 아이들 졸업과 동시에 나도 아가씨 생활을 졸업하고 한 사람의 아내로 살아가게 된 해였다.

남편 될 사람을 그 전 해, 1월 7일에 만나서 다음 해 1월 7일에 결혼을 했으니 내 연애기간 내내 그 해 아이들과 함께한 해였다. 당연히 나의 연애사에 대해 우리반 아이들은 관심이 있었고 나도 수업이 지루해지거나 야간 자기주도학습(야자)시간에 아이들이 힘들어할 때면 내 연애에 대해 이야기를 약간 해주곤 했다. 물론 내가 학교에서 힘든 일이 있으면 자연스럽게 남자친구도 알게 되는 상황이었다.

그래선지 늘 그 해 아이들을 생각하면 친구같이 스스럼없이 지내기는 했으나 내 결혼 준비로 소홀하진 않았나 싶은 마음이 든다. 그랬던 그 아이들이 어느새 커서 결혼을 한다며 하나 둘씩 청첩장을 보내온다. 그럴 때면 졸업여행에서 돌아오던 버스 안의 장면이 떠오르곤 한다.

추운 겨울, 원서를 다 쓰고 아직 합격자 발표가 나오기 전에 졸업여행을 다녀오던 길이었다. 곧 방학을 앞두고 있었고 내 결혼 날짜도 다가오고 있었다. 돌아오는 차 안에서 아이들에게 할 말이 있다며 집중을 시켰다.

"얘들아, 그 사람 알지? 너희들 야자할 때 간식 보내줬던 분. 그 사람이랑 나 다음 주에 결혼해."

"꺄악~."

소리와 함께 이곳 저곳에서

"그분이랑 잘 될 줄 알았습니다."

환호성이 터져 나왔다.

"축가는 저희에게 맡기세요." 등등.

그렇게 버스 안에서 결혼 발표를 했고, 아이들은 진심으로 축하를 해줬다.

그런데 이 녀석들이 결혼식 전날까지도 축가를 어떻게 한다는 말도 없고 연습하는 기미도 보이지 않는 것이었다. 방학도 해버렸으니 연습할 시간도 없었던 것은 당연하다. 그럼 식순에서 빼야 하는데 자기들에게 맡기라고 했으니 물어보기도 뭐하고 나도 결혼식 준비로 바빴다.

결혼식 당일, 2시 40분이라는 늦은 결혼식이었는데 신부대기실도 아닌 열심히 화장하고 있는 미용실로 아이들이 속속들이 도착 했다. 우리 반 아이들뿐 아니라 다른 반 아이들까지 눈에 보였다. 방학인데도 이렇게들 많이 와주니 고맙기도 하고 살짝 식비가 걱정이기도 했다. 그래도 기분 좋은 날이니 그까짓 식비쯤이야.

축가는 네 명이서 준비를 했고 같이 플래카드도 만들고 신랑, 신부 이름도 넣어서 노래를 불러주었다. 또 다른 녀석들은 스카우트라며 스카우트 구호를 외쳐주기도 했다. 몇몇 아이들이 함께 모은 축의금 봉투에는 12,520원이 들어 있었다. 용돈을 탈탈 털은 것이었는지 20원 단위까지 들어 있어 그날 축의금 걷어주셨던 분이 내 평생 이렇게 의미 있는 축의금 봉투는 처음이라며 제일 앞에 두어 내게 전해 주셨다. 그 봉투는 지금도 간직하고 있다.

또 어떤 아이는 내게 '부부로 산다는 것'이라는 책을 선물해주었다. 결혼하고 이사를 여러 번 다니면서도 그 책만은 처분하지 못하고 아직도 간직하고 있다. 또 다른 그룹은 첫날 밤 입으라며 야한 속옷 세트를, 어떤 아이들은 커플 잠옷을 선물해줬다. 반 아이들이 일률적으로 돈을 걸어 선물한 것이 아닌 각자가 자신의 사정에 맞춰 준비한 마음의 선물이라 너무도 고마웠다. 그 고마운 마음을 표현해야 하는데 쉽지 않았다. 졸업하던 날 아이들에게

"선생님 결혼식에 와줘서 너무 고마워. 너희들 결혼할 때 꼭 연락해라. 선생님이 꼭 참석할게."

라고 인사를 했다.

그래서인지 모르겠지만 다른 해 담임했던 아이들에 비해 그 해 아이들은 결혼한다고 청첩장을 종종 보내온다. 막상 청첩장을 받으면 바쁜 주말에 시간을 내기가 쉽지 않기도 하고 혼자 제자의 결혼식에 참석하기가 민망하기도 하다. 그렇게 고민하다가 직접 가보면 오랜만에 아이들을 볼 수 있고 감회가 새롭기도 하다.

양복을 쭉 빼입은 남성 무리가 쭈뼛 쭈뼛 다가와서

"선생님! 저희 기억하세요?"

라고 말을 건넬 때면 정말 영화처럼 그 녀석들의 중3 때 모습이 생생히 떠오른다.

작은 체구에 웃는 모습이 예뻤던 진성이와 그 친구들. 그때만 해도 야자를 모든 학생이 9시까지 할 때였다. 담임 교사들이 야자 감독을 돌아가면서 하는 거라 그날은 내가 일찍 귀가하는 날이었다. 차에 타려고 보니 와이퍼에 무슨 종이가 끼어 있었다.

> **선생님! 정말 죄송합니다. 오늘은 정말 야자가 하기 싫은 날이어서 이만 가렵니다. 그래도 선생님께 솔직하게 말씀드리고 갑니다. 야자 빠진 벌은 내일 받겠습니다. 대신 집에는 비밀로 해주세요. 선생님! 사랑합니다!**
>
> **도망치는 명단: 박OO, 주OO, 한OO, 이OO, 김OO 올림**

헉! 기가 찰 노릇이었다. 야자 땡땡이를 단체로 통보해 오다니. 당장 전화해서 학교로 오라고 할 수도 있었다. 그런데 솔직히 귀여워서 봐주고 싶었다. 남자친구도 나와 생각이 같았다.

"그 녀석들 귀엽네. 한번 넘어가 줘."

집에 야자 빠졌다고 연락은 안 했지만 그래도 남아서 힘들게 야자에 참여한 아이들에게 봐줬다는 소문이 돌면 낭패였다. 다음 날, 그 녀석들은 야자 빠진 벌로 학급 청소 봉사를 해야 했다.

"내가 너네 엄청 혼내려고 했는데 샘 남자친구가 봐주라고 하더라. 그래서 특별히 이걸로 끝내는 거야."라고 하니

"선생님! 꼭 그분이랑 결혼하십시오."

라고 했던 일이 마치 며칠 전에 있었던 것처럼 생생하게 기억났다.

또 한 무리가 다가온다.

"선생님, 정말 오랜만이에요."

라고 꾸벅 인사하는 녀석은 졸업 여행 때 문제를 일으킨 상훈이었다.

엄격한 군인 아버지 밑에서 자란 녀석이 졸업여행 전날, 담배를 피우

다가 아버지께 걸려서 엄청 혼나고 그대로 쫓겨난 상태였다. 당연히 여벌 옷은 커녕 아무것도 준비되지 않은 상태로 밖에서 떨고 있다고 했다.

"너 졸업여행 가고 싶어 안 가고 싶어? 그것만 말해 봐."

"가고 싶긴 한데 아빠가 갈 자격 없대요."

"알았어."

바로 상훈이의 아버지께 전화드렸다. 중3 마지막 추억이 담길 졸업여행이었다. 혼낼 때는 혼내시더라도 일단 졸업여행 다녀와서 혼내시는 게 어떠시냐고 설득했다. 다행히 아버님은

"그럼, 선생님 부탁드리겠습니다."

라고 허락을 해주셨다.

일정상 버스 출발을 더는 늦출 수가 없었다. 졸업여행 차를 배웅하러 나오셨던 한 선생님께서 상훈이가 숨어있다는 아파트 주차장에 가서 아이를 태워 와서 버스와 중간지점에서 만났다. 무슨 007작전하는 기분이었다.

그렇게 차에 올라탄 상훈이의 표정은 다행히 좋았다. 친구들의 옷을 빌려 입고 다시는 담배 피우지 않겠다고 다짐 하며 졸업여행을 무사히 마쳤다.

졸업식 날, 상훈이는 그 이야기를 하며 펑펑 울기까지 했던 녀석이었다. 요즘은 회사 잘 다니고 있다고 씩 웃는 녀석을 보니 잘 큰 것 같아서 기분이 좋았다.

또 같은 반에 친한 친구가 없던 아이 현서의 결혼식에는 역시나 중3 때 아이들을 찾아볼 수가 없어 쓸쓸한 마음이 들었다. 그래도 그때 친했던 다른 반 아이들을 보게 되는 계기가 되어 기분이 묘했다.

여학생이 또래에 비해 덩치가 크고 학업성적이 좋지 않아 짓궂은 남자 친구들에게 놀림감이 되던 아이였다. 늘 자신감이 없고 자신은 못났다고 생각하던 아이였다. 그 아이에게 유일한 친구 두 명. 그 때, 반에서 친구가 없어 괴로워하는 아이 때문에 다른 반 친구와도 이야기를 많이 나눴었다. 그 친구들도 반에서 친구가 없고 조용한 아이들이었다. 1년 내내 '너희들은 소중한 사람'이라는 생각을 심어 주려 노력했었다. 현서와는 종종 연락을 해왔지만 그 친구들은 볼 일이 없었다. 어느새 숙녀가 되어버린 그 아이들을 이런 기회에 보게 되니 반가웠다.

덩치가 큰 현서는 체구가 왜소한 남자와 결혼했다. 서로의 다른 모습에 끌렸으리라! 현서의 부모님은 몇 번이나 내게 참석해 줘서 고맙다고 인사를 하셨다.

"청첩장을 보내면서도 선생님이 오실까 반신반의했는데 정말 감사해요. 저희 잘 살게요."

신혼여행 가는 길에 온 메시지에 가슴이 뭉클하였다.

중학교 때 늘 자신을 못났다고 생각했던 아이가 자신을 소중히 여겨주는 사람을 만나 살아가게 된 모습을 직접 보게 되어 정말 기분이 좋았다.

아이들은 내가 생각했던 것보다 잘 큰다. 어떤 식으로든 그 안에서 문제를 해결하고 자신의 방식대로 살아간다. 가끔 내가 학생의 문제로 골머리를 썩고 있으면 나를 스쳐갔던 아이들과의 조우를 떠올리며 힘을 받고는 한다.

'지금 이 녀석은 잠깐 사춘기 열병을 앓고 있는 것뿐이야. 곧 괜찮아질 거야. 그리고 또 멋진 인생을 살아가겠지!'라며.

Section
34

으럇차! 으럇차! 으럇차! 짝짝짝!

학창시절 청소년 단체 제복에 대한 로망이 있었다. 꼭 그런 건 아니지만 어린 내 눈에는 청소년 단체에 가입하는 아이들은 공부도 잘하고 집도 잘사는 아이들이었다. 나도 가입하고 싶어 부모님께 말씀드리니 단칼에 거절하셨다. 이유는 간단했다. 오빠가 청소년 단체 활동을 안 했기 때문이었다. 삼 남매인 우리는 어릴 적 돌 사진이 하나도 없다. 그 이유는 첫째인 오빠 때 형편이 어려워 사진을 못 찍어서 둘째, 셋째 때는 형편이 되어도 공평하게 한다고 부모님께서 우리들 돌 사진을 안 찍으셨기 때문이었다. 결론은 첫째가 안한 건 둘째, 셋째도 못하는 것이었다.

교사가 되어 처음 맡은 부서가 스카우트 부였다. 청소년 단체 활동은 본인 업무 이외에 또 다른 업무가 추가되는 것이어서 다들 기피하는 업무였다. 그런데 나는 어릴적 로망이었던 그 기회가 왔을 때, 고민도 없이 하고 싶었고 즐겁게 활동을 했다. 스카우트 활동을 하다 보니 재미있는 에피소드가 많이 생겼다.

스카우트를 맡은 지 얼마 안 되었을 때, 기능 경기 대회를 나가게 되었다. 아이들과 불과 몇 달 밖에 활동을 못했고 우리가 아는 거라고는 매듭법 정도였을 때였다. 나 또한 지도자 교육을 받기 전이라 아는 게 별로 없었다. 참가에 의의를 둔 우리는 대회장에서 대회 전에 하는 교육에 가서 처음 배우고 익혔다. 다른 학교에서는 이미 준비를 많이 했는지 그 정도 교육은 이미 알고 있다는 식이라 강사선생님은 우리 차지였다.

대회 결과 응급처치 부문에서 우리 아이들이 1등을 했다. 그때만 해도 경험이 없던 나는 그냥 형식적으로 챙겨주는 상인 줄 알았다. 그런데 다들 처음 참가인데 대단하다면서 축하를 해줘서 얼떨떨한 마음이었다. 그 덕에 나는 학생과 함께 스카우트 잡지에까지 실리게 되는 영광을 안았다. 그 후로는 열심히 준비를 하고 간 대회조차 순위 안에 든 적이 한 번도 없었으니 만만한 대회가 아니라는 것을 혹독히 경험해야 했다. 나중에 알고 보니 다른 학교에서는 매우 오랫동안 열심히 준비를 하고 참가하는 대회였다. 더구나 이 대회에서 상을 받는 것은 스카우트에서 굉장히 명예로운 일이라는 것을 알게 됐다. 그런 명예로운 상을 그 의미도 모르는 우리 학교가 받게 되었으니 초심자의 행운이 작용했던 것은 아닌가 싶다.

5박 6일 제주도 잼버리대회(전체 스카우트가 모여 야영생활을 하면서 다양한 체험을 하는 스카우트의 가장 큰 캠프)를 나갔을 때였다. 산 중턱에 텐트를 치고 식재료를 받아서 첫 끼니를 해 먹었다. 레시피도 제공되었지만 나름 아이들의 손에서 창조된 음식이었다. 그렇게 한 끼를 해결하고 앞으로 남은 날도 음식을 해 먹어야 하는 터라 쉽진 않겠다는 생각이 들었다.

그런데 다음 날 상황이 갑자기 바뀌었다. 태풍이 몰려오고 있다는 것이었다. 원래도 제주도가 태풍의 영향권 안에 들어가는 일은 많았지만 이번엔 큰 태풍이어서 제주 전 산간지역 대피명령이 내려졌다. 우리는 대형 관광버스에 타고 어느 학교 건물 체육관으로 이동해야 하는 상황이었다. 한 두 시간만에 태풍의 강도는 세졌고 입구에 달아 놓은 엄청 큰 잼버리 간판이 떨어질 정도였다.

일단 각자의 귀중품만 챙긴 채 버스에 타야 하는 데 하필 중학교 1학년 아이 2명이 안 보였다. 빗속에서 내려오다 보니 각자 자기 페이스대로 내려오다가 헤어진 탓이었다.

급히 조달된 대형 버스도 여유롭지 않았다. 그래서 내려오는 대로 대원들을 버스에 태운 상황이라 앞 버스에 탔을 거라는 생각은 들었다. 그래도 혹시 몰라 빗속에서 아이들을 좀 더 찾아다니다 이 차가 마지막이라며 타라는 성화에 버스에 올랐다. 학교에 도착하니 다행히도 그 녀석들이 이미 앞 버스에 타서 도착해 있었다. 심지어 축구공으로 축구를 하고 있는 게 아닌가! 순간 화도 났지만 '태풍 속에서 혹시 길을 잃은 건 아닌가' 했던 걱정 때문인지 반가움이 앞섰다. 한참 찾았다는 내 말은 들리지도 않는지 녀석들은 그 와중에 서로 축구공으로 드리블을 하느라 바빴다.

일단 그 날 저녁은 체육관에서 생활했다. 당연히 취사도구며 심지어 단체로 주문한 식재료마저도 모두 야영장에 두고 나온 상태였다. 한 명당 김밥 한 줄씩과 우유, 바나나가 저녁식사로 배급되었다. 그렇게 피난민 아닌 피난민 상태로 체육관에서 대충 잠을 청했다.

다음 날 예정되어 있던 활동은 당연히 많이 취소가 되었다. 텐트가 있던 곳에 가보니 식재료는 물론이고 심지어 텐트 폴대까지 뽑혀 날아가고 꺾여서 도저히 하루 이틀 안에 복구할 상황이 아니었다. 결국 진행 요원 선생님들은 잼버리 대회장 정리에 투입되고 아이들은 다른 활동 없이 대기해야 하는 상황이었다. 그나마 그중 하루는 제주도 관광 일정이 있었지만 그 외의 날에는 특별히 할 일이 없었다.

아이들의 불만도 불만이었지만 제주도까지 와서 이렇게 시간을 보내야 한다니 속상하기는 나도 마찬가지였다. 그때 무슨 용기에서인지 아이들한테

"우리 바다 보러 갈래?"

라고 물었고 당연히 아이들은 이구동성으로

"예."

라며 환호성을 질렀다.

급히 버스 편을 알아보고 근처에 있다는 버스 정류장을 향해 무작정 걸었다. 지금처럼 도착 예정시간이 나오는 것도 아니었으니 우리는 언제 올지도 모르는 버스를 기다렸다. 한참 만에 온 버스에 올라 가장 가까운 바닷가에 가고 싶다고 했다. 기사 아저씨는 내릴 정류장을 말씀해 주시면서 좀 걸어야 한다는 말도 덧붙이셨다.

버스에 내려 언제 도착할지 모르는 곳을 향해 힘없이 걸었다. 그러다 아이들 입에서 괜히 나왔다는 투덜거림이 순식간에 환호성으로 바뀌었다.

드디어 바다에 도착한 것이었다. 저 멀리 바다의 수평선이 보이는데 반짝거리는 모습이 얼마나 아름답던지. 그렇게 우리는 옷이 젖는 것과 상관없이 바닷가에서 열심히 놀았다. 그동안 못 씻은 몸도 해수욕장 샤워장에서 씻을 수 있었다.

돌아오는 길에 누군가가 굽는 고기 냄새가 우리 코를 자극했다. 돌아갈 차비밖에 없는 상황에 무얼 사 먹을 수도 없는 상황이었다. 교사인 나는 체면상 못했지만 아이들에게는 능력껏 가서 먹고 오라고 하니 몇몇 변죽이 좋은 녀석들은 고기 한 점씩 얻어먹고 왔다. 돌아오는 길도 멀긴 했지만 지금 생각해도 아이들과 즐거운 추억으로 남아있는 반짝거리는 하루였다.

체육관으로 돌아오니 화장실 때문에 난리가 나 있었다. 아름다운 환상 속에서 암울한 현실 속으로 돌아온 기분이었다. 그 많은 인원이 체육관 화장실을 썼으니 말썽이 날 수밖에. 심지어 화장실 순서를 기다리다 못해서 화장실 밖에다 큰 실례를 해놓은 일까지 벌어졌다.

다행히 학교 측의 배려로 그날 잠자리는 각 교실로 배치됐다. 책걸상을 모두 복도에 내놓고 단체에서 제공해준 얇은 스티로폼 같은 것을 깔고 자야 했다. 그래도 전날 체육관에 다 같이 자던 상황보다는 나아져서 다들 좋아했다. 역시 사람은 고생을 해봐야 한다는 말을 실제로 경험한 상황이었다. 교실 TV를 켜니 뉴스에 제주도 태풍 때문에 취소된 잼버리 행사가 대문짝만 하게 나왔다. 아이들은 그 와중에도 우리가 뉴스에 나온다면서 흥분하여 말하기까지 하는 천진난만함을 보여줬다.

고성 잼버리에 갔었던 일도 잊을 수 없다. 늘 함께 인솔하던 고등학교 선생님이 연수를 받게 되어 못가는 바람에 중·고등학생들을 혼자 인솔해 갔을 때였다. 6박 7일이라는 긴 기간을 버티는데 큰 천막은 필수였기에 그것까지 챙겨야 해서 난감했다. 같은 영지에 배정받은 다른 고등학교 학생들까지 힘을 합쳐 천막을 힘겹게 쳤다.

늦은 점심을 먹어야 하는 상황이라 급한 마음에 다른 식재료는 제쳐두고 밤참으로 지급된 라면을 끓였다. 그런데 라면 물을 끓이는 도중 지나가던 아이가 냄비를 건드리는 바람에 화상을 입는 사고가 발생했다. 다행히 끓이기 시작한 지 얼마 안 된 상태여서 물이 많이 뜨겁지는 않아서 상처 부위에 얼음찜질을 하는 정도의 응급처치로 마무리가 되었다. 도착하자마자 일어난 사건이라 아이들도 나도 너무 놀랐다. 그 다음부터는 취사를 할 때 더 조심하는 계기가 되었다.

다음 날 아침에 일어났는데 아이들이 웃고 난리였다. 무슨 일인가 가보니 한 아이의 팔과 다리에 모기 물린 자국이 엄청 많았다. 산 중턱이라 모기가 많긴 했지만 그렇게 집중적으로 물릴 수가! 애들은 평소에 안 씻어서 그렇다며 놀려대고 당사자는 민망해하는 상황이었다. 그런데 다음 날 일어나 보니 전날보다 더 많이 물려있는 것이 아닌가! 간단한 응급처치 약은 있었지만 의사가 있는 의무실은 한참을 걸어가야 하는 곳에 있었다. 산이라 그것도 만만치 않은 일이었다.

"애가 모기에 너무 많이 물렸는데 아무래도 이상해서요."

"네, 한번 보죠. 선생님, 이건 모기에 물린 게 아닙니다. 이건 풀 알레르기입니다."

풀독이 올라 온몸에 두드러기처럼 난 것을 우리 모두 모기에 물렸다고 착각한 것이었다. 내려오는 내내 우리는 한참을 웃었다. 무엇보다 전날 안 씻어서 그렇다며 친구들한테 놀림을 고스란히 받은 녀석은 굉장히 억울해했다. 밤이 일찍 오는 산 속을 헤쳐 내려오는 길이 험하긴 했지만 달빛을 받으며 두런두런 이야기를 나누었던 그 길도 참 따뜻한 기억으로 남아있다.

아이들이 활동을 나간 사이 지도자 연수가 있어 다녀온 길이었다. 나보다 먼저 도착해 있어야 할 아이들이 와 있지 않았다. 지금쯤 야영지에 복귀해서 점심을 만들어 먹고 다음 활동을 가야 하는데 아이들 소식이 없었다. 본부에 물어보니 교육이 늦어졌고 이동시간이 꽤 걸려 늦는다는 것이었다. 다녀와서 아이들이 점심을 만들어 먹기에는 시간상으로 부족했다. 마침 햄버거를 만들어 먹는 재료라 '내가 좀 도와주는 건 괜찮겠지'라는 생각으로 계란, 베이컨 등을 굽기 시작했다. 아이들의 귀영(영지로의 복귀)은 계속 늦어지고 햄버거는 어느새 30인분이 완성되었다. 때마침 도착한 아이들은 환호성을 질렀다. 배는 고프고 힘들어 죽겠는데 음식을 만들어 먹을 생각을 하니 완전 지친 상태였을 것이다.

"선생님! 정말 꿀맛이에요."

"이렇게 맛있는 햄버거는 처음이에요."

아이들의 시장기 덕분에 나는 두고두고 엄청 맛있는 햄버거 30인분을 만들어 준 선생님으로 회자되었다.

개인 사정으로 지금은 스카우트 활동을 못하고 있지만 그 때를 떠올리면 내 젊음과 아이들의 반짝거림이 함께 있었음을 느낀다. 갑자기 그 때 그 아이들은 어떻게 지낼까 궁금해진다. 지금도 아이들의 스카우트 구호가 들리는 듯하다.

"으럇차! 으럇차! 짝짝짝!"

Section
35

선생님! 절 받으세요

　신학기가 시작된 지 얼마 지나지 않았을 때였다. 우리반 수업을 하고

나오신 선생님께서

　"선생님! 그 반 승현이가 수업시간에 없었어요."

　라고 하셨다.

"네? 승현이 가요?"

황급히 교실에 올라가 보니 승현이가 자리에 앉아 있었다. '다행'이라는 마음과 함께 걱정이 앞섰다.

승현이는 그 전 해에도 담임을 했던 2년째 같은 반이 된 남학생이었다. 반에 힘쓰는 일이 있거나 갑자기 누군가 청소를 해야 하는 일 등이 있으면 나서서 하는 아이였다. 당연히 담임으로서 고맙고 예뻐하는 학생이었다. 또 다시 같은 반이 되어서 나도 승현이도 같이 잘해 보자고 좋아하던 그런 녀석이었다.

그런데 그런 승현이가 수업시간에 없었다니.

"승현아! 무슨 일이야? 앞 시간에 없었다면서?"

"네."

"왜? 무슨 일 있었어?"

"아니요. 그냥 마음이 답답해서 나갔다 왔어요."

"뭐? 그냥?"

놀라는 나와 달리 승현이는 더 이상의 설명도 하지 않고 머리를 긁적이며 서 있었다.

"그래서 뭐 했어?"

"그냥 주변 어슬렁거리다가 들어왔어요. 선생님, 진짜 아무 일 없었고 마음이 답답해서 나갔다 온 거예요."

"흠……. 그래. 일단 바로 돌아왔으니 다행이다. 알겠어. 수업 들어가."

마음이 답답해서 나갔다 왔다는 말에 뭔가 있는 것 같긴 한데 승현이가 그렇다고 하니 더 캐내어 물을 수 없었다. 방과 후 승현이를 잠깐 불러

"선생님이 너 믿는 거 알지?"

어깨를 토닥여 주고 보냈다.

승현과 작년에 쌓은 믿음이 있었기에 '사춘기 아이들이 한번 그럴 때도 있지.' 싶어서 넘어가기로 했다.

그런데 그 일이 있고부터 승현이는 특별한 이유도 없이 종종 수업을 빼 먹었다. 작년에는 승현이를 혼낼 일이 전혀 없었고 심지어 학년 말에는 '모범상'까지 받은 녀석이었다. 무언가 승현에게 변화가 있어 보였다.

승현이와 마주 앉아 이야기를 했다.

한참을 아무 이유 없다고 고개만 푹 숙이고 있던 승현이는

"제 동생이 저랑 다른 학교 다니는 이유가 뭔지 아세요? 걔 장애인이에요. 인천에 있는 장애학교에 다녀요."

라고 툭 내뱉었다.

담임을 하다 보면 특별한 문제를 일으키지 않고 모범적으로 학교 생활을 하는 아이는 자세한 가정사까지 모르고 넘어가는 경우가 있다. 그러고 보니 1년간 담임을 하면서 승현에 대해서 아는 게 별로 없었다. 아버지가 군인이시고 다른 학교 다니는 한 살 어린 동생이 있다는 것 정도였다. 어머니는 어렸을 때 이후로 본 적이 없지만 그로 인해 승현이가

나약한 모습을 보인 적도 없었다.

그런 승현이가 기특해서 아버지께 메시지를 드리곤 했었다. 그러면 가끔 메시지로

"고맙습니다."

한 마디의 답장이 다였다.

그런데 승현의 동생에 대해서는 들어 본 적이 없었다. 녀석이 내색을 하지 않았으면 전혀 모를 일이었다.

"그래, 승현이가 아픈 동생 때문에 힘들었겠구나."

승현이의 이야기는 그랬다. 아버지랑 어머니는 장애인인 동생 문제로 자주 싸우셨고 오래 전에 이혼한 상태라고. 동생으로 인해 자신은 부모님에게 늘 관심 밖이었다고. 요즘 어머니 생각이 나서 찾고 싶은데 연락할 방법이 없다고.

아버지께 말씀드리면 돌아오는 것은 '매'뿐이라며 비밀로 해 달라는 말만 덧붙였다. 그래도 승현의 무단 결과가 점점 잦아지고 가끔씩 승현에게 담배 냄새가 나는 것을 모른 척만은 할 수는 없었다. 아버님께 전화를 드려 승현의 변화에 대해 상담을 해 보았다.

아버지는

"승현이가 그랬군요."

라고 하시면서 깊은 한숨을 내쉬셨다.

바쁘고 힘들게 살아가는 분이었다. 큰 아들인 승현이가 공부를 잘하는 것은 아니었지만 학교생활도 잘하고 집에서도 큰 문제없이 잘 지내

던 터였다. 그런데 갑자기 그 녀석이 엄마를 그리워한다니 이해도 가긴 하지만 재혼해서 잘 살고 있는 사람한테 연락을 해줄 수는 없는 일이라고 하셨다.

"승현이가 아버지한테 맞을지도 모른다고 했는데 그러시면 절대 안돼요."

"제가 뭐 해준 게 있어야 때리죠."라고 하시는데 마음이 아팠다.

그렇게 승현의 문제는 내가 해결해 줄 수 없는 일이었다. 그런데 이 녀석의 방황은 '한두 달 그러다 말겠지.'라는 내 생각과는 달리 꽤 오래 지속되었다. 괜찮던 녀석이 이러니 속상하기도 하고 '작년에 내가 녀석과 쌓은 관계는 다 어디 갔나.' 싶어서 어느 날 승현을 불러 내 생각을 쏟아 부었다.

"야! 손승현! 너 도대체 무슨 방황이 이렇게 오래가?"

"선생님은 엄마 없어 본 적 없잖아요? 무슨 말을 그렇게 하세요?"

"네가 몰라서 그렇지 엄마 없다고 다 그렇게 비뚤어지는 거 아냐! 선생님 남편도 아버지가 중1 때 돌아가셨어. 그런데 지금 얼마나 잘 컸다고. 너 말고도 우리반에 한 부모 가정도 많고 부모도 없이 할머니랑만 사는 애도 있어. 그런 애들이 다 너 같은 줄 알아?"

내가 생각해도 비수를 꽂는 말이었다. 그 전 해의 학급 아이들한테 제일 칭찬을 많이 늘어놓던 승현이가 그리웠다. 그 녀석의 변화가 속상했고 이제 그만 멈추게 하고 싶었다. 그래서 내 가정사까지 들먹이면서 녀석에게 쏟아 부었다.

승현은 말없이 고개만 숙이고 있었다.

그날 이후로 승현이는 눈에 띄게는 아니지만 조금씩 무단지각이나 무단결과의 횟수가 줄어들었다. 수업을 빼먹을 때면 내게 보고를 하고 나가는 정도까지 신뢰가 회복되었다. 설득을 해서 들여보낼 때도 있었지만 어느 때는 눈감아 주기도 했다.

그렇게 승현이는 1년 내내 그 전 해와는 다른 모습으로 또 다른 1년을 채우고 졸업을 맞이하게 되었다.

새해 첫 날 설날 아침이었다. 이른 시간부터 전화벨이 울렸다. 승현이었다.

"선생님! 새해 복 많이 받으세요."

"그래, 손승현! 너도 복 많이 받아라."

"선생님! 저 세뱃돈 주세요."

"세배를 해야 세뱃돈을 주지."

"그럼 저 진짜 세배합니다."

"그러던지."

특별히 미안하다거나 고맙다는 특별한 말은 없었다. 그런데도 승현이 내게 전화를 걸어 온 것이 참 고마웠다.

개학 날 아침, 승현이를 위해 세뱃돈 봉투를 준비하고 싶었다. 한 달이나 지났으니 혹시 승현이가 잊고 있어도 서운해 하지 말자는 다짐까지 속으로 하면서.

조회를 들어가니 승현이 이미 등교해 있었다.

"선생님! 절 받으세요."

라며 교실 바닥에서 갑자기 큰 절을 한다.

"선생님! 새해 복 많이 받으세요."

반 아이들의 박수 속에 난 얼결에 승현이에게 세배를 받았다.

미리 준비해 둔 세뱃돈 봉투를 승현에게 건넸다. 승현이 깜짝 놀랐다.

"선생님! 진짜 주시는 거예요? 아니에요."

"아냐! 나 진짜 너 주려고 미리 준비한거야. 봐, 봉투에 미리 넣은 거
보면 몰라?"

갑자기 다른 녀석들이

"저도 세배할래요.", "저도요."

라고 아우성을 쳤다.

"승현이는 새해 첫날, 나한테 제일 먼저 전화로 새해 인사했어. 지금
하는 사람은 다 무효야."

그 날 내내, 승현이는 선생님한테 세뱃돈 받았다며 자랑하고 다녔다.
봉투에 든 돈은 만 원짜리 한 장이었지만 나도 승현이도 기분이 참 좋았
다.

그 날 저녁 승현이에게 메시지가 왔다.

"선생님, 세뱃돈 정말 감사합니다. 그리고 지난 한 해 죄송했습니다."

"그래, 승현아, 선생님도 학생에게 세뱃돈 준 거 처음이야. 물론 그렇
게 큰 절 받아본 것도 처음이고. 정말 승현이한테 세뱃돈 주고 싶었어."

마음 속의 한 마디까지 덧붙이진 못했다. '엄마 대신.'

내 마음 속의 말은 다하지 못했지만 승현이도 조금은 그 의미를 알고 있었던 것 같았다.

승현은 졸업을 했다. 졸업을 하고도 종종 승현이는 연락을 해왔다.

요즘도 새해가 되면 승현이 떠오른다. 승현이의 문제는 내가 해결해 줄 수 있는 문제가 아니었다. 승현이가 해결할 수 있는 문제도 아니었다.

승현이가 아파한 시기에 내가 같이 있었고 그때마다 승현이를 믿어주기도 했고 질책하기도 했다.

그렇게 승현이는 자신의 아픔을 혼자 감내해 갔다. 녀석에게 내가 엄마가 되어 줄 수는 없었다. 그래도 승현이에게 엄마의 느낌이 어떤 것인지 조금은 느끼게 해주고 싶었다. 무조건 잘한다고 칭찬해 주고 같이 아파해주기만 하는 게 아닌, 잘못하고 있을 때 질책도 해주는 그런 엄마.

그 순간이 승현이에게는 자신의 마음도 몰라주는 원망스러운 선생님이었을지 모르지만 난 또 그 상황에 돌아가면 승현에게 똑같이 화가 나고 속상할 것 같다.

좋은 녀석이 그렇게 인생을 망쳐 버릴까봐 걱정이 됐다. 그걸 표현했을 때 질책으로만 받아들이지 않고 차츰 보여준 녀석의 변화가 고마웠다.

승현아, 선생님 마음 알아줘서 고마워. 여전히 잘 지내고 있지?

Section
36

차단이 해제 되었습니다

핸드폰 벨이 울렸다. 모르는 번호였다. 한참을 망설이다가 전화를 받았다.

"선생님, 저 선민인데요."

바로 떠오르는 얼굴이 있었다. 무엇보다 "선생님"이라고 불렀을 때 단

박에 알아들은 목소리. 내가 담임했던 아이를 처음으로 원망했던, 심지어 미워하기까지 했던 그 아이의 목소리였다.

처음 글을 쓰기 시작할 때 선민이 이야기만은 남겨두고 싶었다. 어쩌면 외면하고 싶었던 이야기였던 것 같다. 난 그 때 왜 그렇게 그 아이가 싫었을까?

처음 만난 지 얼마 되지 않았을 때, 선민이가 복도에서 우느라 수업에 못 들어간다는 이야기를 들었다. 이유는 친구들이 선민이의 바지를 벗겨 망신을 줬다는 것이었다.

울고 있는 선민이와 달리 불려 온 아이들은 배시시 웃고 있었다. 하나같이 화장한 얼굴에 입술이 빨갛다.

"너희들이 선민이 바지 벗겼어?"

"네."

"근데 웃음이 나와? 친구가 울고 있는데?"

"장난이었어요. 서로 장난치다가 그런 거예요."

"사과는 했어?"

"네, 미안하다고 했는데 화내면서 울었어요."

"선민아, 애들이 사과했다는데 맞아?"

"매번 저한테만 그래요. 엉~엉~"

"선민이의 반응이 재밌어서 그래요."

좀 오버해서 우는 아이나 그 모습을 보고 웃는 아이들이나 어디까지가 장난인지 혹은 괴롭힘인지 분간이 되지 않았다.

학교 일과가 끝나고 선민이와 장난친 아이들 중 우리반 아이인 인영이를 남겼다. 뭔가 인영이에게 주동자(?)의 기운이 느껴졌던 것 같다. 그런데 이야기를 시작하기도 전에 이미 선민이는 인영이와 웃고 있다.

"너네 벌써 화해했어?"

"아니요, 아직도 화났어요."

라고 하는 선민이의 얼굴에도 옆에서 웃고 있는 인영이의 얼굴도 이미 '화해 끝.' 이라는 느낌이 들었다.

그 이후에도 둘 사이에는 자주 비슷한 일이 일어났다. 주로 당하는 쪽은 선민이고 장난을 치는 건 인영인데 이상하게 반 아이들의 분위기는 인영이를 두둔하는 느낌이었다. 원인을 살펴보니 선민이의 말투에 문제가 있었다. 걸핏하면 욕을 해대고 담배까지 피워서 늘 가래가 끓으니 침을 아무 곳에나 뱉는 습관이 있었다. 한창 외모에 관심이 많은 시기라 화장 여부와 상관없이 깔끔하게 하고 다니는 여자아이들 속에서 선민이가 유독 외모에 신경 쓰지 않는 것도 한 몫 하는 것 같았다.

선민이는 첫 상담에서 아버지 욕을 잔뜩 늘어놓았다. 그런데 아버지를 표현하는 말이 일반적인 수준을 넘어서 '돈도 못 벌어오는 주제에 엄마를 때리기까지 하는 없어져야 하는 존재'라고 했다. 자주 엄마를 때려서 자신이 신고까지 했다고 한다. 출동한 경찰들은 가족끼리 잘 해결하라고만 하고 갔다고 한다. 아버지가 아예 죽어버렸으면 좋겠다고. 이런 이야기를 아무렇지도 않게 했다. 첫 상담이었다. 아직 아이에 대해 제대로 파악이 되지 않은 첫 달 3월. 선민이는 내게 따뜻해야 할 가족은 패륜으로, 친하다는 친구들에게는 놀림감이 되어버린 가슴 아픈 아이로 다가왔다.

처음에는 선민이의 아픔을 많이 다독거려주고 친구들 사이에서 선민이가 잘 지낼 수 있게 노력을 했다. 그런데 인영이와 선민이 둘 다 담배를 피우느라 무단 외출이 잦았다. 처음에는 다시는 안 한다고 부모님께는 비밀로 해달라며 반성문을 쓰고 눈물을 흘리더니 차츰 횟수가 많아져서 부모님께 통보를 해야 했다.

인영이의 부모님은 다시는 그런 일이 없게 하겠다고 바로 대응을 하셨지만 선민이의 어머니는 달랐다. 전화를 받으시며 선민이 욕을 늘어놓으셨다. 선민이의 말투가 어디에서 왔는지 알 수 있을 것 같았다.

다음 날 인영이는 다시는 담배를 피우지 않겠다며 반성의 기미를 보였지만 선민이는 화가 나 있었다. 선민이의 표현에 의하면 '선생님의 전화 때문에 엄마랑 싸웠다.'였다. 혼이 난 게 아니라 싸웠다니. 엄마가 때려서 자기도 엄마한테 맞서 싸웠다고 표현했다. 이해가 가지 않는 상황이었다. 부모와 자식 간에 싸웠다니. 그것도 말이 아닌 몸으로.

처음에는 선민이의 말만 믿고 선민이를 위로해줬다. 그런데 어느 정도의 선을 넘어서지 않는 인영이와 달리 선민이는 전날 혼나고도 다음 날 똑같은 행동을 반복했다. 당연히 어머니와 통화할 일이 많아졌고 그때마다 상황이 해결되기보다 오히려 악화되는 듯한 모습이 보였다. 어느 날, 선민 어머니에게 통보를 했다.

"어머니, 이제 더 이상 선민이에게 일어난 일을 알려 드리지 않는 게 좋겠어요. 어머니께 말씀드리면 선민이의 모습이 나아지기보다 어머니와 선민이의 관계만 나빠져서 선민이가 마음 둘 곳이 없어지는 것 같아요."

실제로 선민이는 저녁마다 엄마의 눈을 피해 집을 탈출(?) 해서 새벽까지 친구들이랑 놀다가 엄마가 일어나기 전에 들어간다고 했다. 당연히 아침에 깨워도 안 일어나니 엄마는 욕을 하게 되고 서로 욕을 주고받다가, 출근 시간에 쫓겨 엄마 먼저 나가는 일이 반복되었다. 그렇게 선민이는 엄마와 마주하는 시간마다 혼이 나는 거 였다. 그래서 집을 뛰쳐 나가다보니 악순환이었다. 어느새 엄마 고생만 시킨다고 아빠 욕을 해대던 선민이가 욕을 하는 그 대상이 엄마로 옮겨갔다는 사실을 알게 됐다.

선민이와 몇몇 아이들의 상습적인 무단 지각, 무단 외출, 흡연으로 인해 선도위원회까지 열리게 되었다. 그동안 전화 통화만 했던 어머니께서 선도위원회에 오셨다.

'한 번만 봐 달라.'라는 다른 부모님들과 달리 선민 어머니의 발언은 격한 감정이 담긴 말투였다.

"아주 호되게 혼내주세요!"

어머니의 흐느낌과 달리 선민이는 사태의 심각성을 아는지 모르는지 특유의 멍한 얼굴을 하고 있었다. 끝까지 선도위원회에 엄마를 못 오게 하려고 엄마가 선도위에 참석하면 학교에 안다니겠다고 협박했던 아이였다.

흐느끼는 어머니를 모시고 나와서 한참을 같이 울었다. 아침에는 작은 공장의 서무 일로, 저녁에는 고깃집 아르바이트로 생계를 꾸리고 계신 분이었다.

선민이 아빠와는 한 번 이혼을 했다가 1년 전에 다시 합쳤다고 한다. 부부 사이는 그나마 좋아졌지만 선민이가 아빠를 무척 싫어하고 말을 함부로 해대니 아빠도 선민이만 보면 잔소리를 했다. 그럴 때마다 어머니는 선민이 편을 들어주셨단다. 그러다 보면 "돈도 못 벌어 오는 게 왜 애한테 뭐라고 하냐."고 했다고 한다. 선민이의 표현이 고스란히 어머니의 표현이었다. 합가하고 처음 몇 달간은 돈을 벌어다 주더니 어느 순간부터 전혀 돈을 주지 않았고 결국 어머니가 일을 해야 생계가 유지 되었다고 한다. 최근에는 선민 아버지도 집에 안 들어오신다고.

선민이를 혼도 내보고 좋은 말로 타일러도 보았지만 효과가 없었다. 결국 선택한 방법은 용돈을 안 주는 것으로 행동을 제한해보는 것이었다. 그런데 돈이 필요하면 '앞으로 잘하겠다.'고 해서 돈을 받아가고 그 다음날 어김없이 밤 외출을 하거나 담배를 사서 피우는 등의 행동을 했다고 한다.

그런 외중에 용돈을 안 준다고 하면 엄마한테 쌍욕을 한다는 것이었다. 자식에게 욕을 듣는 기분이란 얼마나 참담할지. 심지어 말로 안 돼서 때리기까지 하면 선민이도 같이 몸으로 싸우게 되는 상황으로 이어진다고 하셨다.

정말 어떻게 키워야 할지 모르겠다며 내 앞에 고개 숙이는 어머니의 모습이 슬펐다. 그 마음을 몰라주고 엄마가 창피하다고만 하는 선민이를 조금씩 싫어하게 된 건 아마도 그때부터였던 것 같다.

힘든 모녀 관계였다. 그 사이에 내가 끼어 있었다. 어머니께서 힘들게 아이를 키우고 계시는 것도 심정적으로 아팠다. 선민이 또한 어디에서도 환영받지 못하는 아이라는 것이 아팠다. 반에서도 처음에는 선민이가 학교에 안 오면 전화해 주고 나오라고 독려해 주는 아이들이 있었다. 그런데 기분이 나쁘면 욕설이 심해지고 친구들과의 약속을 어겨버리는 일이 반복되니 호의적인 아이들이 차츰 줄어들었다. 나와 약속을 하고도 다음날 어겨버리는 행동을 수시로 했다. 나도 지쳐갔다.

나와 상담한 뒤로 때리지 않겠다는 약속을 하신 어머니께서는 거의 매일

"오늘은 학교 왔나요?"

라고 메시지를 보내셨고 그 때 마다 나는 갈등이 되었다. 사실대로 말을 하면 늦게라도 오던 아이가 다음 날 안 올까봐 걱정이 되었다. 그렇다고 거짓을 말할 수도 없고 어떤 게 선민이를 위한 일인지 판단이 안 섰다. 난 수업을 핑계로 답변을 미뤘고 선민에게 수시로 전화를 해서 깨우는 게 일이었다. 선민이가 등교하면 마음 편히 답변을 했다. 그런데 그런 내 노력과 달리 선민이는 바뀌기는 커녕 더 심해져 갔다. 심지어 그런 내 상황을 이용하기까지 했다.

"선민아, 어디야?"

"저 지금 일어났어요. 지금 갈게요."

한 두 시간 뒤 확인해 보면 아직도 학교에 오지 않은 상태였다.

"너 어디야? 아까 출발한다며!"

"아 저 지금 가요. 씻느라 늦었어요."

또 한 두 시간 뒤.

"너 대체 어디냐고?"

"저 지금 교실 앞이에요."

수업을 하다가도, 쉬는 시간에도 선민이를 찾아다니는 일이 반복 되었다. 어떤 때는 연락이 전혀 안돼서 오늘은 안 오려나보다 싶으면 교실에 떡하니 와 있기도 했다. 정말 말 그대로 '지.쳐.갔.다.'. 그리고 반 아이들을 복도에서 만나면 하는 말이

"선민이 왔니?"

였고, 어느 순간 아이들이 나와 마주칠 때 마다 자동으로 선민이의 출석 여부에 대해 말하는 것을 느꼈다. 그 순간 난 이 아이를 포기하고 싶어졌다.

어느 주말, 선생님 때문에 엄마한테 엄청 혼나고 용돈이 끊겼다며 원망이 담긴 선민이의 메시지를 받은 날. 난 그동안 잡고 있던 끈을 놓아버렸다. 더 이상 이 아이에게 해 줄 말이 없었다. 아니, 말을 하면 폭언을 쏟아 부을 것 같았다. 그냥 SNS와 전화번호 모두 차단을 했다. 선민 어머니에게는 하루가 끝날 때마다 형식적인 메시지만 남겼다.

"오늘 5교시에 왔습니다."

"오늘은 아침 일찍 등교해서 칭찬했더니 3교시 이후로 가버렸네요."

"오늘은 결석했습니다." 등등.

그렇게 선민이를 내 마음속에 놓아 버린 채 졸업을 시켰다. 선민이의 태도는 그 전과 크게 달라지지 않았다.

어쩌면 내가 더 포용해주었으면 달라졌을까? 아주 심하게 혼을 냈더라면 달라졌을까? 난 왜 그 아이가 인간적으로 싫어졌을까?

여러 의문이 남지만 아직도 모르겠다. 고등학교 가서라도 잘 지내길 바랐지만 새로 온 선생님에게 대들고 징계를 받아 자퇴 했다는 소식이 들려 왔다. 전화를 한 번 해볼까 싶다가도 그 아이의 삶 속에 또 들어가게 될까 봐 외면했다.

그랬던 그 아이 선민이가 전화를 했다. 고등학교에 다시 가고 싶어 원서를 쓰고 싶다고. 목소리를 듣는 순간 신기하게 미움으로 남아 있었던 마음이 좀 지워지는 느낌이었다. 전화기에 남아 있는 연락처를 찾아 차단 해제 버튼을 눌렀다.

그래서일까? 그동안 늘 마음에서만 맴돌던 선민이 이야기를 글로 쓰고 싶어졌다. 내일 원서를 쓰기 위해 도장을 들고 찾아온다는 선민이를 조금은 편안한 마음으로 대할 수 있을 것 같다.

'선민이가 조금은 성숙해 있겠지.'라는 기대를 가져본다.

아프게
해서
미안해

선생님의 손을 잡고 들어간 결혼식

한 여자 아이가 있었다. 예쁘장한 외모에 가만히 있으면 '천생 여자같
다'는 표현이 어울릴 법한 얼굴이 하얀 아이였다. 그런데 입을 열면 엄
청 수다스러운, 친구들과 같이 있으면 입을 다물 새가 없는 아이였다.
그 아이가 결혼을 한다. 학창시절 내내 남자라면 혐오하고 결혼 생활에 대해 희망을 전혀 품지 않았던 그 아이가 결혼을 한다.

소영이는 처음 보는 사람이 호감을 가지게 하는 예쁜 외모의 아이였다. 왠지 새침한 여중생의 분위기도 풍겼다. 그런데 만난 지 10분도 안되어 입을 열고 크게 웃는 녀석(그녀가 아닌 녀석이라는 표현이 더 어울린다)의 모습을 보면 전혀 그런 생각이 들지 않는다. 주름치마가 교복이던 시절이었다. 반질반질하고 주름은 전혀 찾아볼 수 없었던 그 아이의 치마.

그 아이를 보고 있으면 반전 매력에 뭔가 더 알고 싶어지는 아이였다.

소영이는 수업 시간에 열심히 하는 아이는 아니었다. 그에 비해 성적은 꽤 괜찮은 편이었다. 수업 시간에 암기하는 것을 보면 남들보다 빨랐다. 첫 상담에 그 아이를 자극하고 싶었다. 기초 조사서에 쓰여 있는 가족관계는 평범했다. 자영업하시는 아버지, 주부인 어머니, 이미 성인인 언니, 그리고 소영이….

"소영아, 곧 고등학교에 진학해야 하는데 성적 좀 더 올려야 하지 않겠어?"

"전 지금으로 만족해요."

"선생님이 보기에는 소영이가 더 잘할 수 있는데 뭔가 열심히 하지 않는 것 같은 느낌이야."

"저 어차피 인문계 갈 거 아니에요. 저 실업계 가야 돼요."

순간 소영이의 반들반들한 치마가 떠올랐다.

"왜? 혹시 집에서 인문계 가지 말라셔?"

그 때만 해도 가정형편이 어려운 아이들은 인문계가 아닌 실업계(특성화고)로 진학하는 경우가 많았다.

"그건 아니고요, 저 빨리 돈 벌고 싶어요. 공부도 재미없어요."

"실업계 가더라도 좋은 성적으로 들어가면 장학금도 받고 취업도 더 잘 돼. 선생님은 소영이가 더 잘할 수 있는데 현재 성적에 만족하는 것 같아서 욕심이 나네."

"장학금이요? 그런 것도 있어요? 그럼 저 공부할래요."

그 일이 계기가 되어 소영이는 40명 가까이 되는 반 아이들 중에 10등 정도하던 성적을 졸업할 때는 5등까지 올렸다. 성적이 오를 때마다 소영이를 불러 칭찬을 해주니 특유의 환한 웃음으로 나까지 웃게 만들었다.

그런데 소영이가 유독 잘 따르는 남자 선생님이 한 분 있었다. 여중생이 남자 선생님을 좋아하는 경우도 많았다. 그 선생님은 몇 년 뒤면 교감선생님이 될 나이 지긋한 할아버지에 가까운 김선생님이셨다. 말 그대로 여중생이 개인적으로 흔히 좋아할 캐릭터(?)의 선생님은 아니었다. 김선생님은 시간이 나실 때마다 학교 정원 관리를 도맡아 하셨고 소영이는 방과 후 김선생님의 일을 도와 잡초도 뽑고 흙도 파고 그랬다. 보통의 여자아이들과는 또 다른 모습이었다.

평소에는 친구들과 활달하게 웃고 돌아다니는 녀석이 제법 진지하게 선생님께 꽃에 대해 배우는 모습을 보고 어느 날 소영이에 대해 여쭤보았다.

"선생님, 우리반 소영이가 선생님을 참 잘 따르는 것 같아요."

"허허 그 녀석이 꽃에 관심도 많고, 일 시키기 참 좋지."

"어떻게 친해지셨어요?"

"소영이 언니가 우리반이었어."

그렇게 시작된 김선생님의 이야기는 매우 충격적이었다.

소영이의 부모님은 어렸을 때 중국집을 하셨다고 한다. 그런데 같이 일하던 종업원이 어느 날 밤에 돈을 훔쳐 달아나려는 장면을 소영이의 어머니가 목격하셨다. 당황한 종업원은 소영이 어머니를 식칼로 찌르고 도망쳐 버렸다. 하필 그 때 식당에 아무도 없던 상황이라 발견이 늦었고 결국 과다출혈로 소영이 어머니는 돌아가셨다. 그 일이 있은 후로 소영이 아버지는 술로 매일을 살았고 요즘도 일은 안 하고 술만 마시면 집 물건을 때려 부순다는 것이다. 소영이 언니의 담임을 할 때 일어난 일이라 상황을 다 알고 계신다고 했다. 선생님께서도 소영이 아버지를 찾아가 여러 번 아이들을 위해 정신 차려야 한다고 말씀드렸지만 달라지려고 하는 것도 그때뿐이라고 한다. 가정환경조사서에 쓰여 있는 어머니는 요즘 소영이의 아버지랑 같이 살고 있는 분의 이름일 것이라 했다. 아버지가 아주 훤칠하고 잘 생기셔서 경제력이 없는데도 와서 살다 가는 분들이 많다고 하셨다.

요즘은 소영이랑 언니만 작은 방을 구해서 나와 산다고. 소영이가 겉으로는 밝아 보이지만 언니는 일하느라 바쁘고 소영이가 살림을 다 챙기며 다닌다는 이야기를 해 주셨다.

소영이는 내게 그런 이야기를 한 번도 한 적이 없었다. 약간은 서운한 감정도 있었다. 나는 성적 관련해서 독려하고 이끌어 주며 소영이와 많이 친해졌다고 생각했었는데….

"소영이 걔가 웃고 다녀도 자존심이 강한 애야. 아마 조선생이 그런 내막 아는 거 싫어서 기초 조사서에도 그렇게 썼을 거야. 그냥 소영이가 스스로 말할 때까지 모른 척해 줘."

그 때의 나는 발령받은 지 얼마 안 되는 초임 교사였다. 뭔가 서운하고 내가 부족한 교사 같은 기분이 들기도 했지만 연륜 있으신 선생님의 조언이라 그러기로 했다.

그런데 그 이야기를 듣고 나니 소영이가 달라 보이기 시작했다. 반들반들하고 주름이 다 풀려 있는 치마를 보면 그 아이가 혼자 빨래를 하고 있는 모습이 보였다. 친구들이 과자 먹을 때면 찰싹 붙어서 먹는 것을 보면 매점의 음식이 소영이에게는 사치구나 싶었다. 수업시간에 숙제를 안 해 올 때면 이 아이에게 공부할 시간도 없겠구나 싶었다. 그렇게 난 측은지심이라는 안경을 끼고 소영이를 보고 있었다.

소영이가 왜 내게 평범한 가정의 여중생인 것 처럼 보이려 했는지 조금은 이해가 됐다.

그 해 소영이는 실업계 중에서도 공부를 잘하는 학생들이 모이는 S여상에 진학했다. S여상에는 소영이보다 공부 잘하는 아이들이 많아서 장학금을 받지는 못했다.

"선생님, 제가 너무 실업계라고 얕봤어요. 애들이 공부를 너무 잘해요. 저 중학교 때 공부 더 할 걸 그랬나 봐요."

"그러니까 선생님이 너 공부 좀 욕심내라 그랬지? 선생님 말을 들었어야지."

"저 열심히 해서 대기업 취업할 거예요."

여전히 소영이와 나는 일반적인 그런 대화를 나누는 선생님과 제자 사이로 있었다. 졸업할 때까지 소영이는 내게 집안 이야기를 전혀 하지 않았고 나 또한 묻지 않았다. 그 후에도 가끔씩 소영이는 안부 문자를 보내왔다. 여상에서 졸업한 뒤 대기업에 들어갔다는 소식이 들렸다. 얼굴도 예쁘고 말도 잘하는 아이이기에 어쩌면 당연한 결과였다.

그렇게 시간이 흘러, 소영이에 관한 소식은 어느새 교감선생님이 되신 김선생님으로부터 건너 듣게 되었다. 어느 날, 학교로 청첩장이 도착했다. 신부의 이름이 소영이었다. 흔한 이름이라 바로 김선생님께 가 보았다.

"선생님! 이 청첩장 주인공이 그 소영이 맞아요?"

"응, 맞아."

"어머! 소영이 그렇게 남자를 싫어하더니 어떻게 만났대요?"

"남편 될 사람이 아주 순둥이야. 무척 잘해주더라고."

"정말 잘 됐네요. 평생 아빠 때문에 혼자 살까봐 걱정했는데…."

"조선생, 소영이가 꼭 와주면 좋겠다고 하더라."

"아유, 직접 연락 해오면 가고 안 하면 안 간다고 전해주세요."

소영이는 특유의 밝은 목소리로 전화 해서 결혼식에 초대를 했고 난 기쁜 마음으로 제자의 결혼식에 참석했다.

결혼식 당일, 난 내 눈을 의심했다. 신부인 소영이의 손을 잡고 걸어 들어가시는 분은 바로 김선생님이셨다. 신부를 신랑에게 자연스럽게 건네 주고 신부 아버지의 자리에 앉으셨다. 그 옆에 계신 분은 김선생님의 사모님인 것 같았다. '이건 또 뭐지?' 순간 머리가 띵~했다.

사정을 알고 보니 소영이는 입사한 회사에서 좋은 남자를 만났고 남자 쪽은 매우 평범한 가정이었다. 소영이는 본인의 집에 대해 알리고 싶지 않았다. 남편 될 사람은 소영이의 사정을 다 알지만 시댁 쪽에 아버지를 소개하는 순간 모든 일을 설명해야 하는 것이 싫었다. 어차피 아버지와는 최근 연락도 잘 안 하고 사는 상태였다. 그냥 대기업 다니는 조건 좋은 며느리로 자존심을 지키고 싶었던 것 같다. 거기에다 경제력이 없는 아버지가 대기업 다니는 사위한테까지 손을 벌릴까 봐 걱정이 됐던 것 같다. 소영이는 김선생님 부부께 부탁을 드렸고 부모처럼 소영이의 어릴 시절부터 봐 왔던 분들이라 어렵사리 허락을 하신 거였다. 결혼식에 와서 너무 놀라지 말라던 김선생님의 당부가 떠올랐다.

결혼식이 끝나고 얼마 지나지 않아 소영이로부터 연락이 왔다.

"선생님, 많이 놀라셨죠? 죄송해요."

"놀란 건 사실인데, 너 괜찮아?"

"네 선생님. 전 괜찮아요. 참! 선생님, 저 중학교 때 그냥 저로 대해주셔서 감사했어요. 저 선생님이랑은 그냥 밝은 이야기만 하고 싶었어요.

다른 애들처럼 성적얘기 뭐 그런 거…."

　그 때 깨달았다. 내가 아이의 아픔을 아는 순간, 그걸 내게 말하는 순간 그 아이는 상처받은 어린 새 역할에 갇힌다는 것을. 소영이가 김선생님께 그런 부탁을 할 정도로 시댁에 숨기고 싶었던 것도 같은 이유가 아니었을까. 자신의 상처를 드러내는 순간, 사람들의 그 시선까지 감당해야 하는. 소영이에게 그런 시선은 이미 사정을 알고 있는 사람들로 충분했던 것 같다.

　거짓말을 해서라도 감추고 싶었던 상처. 같이 아파해 준다는 명목으로 아픔을 굳이 들춰 내지 않았던 내가, 그 아이의 기억 속에 즐거운 학창시절의 한 선생님으로 기억되길 바란다. 그리고 거짓말로 시작되었지만 소영이의 결혼 생활이 순탄하리라 믿는다. 김선생님이라는 부모 같은 선생님이 있기에.